幻獸志異
6 龍之逆鱗
龍人 策劃 雨魔◎著

如同**魔獸世界**一般，馭獸齋擁有許多不同寵獸的角色，有的凶猛殘暴，有的純真可愛，有的忠心護主，有的見利忘友。擁有不同功能的寵獸，就像量身打造的個性裝備，寵獸們將與主人共同冒險犯難、打擊罪惡，探索未知的世界。

故事背景

三十世紀，地球上所有的國家和民族都統一在聯邦政府的大旗下，

幾個世紀後，人類成功在地球以外的方舟、夢幻、后羿三個星球定居下來。

由於地球經過三十個世紀的開採，資源遠遠少於其他三個星球，

聯邦政府也移居到后羿星。

人類對外界物質的研究彷彿到了盡頭，轉而致力於開發人類自身的潛能。

人類的身體非常脆弱，

雖然通過一些古老的功夫修煉，來達到強身的目的，但是並非每一個人都適合修煉，

要想達到一定的程度，動輒就是幾十年，實在是太久遠了。

於是，科學家們想利用一種簡單有效的方法，來取代按部就班的修煉，

幾十年過去了，終於讓他們研究出來利用其他生物來彌補自身缺陷的不足，

而且瞬間合體後DNA的組合，可以讓人類擁有該生物所獨有的本領，強化肉體。

在以後的幾個世紀裏，培養寵獸蔚然成風，

不只是聯邦政府每年投資大量資金在該研究上，

四大星球的各大財團也每年投入大量的人力物力，
就連有興趣的個人也會在家弄個實驗室來研究。
身體素質的提高將能更好的和寵獸合體，發揮出更強的實力，
因此武術武道武館再一次的興起。
然而好景不常，自身本領的極大提高，使人類的好勝心再一次顯現，
聯邦政府在巨大的衝擊下宣佈垮台，四大星球各自獨立分為四個星球聯邦政府。
據傳說，聯邦政府在垮台前，把每年研究寵獸的失敗品封鎖到一個秘密的地方，
而更在垮台後，將尚未成功的高等獸的實驗品統統封鎖在那個秘密地方，
後世之人將這個秘密的地方稱為——力量之源。
據說，只要能夠達到那裏，你就掌握了全世界，
因為只要從這裏隨便得到一隻高等獸，你就可以縱橫四大星球，唯你獨尊了。
聯邦政府有鑒於高等獸和人類合體後所發揮出來的駭人力量，
在垮台前將所有關於寵獸的寶貴資料付之一炬，
從而直接導致人類在這方面的研究倒退到最原始的地步，研究也停滯不前。
在大戰中倖存下來為數不多的幾隻七級護體獸，也就成了現今人類所知的最高級寵獸。
而威力強大的神獸，只有在夢中尋找，主人公的傳奇也就在夢中開始了……

四大星球

地球：人類的母星，是人類最早居住的地方。雖然地球的經濟與政治地位均低於其他星球，但是總有一些擁有強大力量的修煉武道之人隱於地球。更何況，地球有兩座聞名四大星球的高級武道學府：北斗武道、紫城書院，武道人才充沛促使地球可與其他星球分庭抗禮。

后羿星：地球外最先被發現適合人居的星球，地質地貌與地球無二，同樣是個蔚藍的星球。由於聯邦政府將總部從地球移到后羿星，后羿星一躍成為四大星球的政治中心，並發展迅速。四大星球中最有名的崑崙武道就在后羿星。而四大星球首屈一指的產藥集團「洗武堂」也設有頗具一定規模的附屬學校，培養了大量的醫藥人才。

夢幻星：夢幻星地勢平坦，多平原、丘陵，物產豐富，能源充沛，為各財團所看重，經過數十年的治理，很快成為四大星球經濟最發達的。此時習武成風，冷兵器與熱兵器同樣重要，夢幻星的「煉器坊」便是以此聞名，煉器坊的附屬學校每年為各個星球輸送了大量冷熱兵器方面的人才。

方舟星：最後一個被發現的星球，有著大面積的海洋湖泊，是一個以水為主的星球，少陸地。但是資源豐富，經濟發達。由於開發得不夠，這個星球比其他星球都充斥著未知的秘密和危險。

寵獸等級

寵獸分為一到九級，而每一級又分為上、中、下三品。

一到三級稱之為寵獸，較為常見，寵獸店能夠輕易地買到，但攻擊力不強，主要用來作一些輔助的用途，又被人稱之為奴隸獸。

四級到七級稱之為護體獸，四級和五級的護體獸較常見，寵獸店的搶手貨，不過越是高級的寵獸越脆弱，在未長大之前很容易死亡，四級以上的護體獸能夠大幅度增強主人的攻擊力，級別越高增強的幅度越大。

六級的護體獸就比較罕見了，千金難求，在寵獸店也很難見到，但仍可以在某些大型寵獸店買到，一般六級護體獸都會作為一個寵獸店的鎮店之寶。

七級的護體獸非常罕見，可以說是無價之寶，從百年前到現在四大星系數百億的人口中，據說能擁有七級護體獸的不超過十個，而在上個世紀大戰中倖存下來為數不多的七級護體獸，也不知散落在四大星球的哪個角落裏。

七級以上的稱之為神獸，力量之強大無與倫比，合體後力量更是非人力所能達，這種超強的力量一直為人所津津樂道，也因此有人把七級以上的神獸稱為高等獸，而七級以下的稱為低等獸。

七級獸處在中間，關係就比較曖昧，七級獸是最有可能升級躋身到神獸行列的寵獸。

但是由於到現在還沒有七級以上神獸出世的傳說，所以擁有一隻七級護體獸就成為了天下習武之人的夢想！

聯邦政府在毀滅前將所有資料付之一炬，仍有流落在民間的寶貴資料被保存下來，一些有心人在暗中默默地繼續研究。

那些在大戰中逃散的各級寵獸，有很多沒有被戰後的人類捕捉到，就和普通獸類在另一個世界中悄悄衍生自己的後代，也因此，人類世界不再寂寞，更有千奇百怪的獸類充斥在星球中人類痕跡不及的地方。

馭獸齋傳說

卷六 異獸虛空

目錄

CONTENTS

第一章 月牙灣

我心中暗道自己越來越狡猾了，先把他給灌醉了，然後套取自己需要的資訊。

大漢一口氣又灌下一杯百花釀，舌頭有些不大靈活的道：「哦，那個功法，就是隱藏身上所有的氣息，將自己的氣給掩蓋起來，讓其他的武道者們感應不到你。」

我這才明白爲什麼他說有兩千多位修行武道的人，我卻沒有感應到，原來如此，我想了想又問道：「你們平時除了修煉武道，就不幹其他的事了嗎？」

大漢嘿嘿笑道：「這倒是不一定的，有一部分人都是每天修行武道，就好像我和老大，不過我們都有自己的住處，平常沒事，也不大走動。另外一部分人，他們並不只修煉武道，還經常採一些什麼藥啊的，煉丹用，另外還有些人，只是因爲這裏的靈氣足，才到山上來，他們也就修煉個幾年，覺得自己變強了就下山了。」

我道：「你們一直都是兩千多人嗎？」

「這個不一定，最初只有三百多人，隱居在方舟山，後來陸陸續續增加了很多人，才發展到今天的兩千多人。」

我追問道：「你們老大是？」

大漢咋咋嘴道了聲好酒，然後回答我道：「我們老大是武道修為最高的，據說他以前是某個沒落的貴族後裔，不知道因爲什麼就上了山了，可能因爲太窮了，沒錢吃飯吧。」

我又想了想道：「你們兩千多人都歸你老大統管嗎？」

大漢揮了揮手道：「不是！我們大家因爲他的修爲最高才喊他老大的，其實我們都各自修行，沒有誰管誰，願來就來，願走就走。」

我給他杯中的酒添滿，大漢望著杯中的酒咽了口唾沫，拿起酒來剛湊到嘴邊，卻醉得趴在餐桌上，美酒全灑在他身上。

不大會兒，已經鼾聲如雷，我叫來機器人將他抬到一間偏房中休息。

藍薇嫣然笑道：「天哥，你好狡猾，把人給灌醉了，然後打聽他們的消息，以前的你可是不會做出這種事情的。」

我歎道：「是啊，不過這是真正屬於咱倆的家！我當然要格外小心謹慎，而且我們過幾天就要去太陽海，如果搞不清那些人的底細，我怎麼能放心哩！」隨即我笑道：「可能我被傲雲給教壞了吧！」

藍薇笑了笑，指揮著機器人收拾餐具，儼然一副女主人的模樣！望著她有條不紊的指揮著，我心中湧起一陣甜蜜，我都有點不敢相信，幾年前的傻小子，現在竟然可以悠閒的居住在豪華的城堡中，並且有一個美麗賢淑的妻子。

藍薇感受到我癡癡的目光，回頭毫不吝嗇的給我一個媚眼，嫣然一笑，讓我心頭亂撞，我神秘的道：「藍薇我的好寶貝，你不覺得咱們的城堡實在有些太冷清了嗎？」

藍薇一邊指揮著機器人一邊道：「是啊，咱們的城堡好大啊，就咱們兩人住，是有些冷清。」

我呵呵笑道：「那就讓我們多生幾個娃娃吧。」我飛過去，將藍薇緊緊的擁到懷中向臥室飛去。

陽光斜射進屋內，又是新的一天。

我朦朧的睜開雙眼，伸手一揮，厚實的窗簾應手滑到一邊，大把的陽光爭先恐後的擠到屋內。拿起手邊的遙控器，堅固的玻璃打開了一半，山風帶著清新的空氣也湧入到屋內。

藍薇發出貓般的膩聲，縮了縮滑溜的身子，擠到我的懷中，我一手擁著她，另一手在她潔白無暇的玉背上來回的撫摩著，爲了實施我們的生娃娃大計，在昨天送走了那個大漢後，我和藍薇爲此一直「工作」到很晚。

藍薇好像還沒有睡醒，也許昨晚她太累了吧，被涼風吹到她露在絨被外面的光滑細緻的脊背，咕噥了兩句，使勁的縮回到被中。

她胸前那兩團溫潤的細膩在我胸前一直向下滑動，頓時令我難以把持，再加上早晨時分是男性最性奮的時間，我的某個部位老實不客氣的做出了讓我感到很尷尬的舉動。

本來還睡意正深的藍薇，此時突然睜開雙眼，白玉般的小手在我胸前輕輕掐了一把，皺了皺小巧的鼻子，嫵媚的向我一笑，柔聲低語道：「只准一次，太多了人家會受不了的。」

我瞠目結舌的望著她，我本來已經做好了被拒絕的打算，沒想到她竟然格外開恩，大喜之下正要縮回被子裏，忽然見到「似鳳」正從遠處向這裏飛來，眨眼已經快要進到屋子裏了，我輕輕一點遙控器，窗戶倏地封閉起來，「似鳳」沒想到我會做出這麼讓牠傷心的事，一頭撞在窗戶上，漸漸的向下滑去，我自言自語道：「真是對不起，可是有些事情，還是不要讓你看到的爲好。」

「似鳳」怨憤的望了我一眼，跌了下去。

一個小時後，我和藍薇都氣喘吁吁的躺在床上，我心中忖度這個運動量實在太大了，比我打上幾套拳還累，看來我的肺活量需要增加。

我以無比的毅力和決心才爬下床來，打開窗戶，山風迎面撲來，涼爽宜人，一陣異常的氣流顫動聲傳來，我轉身向藍薇道：「藍薇，咱們好像又有訪客到了呢，最近好像每天都有人來拜訪我們。」

不多大會兒，一輛小型飛船在城堡門前降落，傲雲和風笑兒相伴而下。我轉身披上衣服，向外飛去，同時道：「藍薇，是笑姐來了。」

傲雲見我迎來，上前和我擁抱了一下，抬頭望了一眼二十多米高的窗戶，藍薇已經穿好了睡衣，正向我們俯視呢，風笑兒向她揮了揮手，逕自飛了上去。

傲雲似笑非笑的瞥了我一眼，漫不經心的道：「要小心身體啊。這麼晚了還穿著睡衣，依天，我記得你在我那裏的時候，每天可都是一大早就起來練功了……」

我淡淡地道：「只管譏笑我好了，看來我和藍薇的太陽海之行是不能去了，我和藍薇還有很多事要做，城堡裏還有很多需要我和藍薇改進。我想太陽海之行還是改天吧，不然你和風笑兒自己去吧。」

傲雲陪笑道：「兄弟，我錯了還不行嗎，你們不去，風笑兒鐵定不會和我單獨去的，你就當是幫幫我好不好。嘿嘿，那個，男人有時候也要偶爾放鬆放鬆的，這樣才有利於進一步的修煉。」

我笑道：「都準備妥當了嗎？」

傲雲嘿嘿笑道：「我辦事你放心，何況這是我要用來奪取佳人芳心的，當然是落足了本錢，既要讓她覺得驚險刺激，又不能讓她真正有危險，所以我只帶了一百個水手，每個人的修爲都不弱。」

我沉吟了一下，想起昨天那個大漢兩隻奇特寵獸，我不禁問道：「你和三叔游太陽海的時候，有沒有遇到什麼危險？」

傲雲滿不經意的道：「那都是二十多年前的事了，我哪會記得，但是腦海中有印象，太陽海是個極美麗的地方，好像並沒有遇到什麼危險，我和老頭子在一起能遇到什麼危險！」

見他說得理直氣壯，我就知道他給我們描繪太陽海多麼多麼美麗都是騙人的，我歎了口氣道：「我希望你準備得充足一點，把所有可能發生的意外都考慮進去，不然萬一出現個什麼意外的，我們幾個都死定了，你小子也得陪葬大海。」

傲雲見我說得嚴肅，也正經的問我道：「你突然這麼嚴肅，是不是聽說了什麼太陽海的事，像太陽海這麼廣闊，存在時間又這麼久，一定是孕育了許多神秘、神奇、奇特、古怪、兇狠的大大小小生物，這也沒什麼稀奇的，我們此次去太陽海，先不說我帶的一百個手下個個精通水性，且修爲不凡之處，就是我們幾個，哪個不是一流高手，當然我自己除外。尤其是你，更是超級高手，有什麼擺不平的。」

我呵呵笑道：「如果事情都是這麼簡單自然很好。可是你也說了那片廣袤的水域乃是方舟星最神秘的所在，萬一有龍怎麼辦？萬一還存在遠古流傳下來的力量強大的凶獸怎麼辦，你對付得了嗎？」

傲雲被我說得也有了些懼意，縮了縮脖子道：「依天，你可別嚇我，老頭子跟我說過，這個世上的龍早就絕種了。」

我油然的道：「世界之大無奇不有，有龍也沒什麼稀奇的，我就親眼看過一隻鳳凰浴火重生，我更加親眼看到有人用自己的生命為代價召喚出了遠古的凶獸麒麟。太陽海難保不會有其他的強大生物。」

傲雲有些臉色不自然的道：「你好像說的有些道理，那我就再重新裝備一下，儘量詳細一點。」

我微微笑道：「也不用太緊張，這些都是我猜測的，昨天我見了一個附近的武道修行者，他有兩隻很奇怪的寵獸就是在太陽海得到的，依他的口氣，太陽海好像有很多未知的恐怖，所以我叮囑你準備得充足些，不要真的把小命給丟到太陽海了。」

傲雲噓了口氣道：「你這麼說我就明白了，剛才差點被你嚇死。這點我知道了，還有什麼要囑託我的嗎？」

我悠悠的道：「你準備的東西要有個限度，千萬不要把我們圍得固若金湯似的，我們可是去感受大海的。」

傲雲道：「放心吧，我不會動用手中的軍用水陸空三用飛船的，用那個來太陽海遊玩實在太乏味了，我給大家準備的好東西，一定會讓你們滿意的。現在是萬事俱備，只少月丫頭和我們未來的倒楣姐夫大人了，他們可能會在三天之內趕到這裏。」

我淡淡一笑，隨即問起「洗武堂」的事，雖然經營大權交給他了，但是有些事，我還是必須要過問的，而且馬上就要去太陽海了，這一去恐怕又得好幾個月，這邊的事，必須交代好了，我才能放心走啊。

傲雲道：「這點小事在我手中還不是如探囊取物般容易，經過我上次爲你造勢，后羿政府也十分配合，把你渲染成一個大英雄，救世主的模樣，你又是指定的繼承人，『洗武堂』上上下下對你接手『洗武堂』都感到十分滿意，現在是一切運轉良好，洪海所有的同黨都被我給蒸發了。『洗武堂』是徹底的乾淨了。」

頓了頓他又道：「你上次讓我查的那兩個人，男的叫那個什麼來著，對，木頭，還有那個叫花葉的小丫頭，這兩個人底細我已經查過了，身家都很清白，只是洪海普通的弟子，他們並不知道洪海的事。」

我歎了口氣道：「那就好，這兩個人資質都不錯，在公司中找兩個合適的位置讓他們好好歷練歷練。」

傲雲哈哈笑道：「這還用你說，你一讓查這兩個人，我就知道你對他們倆有好感，我一查出他們是清白的，就已經把他們的位置安排好了。」

我呵呵笑著輕輕的打了他一拳，道：「若論修爲，你拍馬都及不上我，但是說到這方面，就是我不如你了，不過你竟然這麼輕易猜到我心思，我開始懷疑你是不是我肚子裏的蛔蟲了。」

我和傲雲嬉笑著走入城堡中去，吃完晚飯，我提議聯繫一下正乘著飛船向這邊趕來的月師姐兩人，通過無線波利用衛星搜索到她們的飛船，立即將通訊請求發送過去。

很快對方有了回音，將音像傳送過來，我向螢幕上的月師姐打了個招呼，那邊的月師姐穿了兩件利於運動的緊身衣，露出完美的線條，小腹上光滑的六塊腹肌在汗水中閃閃發光。

月師姐向我們一笑，抓起一個水壺狠狠的灌了一大口水，向我們道：「怎麼你們都到了，不要心急，我們後天也就到了。」

未來的姐夫沙祖樂在螢幕上露了臉，精赤的上身，肌肉高高賁起，棱角分明的臉龐，迷人的笑容確實有讓任何女人傾心的本錢。

我向螢幕中的其他位置看了看，這裏是一個修煉地方，放滿了各式器具，月師姐向沙祖樂揮手道：「這次，咱們用兵器。」

月師姐抓著的正是我給她煉製的天使劍，此時的天使劍正射出刺目的白光。

沙祖樂頗不情願的拿出自己的兵器迎了上去。

傲雲笑嘻嘻地道：「還沒結婚就已經開始遭受虐待了。」

海風撲面，潮濕的空氣充塞在每一寸空間。

「阿噓」七小有些不適應面前無盡廣闊的大海，潮濕的空氣讓一個小傢伙打了個噴嚏，「似鳳」在我肩上「嘎嘎」的笑了兩聲，彷彿在譏笑七小的無能。出於狼的本能，七小對眼前從未見過的大海，震耳欲聾的海浪聲，海浪拍打岩石濺到空中的水花，這一切讓牠們不自在，然而在另一面，龍丹的力量卻令牠們對無有盡頭的大海感到十分欣喜。

我們幾人站在月牙灣碼頭對著眼前無邊無際的大海感到異常興奮，乘風破浪遨遊在難以想像的廣闊大海中，那種動人的感覺盤旋在每個人的腦海中。

「似鳳」天生是個調皮的精靈，雖然牠和七小一樣也沒曾見過海，可是卻適應得很快，牠還在海面盤旋飛舞著，混入其他的海鳥中，不時俯衝到海面，裝模作樣的用牠的喙在水中划過。

我不禁暗自好笑，牠以為牠那短小的喙可以抓到什麼嗎？

話音剛落，「似鳳」一頭扎到水中，再飛起來時，嘴中竟然叼著一條肥美的大魚，我頓時無言以對，這個傢伙帶著牠的戰利品，炫耀似的在我眼前飛來飛去，不時得意的叫兩聲。

我暗歎：「一隻在森林中長大的鳥，竟然剛到大海就學會了從海裏捕魚，唉。」「似鳳」只顧在我面前炫耀，卻忘記了七小一向都對魚情有獨鍾，七小目不轉睛的望著「似鳳」口中銜著的魚，在「似鳳」又一次飛近的時候，老大終於忍不住驀地向牠撲去。

「似鳳」一聲尖叫，丟掉口中的魚，「撲棱棱」的向大海中飛去。

老大心滿意足的接掉下來的那尾肥魚，其他六小一擁而上，一狼一口，剩下的只有幾片魚鱗而已。七小吃完口中的，仍意猶未盡的伸著舌頭舔了舔嘴巴。看來牠們對海魚的味道非常滿意。

我望著受到驚嚇的「似鳳」，淡淡笑道：「以後幾個月中，七小的食物就拜託你了。」「似鳳」這時似乎記起了七小的習性，見我讓牠以後專門為七小捕魚，不滿的撲棱著翅膀，叫著向我抗議。

我微微笑道：「抗議無效。你可以選擇不和我們一塊航海旅行，我想這麼區區二十幾萬公里的路，你應該還不會走錯吧，回去守家吧。」

一聲響亮的汽鳴聲傳來，傲雲興奮的道：「先生們女士們，我們大家的冒險號，即將出場，咱們的冒險之旅也即將開始。」

我們一陣歡呼，傲雲清了清嗓子道：「這是我專門爲此次冒險量身打造的，船長五百米，高十五米，船身的製造材料都是最先進的，極爲堅固，船身配有一些武器，是以防意外發生，在神秘的水域中，還是小心點好，安全至上嘛。水手兩百人，負責行駛。船中設有多處娛樂設施，等到了船上，我會領大家去參觀的。船下的儲藏室中備有大量的食物和淡水，即便出現意外，還有食物合成器和海水篩檢程式。好了，大家隨我登船吧。」

「哇！」我望著眼前看起來十分巨大的船，道：「傲雲，你是準備去征服海外部落嗎，用這麼大的傢伙。」

傲雲道：「這可是我能找到最小的船了，經過改裝，才是眼前你所看到的，海外部落嗎？據方舟星聯邦政府的衛星所拍攝到的太陽海百分之八十的大小島嶼中，根本沒有如人類般的生物。」

我們興奮的上船，傲雲領著我們來到主控艙，道：「這裏有最先進的通訊儀器，不受任何天氣影響，萬一有了什麼意外發生，我們只要按下那個紅鈕發出求救信號，三十六個小時之內，聯邦政府就會派出飛船來營救我們。」

風笑兒掃視了一眼艙內精密的儀器，向傲雲嫣然笑道：「看不出你還挺細心的，準備得這麼周全。」

月師姐接過來道：「我說他這是膽小怕死，他把整個船裝備得如個堡壘一樣，我們是在海上冒險啊，還是每天站在幾十米高的甲板上看海水啊。他這就是怕死，我們幾人中屬他修爲最低，出現意外第一個死的就是他！」

月師姐對付傲雲，說出的話一向是尖酸刻薄，我們幾人一起哈哈大笑起來，傲雲的臉色幾經變化，勉強跟著我們哈哈一笑，本來嘛，有美人讚美，傲雲正興奮的想再說幾句，結果月師姐的幾句話，頓時讓他臉上紅色轉爲青色。

我拍拍他的肩膀安慰的道：「好事多磨，等到開船，自有沙祖樂纏著月師姐，你的機會就來了。」

傲雲看了看我，又望了一眼沙祖樂，我們三人對了一眼，呵呵的笑出聲來，月師姐見我們笑得頗爲曖昧，沒好氣的白了我們幾人一眼，道：「你們幾人鬼鬼祟祟的幹什麼呢？」

傲雲馬上接過來道：「我在和兩位兄弟商量咱們是先去用餐，還是帶你們去看看每個人的臥室。」

藍薇和風笑兒轉過頭來含笑看了我們幾人一眼，對於我們心中的那些小伎倆，她們倆恐怕是早已知曉了，只有性格樸直的月師姐只清楚一鱗半爪的。只從風笑兒單身前來，沒有帶著朱伯伯，就可看出，風笑兒對傲雲還是頗有好感的，只要傲雲表現得好，不難抱得美人歸啊。

月師姐不屑的哼了一聲，道：「你們幾個的鬼心思，我還能不知道，一上船你們三個就鬼鬼祟祟的，我明白的告訴你們，我們三個女孩是要住在一塊的，至於你們幾個隨便！」

傲雲一聽頓時傻眼，我們之前的安排確實是打算我和藍薇住一塊的，而月師姐和沙祖樂住相臨的房間，當然傲雲是和風笑兒住相臨的房間，三個女孩見我們三個目瞪口呆的傻樣子，相視一笑，花枝亂顫，彷彿春蘭秋菊，美不勝收，我們三個小子更是看得連口水都流了下來。

傲雲還想爭取最後的機會道：「那個，我們已經安排好了，臨時更換，恐怕很麻煩的。」

月師姐占了上風，掃了我們三人一眼，道：「我們有幾個月的時間呢，不著急，可以慢慢來。」說完便拉著兩女嬌笑著走出去。

三大傾國傾城的美女，平時想見一個也難，現在一下出現三個，那些水手們有福了啊。三女結伴走出去，還不知道要迷死多少水手們。

我哀歎道：「我可是新婚啊，被你們倆給拖下水，不能和藍薇住在一起，卻要和你們倆住在一塊，我比你們慘多了。」

傲雲氣恨恨的道：「咱們三人商量好的計畫，一下子就被月丫頭給全盤打亂了，唉，難道她是我命中的剋星嗎？」

我被他「悲慘欲絕」的神情給怔住，我訝然道：「不至於連命中剋星這種話都說出來吧。」

他神情憤恨的道：「你們不知道啊，幼年的時候，我就一直被她欺負，凡是有她在的地方，我都絕對泡不到一個女孩。」

沙祖樂咽了口唾沫，乾咳兩聲道：「不是那麼慘吧，我覺得小月是個很好的女孩，是不是你……」

沒等他說完，傲雲給了他一個同情的眼神，拍著他道：「我同情你，你還要忍受這個野丫頭一輩子。」

沙祖樂被他拍到肩膀處，疼得眉頭皺了皺，傲雲道：「你不是在來的路上陪那個野丫頭練功受傷了吧？」

沙祖樂勉強的活動了兩下臂膀，道：「練功總是有意外的，而且她那柄天使劍威力巨大，她還不能完全掌握，所以出了點意外。」

傲雲望著他半晌後搖了搖頭，同情地歎了口氣，向外走去。我微微笑道：「月師姐其實很好，只是脾氣和四叔一樣暴躁了點，好好把握。」

沙祖樂苦笑著歎了口氣，道：「依天，我希望你以後千萬不要再給她煉製更強的劍了。」

我尷尬的一笑，自我解嘲道：「不然，我也給你煉製一柄相同的作爲補償吧。」

第一天，就在大家的新鮮感中度過。

等到第二日清晨，我們幾人不約而同的集合在甲板上，感受著清晨時分寒冷的氣流，我們興致勃勃的望著遠方一輪圓日在天邊剛露出紅彤彤的一點，而天邊的海水卻已經被染成了美麗的金黃色。

幾隻海鳥高聲鳴叫著在我們眼前掠過。

正如傲雲描述的，大小不等的魚兒不時的躍出海面，在陽光的映射下，成爲一個個小黑點。

太陽冉冉的破水而出，天邊頓時一片大亮，金光萬道，水天一色因爲金光的渲染，而變得格外美麗，清冷的感覺一掃而空，彷佛全身都暖洋洋的，七隻小狼好像也受到感染，「嗷嗷」的叫出聲來。

幾聲狼吟經久不歇的在海面上傳播，害得在海面戲耍的「似鳳」差點栽到海水中。

藍薇依靠著我，喃喃的道：「多麼美麗啊，無邊的海洋，金光燦燦的陽光，美麗的鳥兒，我感到我的心胸都因爲它們而開闊起來。」

我意猶未盡的眺望遠方，道：「又有幾個人看到如此美景能不被它們感動呢，這樣的美麗我們可以欣賞幾個月哩！」

一個星期後。

當他們幾個旱鴨子熟悉了海上生活後，已經不滿足只是站在高高的甲板上，俯視著無邊的蔚藍海水了。心癢癢的想要下去一展身手。他們的水性自然是我教的，不過卻只是在船上一個大水池中教會了他們普通的水性。他們每個人都有很強的修爲，所以學習游水，熟悉水性的速度非常快，幾乎都是兩三天就能夠完全掌握了。

但是大海中的水與水池中的水是截然不同的。

在幾人的強烈要求下，我們決定在附近找一個海島停下，休整幾天，而我們就趁這幾天在附近水域玩玩，滿足他們對水的欲望。

經過查找，確定了我們現在所處的海域，終於在大約五百里外的一個地方找到一個不大不小的海島，足以讓我們在那裏停靠。

按圖索驥，我們靠著衛星的指引成功的找到這個小島，並在此停靠下來，水手們十人一組，分成十組帶著武器將整個海島繞了個遍，當確定下來，沒有任何危險時，船上留下一部分人，其他人都來到了地面搭起帳篷，嘻嘻哈哈的煮水做飯，雖然船上的自動工具完全不用我們這麼麻煩，我們卻玩得興致盎然，與水手們打成一片。

夜幕降臨，海島上的溫度出奇的低，我們幾人鑽到帳篷裏，還好帳篷的材質不錯，可以將外面的寒冷氣流抵擋住。

很久沒有踏實的睡在土地上了，我摟著藍薇安心的睡了下去，一夜無語，只是專心享受這片靜謐。清晨日出時分，不知是誰喊了一句，「哇，漲潮了啊！」

我立即驚醒，搶身出了帳篷，眼前白花花的一片，水流四下向上湧來，我心中疑惑在海中央的小島怎麼會漲潮的，這個水來得有些莫名其妙，只一會兒的工夫，水離我們搭帳篷的高度已經相差無幾了。

這時，藍薇還有月師姐、傲雲他們幾人都已經離開了帳篷。

水來得很快，我們幾個在沒有準備好的情況下，就飛起來，簡易帳篷已經完全被水淹沒，藍薇忽然道：「你們看，好像不是水向上來，而是島在向下沉。」

我們幾人吃了一驚，忙凝神細看，果然發現其中細微的差別，確實是島在向下沉，而非是水向島上湧，風笑兒驚呼一聲道：「快看，好像有什麼東西從水中鑽出來了。」

我們向前方百多米的地方望去，隨著一聲嘩啦的響聲，突然海面裂開，海水四濺，一個巨大的腦袋伸出海面，長長的脖子靈巧的扭過來，一對黑寶石般的眼睛望了我們一眼，隨即轉了回去。

竟然是一隻龐大的海龜，雖然我不是第一次看到這麼大的海龜，甚至更大的海龜都曾見到過，但是這次依然令我很受震撼，其他幾人就更不用說了，簡直是目瞪口呆。

腳下的海島原來是海龜的殼，怪不得水手們昨天上來探察時，沒有發現一隻陸生動物，就連島上的植物也大多是海生的。

月師姐回過神來，感歎道：「咱們昨天豈不是睡在那隻巨龜的背上！哇，這麼大的生物還是首次見到，不知道牠長了幾百年才長這麼大的，像是座在海中移動的小山。」

藍薇道：「咱們不是按照地圖標明的位置一直駛過來的嗎？難道這隻巨大的海龜在這裏已經很多年了，最少也應該有一百年吧。」

見到這麼龐大的海龜，頓時讓所有人都興奮起來，我們帶著十個水手飛回到自己的船上，沙祖樂歎道：「出海不過十天的工夫，就讓咱們遇到這麼神奇的生物，咱們還能看到什麼樣的生物，真是讓人期待啊！」

我心中暗暗的道：「難怪正宗的龜息功可以隱藏自己的氣息、修爲、生命特徵等不讓敵人發覺，昨天我上島的時候，竟然一點也沒有發覺腳下的土地實際是海龜的大殼，這隻大龜恐怕睡了上百年了吧。」

正想著的時候，忽然一種危機感倏地在腦海中出現，我來不及思索，神劍沿著手臂直接出現在手中，憑著感覺向下方劈去，感覺手中利刃毫不費勁的劈入一個重物，一直劃下去。

向下望去，兩半血肉向海面墜落下去，剛一落到海面，海面的水波一陣激烈的震盪，兩大塊血肉迅速的消失了。

我狐疑的望著腳下的海面，忽然一個有經驗的中年水手在船上喊道：「快上船，這是『飛箭魚』，專門飛出海面掠食，牠們成群結隊的覓食，下面還有一大群……」

雖然中年水手因爲情況緊急，說得不是很多，但是我們接收到兩個有用的資訊，一、這是一種叫「飛箭魚」的海生動物會飛；二、下面還有一大群對我們虎視眈眈的箭魚。所有人都迅速的向船上飛去。

以我看到的那兩塊血肉的大小推測，剛才偷襲我的那隻「飛箭魚」最起碼也有一米長。剛才還風平浪靜的海面，安全得彷彿自己的家一樣，眨眼工夫，竟突然出現危險，真是讓人捉摸不定。

初涉大海的我們並不把區區「飛箭魚」當作一回事，每人都拿出自己的兵器，飛在水手的後面，保證他們安全的上船。

驀地平靜的海面又開始振盪，我大聲呼道：「大家注意，『飛箭魚』又要出來了。」

話音剛落，差不多三十多條一米多長的「飛箭魚」倏地從海中躍起，本來用來在海水中划動的鰭，竟然在空中打開，就像是七小的雙翼一樣，幫助牠們在空中進行短距離飛翔。

我揮手斬斷要咬過來的兩條「飛箭魚」，心中暗歎這些魚飛得真是夠高的，十幾米的高度，竟然也能飛到。

藍薇嬌斥著將一條大尾的「飛箭魚」給斬斷，再向其他人那裏看，好像每個人都有所斬獲，只有傲雲那邊好像有些問題，傲雲邊向更高的位置飛去，邊罵道：「有沒有搞錯，我堂堂『煉器坊』的主人，竟然使用的兵器還沒有你們的好！這條該死的魚牙齒還真硬。」

我向他看去，頓時啞然失笑，一尾一米長的「飛箭魚」咬在他的劍上，讓傲雲沒法順利的劈下去。

此時一人一魚互相瞪著眼，向空中飛去，我失笑道：「誰叫你平時不好好練功，你看我們砍魚可是毫不費力的。」

傲雲百忙之中不忘瞪我一眼，咕噥道：「這柄劍價值一千五百萬的方舟幣啊！」

傲雲的劍雖然達不到神劍之流，但亦是非常鋒利的好劍，竟然砍一隻魚都這麼費力，可見「飛箭魚」的皮肉是非常堅韌的。我們幾人都沒問題，倒是水手們實力相比要差一些，卻經驗老到，此時已經圍成一圈合作砍殺衝過來的「飛箭魚」，不過卻不能一下將其打殺。

傲雲喃喃念道：「在寒冷中跳躍的精靈們，我以寒冷之神的名義，請求你們幫助我凍住眼前的邪惡生物。」剎那間一股冷流吹過，咬在他劍上不肯放鬆的「飛箭魚」瞬間被凍成冰雕。傲雲輕鬆的將牠斬爲碎塊，掉落到海面。

傲雲剛要自我吹噓一番，平靜的海面再次被打破，一百多條更大型的「飛箭魚」鑽出海面，向我們十幾人撲來。

幾乎是一比九的比例，我們幾人內息深厚，堅持一個小時都不會手軟，但是那幾個水手就怕堅持不了這麼久，何況這撥比上撥的體型更大，數量也更多，只要他們逃到船上，打開防護罩就安全了。

我高喝道：「大家讓開！」

神劍倏地無限延伸開，長到十幾米長，鋒利無比的劍芒在海面上方跳動，向躍到半空中的「飛箭魚」攔腰斬去。

剎那，幾十尾「飛箭魚」都被我削成兩截，無力的掉落到海裏。

所有人都看得瞠目結舌，尤其是水手，他們只知道我們幾人都是極強的武道高手，卻不知道究竟是怎麼個強法，此時看我大展神威，每個人都看傻了，忘記了行動。我厲喝道：「快回到船上！」

從小島到船上不過短短幾百米的距離，在「飛箭魚」的襲擊下卻如一道天溝般無法橫越。

藍薇也全力催發神劍中的寒冷氣息，一瞬間十米內的空間彷彿進入了寒冬，每尾在這裏出現的「飛箭魚」都無法忍受寒冷而被凍斃。

風笑兒和沙祖樂要吃虧一點，因爲他們擅長的是音波攻擊，對付「飛箭魚」卻是差了些，傲雲不知道用什麼方法召喚出了十來隻水流組成的怪獸，放出一撥撥強勁的水流，將空中的「飛箭魚」擊落。而他自己則異常悠閒的待在怪獸中間，手中拿著一隻高性能鐳射槍，不時的放幾下冷槍。

月師姐得心應手的使用著手中的天使劍，熾熱的溫度將周圍五米內的「飛箭魚」統統烤成了魚乾，她彷彿女魔頭般在「飛箭魚」群中靈活的穿梭著，很快已經被她宰了二十來隻。

掃了一眼被魚血染紅的天使劍，我苦笑道：「我看天使劍還是改名爲惡魔劍來得要合適些。」

在我們幾人的全力施威下，一百來隻「飛箭魚」在一眨眼的工夫只剩下幾隻逃回到海中，水手們也安然回到了船上。我們幾人互望一眼，也向船上飛去。

第二章 箭魚王

就在我們即將登船的刹那，我忽然感到與剛才不同的一種能量震動，我轉過身望著激蕩的海面，危險的訊號在告訴我，有強大的生物出現了，修爲越高對能量越是敏感，所以他們幾人也先後停下來望著海面，感覺到一股很強的能量出現了。

忽然水花沖天而起，被海水包裹住的一隻巨大的「飛箭魚」破水而出，龐大的體型竟然有十米之巨，兇狠冰冷的眼神緊緊的盯著我們幾人，半米長的鋒利巨牙，彷彿輕輕的開合就能將我們撕裂。

我們驚呼一聲避過牠的撲擊，但是跟在傲雲身後那幾個他召喚出來的怪獸，沒有躲過，被牠的尾巴輕輕掃過，就立即在空中消失。傲雲抽空射到牠身上的鐳射，也被牠輕鬆接下，卻一點事也沒有。

我們幾人狼狽的逃回到船上，船速立即加大按照航向駛去，能量護罩也同時開啓，並且三十多位水手調動船上的武裝設備，將跟在船後的大「飛箭魚」給擊退。

傲雲嘿嘿笑道：「好大的傢伙！」

我們都跟著點了點頭，但是卻不知道他是指著那隻小山般的巨龜，還是那隻大「飛箭魚」。

今天早上真是太刺激了，先是罕見的巨龜從沉睡中醒來，差點將我們淹死，後來遭到成百的「飛箭魚」群攻擊。

最後那隻大「飛箭魚」可能是「飛箭魚」群中的「飛箭魚王」，先不說牠多麼兇狠，只是牠受到船上安裝的那些大武器的攻擊，仍能完好無損的回到海中，這種恐怖的抗擊打能力實在太驚人了。

洗了個熱水澡，我們幾人在餐桌上熱烈的討論開。

傲雲叫來一個老練的水手，把他知道的關於「飛箭魚」的事都告訴了我們。對大海所知有限的我們才知道「飛箭魚」早就是海中臭名昭著的食肉動物，牠們成群的出沒海面，襲擊一切在海面的生物。

牠們龐大的體形，強橫的肉體，較強的攻擊力，再加上可以短暫飛翔，「飛箭魚」簡直是「海盜」的代名詞。不過像今天這樣一下出來上百隻「飛箭魚」的情況還很少出現，而出來一隻「飛箭魚王」的情形就更少見了，可惜牠們今次踢到了鐵板，損失慘重啊！

過了一會兒，忽然一個水手來報告道：「少主，那隻『飛箭魚王』一直跟在我們船後，大概兩百米的位置，每次我們要攻擊牠的時候，牠都會潛到深水中。」

傲雲皺了皺眉頭，道：「這傢伙還真是不死心，難道還想找我們報仇嗎？哼，由牠吧，我們只管走我們的，牠要是妄想攻擊我們，就把牠給擊殺，牠要只是跟著，就隨牠吧。」

幾個水手的臉色都不大自然，被這種強橫的生物跟著，我想沒有任何人會很開心的，突然心中一動，我暗道這隻「飛箭魚王」能夠長到這麼大體型，應該也活了很多年吧，如牠這般強橫的生物，活了很多年，或多或少都有了一些智慧，跟在我們身後，會不會真的想向我們報仇呢？我問道：「以前有沒有『飛箭魚』跟蹤船隻報仇的事？」

水手臉色難看的點了點頭。

怪不得他們聽到傲雲的命令臉色不自然呢，這種強橫的水中生物根本不是普通的武器對付得了的，水手來報告恐怕也是想我們幾人想出個辦法來解決掉牠吧。

沙祖樂哼了聲道：「哈，想找我們報仇嗎，讓我們幾人合力出去宰掉牠，牠能長這麼大，想必吃了不少動物吧。」

月師姐隨手將天使劍掣到手中，劍身寒芒四射，月師姐躍躍欲試的道：「剛才宰那些小魚沒什麼意思，和這尾大魚鬥上一鬥倒是有點意思。」

月師姐望了望我，又望了望風笑兒和傲雲，風笑兒淡淡一笑道：「我沒意見，這麼兇狠的生物應該不在受政府保護的範圍之內吧。」

眾人的目光都集中到我身上，我是幾人中修爲最高的，有我在要多幾分勝算。我摸了摸耳朵，道：「唉，這種生物能活到這麼大也著實不易啊，就這麼宰了實在可惜啊，再等兩天吧，牠要是還跟著咱們，那麼牠在太陽海中橫行的壽命也就到頭了。」

傲雲哈哈大笑道：「好，就讓咱們再給牠個機會吧。都回到自己崗位上吧，不用擔心，牠要是想對咱們不利，牠就死定了。」

幾個水手見我們根本不把「飛箭魚王」放在眼中，談笑風生中已經將牠的生死給定下來了，佩服的走了，遠遠的仍有幾句話被我靈敏的聽覺給接收到。「這才叫真正的高手，我們的修爲還差很遠啊！」

堅持不輟的努力修煉，我現在已經熟練掌握了第四曲的能量，只要安然度劫，進入到第五曲的境界，我就進入了四位長輩口中真正高手的境界，那時候我也不用天天打坐修煉了，內息會在體內形成一個大循環，自然的吸收外界的靈氣將其煉化收爲己用。

一晃又過了兩天，突然一個水手來報，說那條一直跟著我們的「飛箭魚王」突然消失了，好像已經放棄跟蹤我們了。

我心中微微歎道：「不愧是活了很多年的強橫生物，牠有可能是感覺到我們幾人都有很強的能量，能夠威脅到牠的生存，才會不再跟蹤了吧。也算牠見機得早，保了自己的一命。」

突然船身一陣顫動，接二連三又是幾下顫動，一個水手跌跌撞撞的跑了進來，強裝鎮定的臉上有難以掩飾慌張之色：「少主，突然出現一條更大的『飛箭魚』，正在用身體撞我們的船。」

傲雲喝道：「船身有沒有什麼損傷？」

水手道：「暫時沒有。」

傲雲冷冷的道：「這個畜生，賊心不死，竟然撞我的船，讓牠撞好了，我看牠有什麼能耐，想撞壞我的船，船身的那些合金花了我十幾億的方舟幣，是這麼容易毀的嗎！你們去把船穩住，動用船上的全部火力，把牠給我打成一條死魚。」

水手們應命而去，我們幾人也快速的來到甲板上，一條黑影彷彿是烏雲壓頂吧，向我們撞來，厚重的尾鰭狠狠的敲在船身的護罩上，這是一條三四十米長的「飛箭魚」，只牙齒就有幾米之巨，先前的那隻「飛箭魚王」和牠一比，就像是一個笑話。

我們驚駭的望著突如其來的「飛箭魚」，藍薇在我身邊喃喃的道：「這才是真正的

『飛箭魚王』吧。」

強大的火力如煙花般在「超級飛箭魚」身上盛開，牠卻恍若無事般一次一次的撞到船身上，劇烈的晃動，讓我們從心底產生驚懼的情緒。我們的船不過一百多米，而這傢伙竟然有三四十米。

我心中閃過一絲絲的寒意，卻仍鎮定的道：「傲雲，下令水手們停止開火，這種攻擊無法對牠造成傷害。讓我們幾人出去幹掉牠。」

護罩開啓的一剎那，我們幾人倏地飛了出去，高高的立在天空，我手中的「大地之劍」釋放出最強烈的劍光，天空中飄著雨絲，淫雨菲菲。對付牠，我不知道精神攻擊會不會有效果，乾脆收了自己強大的氣勢，人劍合一首先向牠投去。

半邊天空都充塞著黃色的劍芒，眼看即將射到牠身上的剎那間，忽然一股強大的氣流從我身下襲擊而到，迫於無奈，我只能回劍自保，人劍合一之勢立即消失，手臂一振，尺長的至陰劍氣向那股襲擊而來的氣流電射而去，全身一震，我被拋飛出去。

耳邊聽到半空中響起一聲如牛鳴般的巨響，我心中怒罵好狡猾的「飛箭魚」，偷襲我的竟然是跟蹤了我們兩天的那隻「飛箭魚王」，想來那隻更大的「超級飛箭魚」，就是牠找來報仇的。

我穩住身體，望著落到水中的那條陰險的「飛箭魚王」，我望了一眼驚住了的眾人，高聲道：「這隻歸你們，大的歸我！」

我活動了一下手腳，確定沒有受傷後，手臂一揮，全力催發劍氣向那尾「超級飛箭魚」飛去。因爲牠的體型實在太大，相對短小的鰭已經不能幫助牠在空中作更多的停留，所以每次的攻擊牠都會落回海中，我居高臨下的望著下面的海域，只要牠一有動靜，我就會以雷霆之勢給牠最強的打擊。

傲雲等幾人也反應過來，紛紛催動自己最強的內息，等待著那隻「飛箭魚王」飛出來。

我高聲道：「你們要小心，魚鱗十分堅硬，我剛才發出的劍氣都無法對牠造成很大的傷害。」

空中遇到藍薇關心的目光，心中一熱，向她微微點頭，熱血澎湃起來，心中的那點恐懼被拋得無影無蹤。

男人真是一種奇怪的動物，受到自己心愛人的鼓勵，即便只是一個眼神，也能催發出無窮的動力和鬥志。

腳下空氣一顫，「超級飛箭魚」陡然從我身下筆直的向我衝來，如黑洞般的大嘴大大的張開著，「點綴」在兩側的鋒利牙齒如一把把奪命死神鐮刀，向我散發著死亡的氣息。

我微微一笑，暗道笨重的大魚，妄圖把我一口吞了嗎？那就要看你的胃口有多大了。吞吐不定的劍芒陡然變得彷彿實質一般。

至陰內息將四周化爲冰窟，我嘿嘿笑著道：「大魚，享受一下冰棍的味道吧！」劍氣形成一條無堅不摧的劍束，重重的擊在牠的頭部，卻只磕掉了幾塊大如面盤的鱗片，牠疼得吼叫出來，聲音充滿了憤怒和痛楚。

不過這一劍也只能讓牠疼痛一下而已，並沒對牠造成實質性傷害，我受到牠衝力的撞擊，上噸的身體重量最起碼造成了幾噸以上的衝擊，虎口當即破裂，痛得我直皺著眉頭，手中神劍也拿不穩掉落下去。我輕聲召喚，神劍化作星光回到我體內。

我恨恨的咒罵了一聲，牠的皮究竟是什麼造的，竟有這麼強的韌性，一瞬間不但給我造成了一定傷害，還讓我的「土之厚實」也受了一些損傷。「超級飛箭魚」張開大大的嘴巴，迎著我從空中落下的身體吞去。

在一片驚呼聲中，我險之毫釐的施展「御風術」從魚嘴中脫生。

我幾乎可以嗅到牠嘴中噴出的臭氣，我抓著牠那幾根很滑的鬍鬚，借力蕩到牠的背上，牠的脊背更是異常滑膩，使我站立不穩。

我一手抓住一大塊鱗片，另一手拿著神劍，運足了內息狠狠的插下去，連續幾次，終於成功的插了進去，我牢牢的握緊神劍，另一手鬆開鱗片，召喚出「盤龍棍」，猛的向牠的頭部敲去，敲了幾下我才意識到，棍身太短，剛才那幾下，只能算是給它搔癢而已。

我將內息注入其中，棍身陡然長大到十幾米長，我輪起盤龍棍一次次的重擊在它的腦袋上，「超級飛箭魚」終於忍受不住痛苦，發出炸雷般的響聲，身體摔到海中，再高高的縱起，然後再落下再躍起。

我想牠已經被敲得頭暈眼花了吧，帶著我在海中亂躥。

我緊緊的抓住神劍，另外催動全身內息，盤龍棍放出刺眼的光華，漸漸光華凝聚在一起，在棍子的另一端跳動著，彷彿隨時都會脫離棍身飛出去一樣，逐漸的光華化作一個蛇頭獅身的神獸。

這時比劍氣、刀罡剛高級的攻擊方式——幻化。我伸手將盤龍棍高高抬起，重重的落下去，砸在牠的腦袋上。

幻靈也以極強的威勢，撲向「超級飛箭魚」，這次打擊，足以讓牠記住一百年的，「超級飛箭魚」慘嚎一聲，墜落到海水中。

我也隨著牠一塊落了下去，在海水強力的衝擊下，幾乎把我給震暈了，「超級飛箭魚」一落到海中，就拚命向下沉去，開始我還不知道牠爲什麼這麼做，在我逐漸感到被水壓得喘不過來氣的時候，我終於猜到牠是想要用水壓來擺脫我。

看著牠滿不在乎的不斷下潛，我知道我再不鬆開，就要被壓成肉泥了，我雙手一鬆，神劍化作亮晶晶的光芒在海水中飄回到我體內。

四周漆黑一片，只有附著在我身體四周的神劍星光散發著不足一米的亮光。四周的水壓很大，我暗暗的估測自己究竟下潛到多深了，竟然連我都承受不住，骨頭發出「嘎吱」的響聲，那是壓力太大的緣故。我收斂自己的氣息，安定心神，心無旁鶩的一直向上游去。

雖然那隻「超級飛箭魚」受到了足夠牠養很長時間的傷，但是我不能確定，牠會不會就此甘休。

壓力逐漸減小，我已經看到了海面，鼓足一把勁，我倏地脫離海水，飛到空中，潮濕的衣服緊緊貼著身體，海風一吹，立時感到有些冷，邊運起純陽真氣驅寒，邊向另一邊的戰場去。

「盤龍棍」迎風而長，瞬間已有五六米長，我大喝一聲：「讓開！」

藍薇幾人聽到我的聲音，立即退往一邊，我迎著「飛箭魚王」狠狠的砸過去，牠沒有任何表情的黑眼珠盯著我，驀地吼叫一聲，張開大口，露出鋒利牙齒，尾鰭使勁一擺，竟然以更快的速度向我撲過來。

我嘿嘿一笑，厲喝道：「孽畜，你家祖宗都被我趕走了，你還不趕快隨著牠一塊逃走，還能留下一命！」

眼看快要接近，「盤龍棍」突然又長了幾米，憑牠的智慧，恐怕就算是死了也搞不清為什麼我手裏的棍子會突然變長的。

帶著千鈞之力的「盤龍棍」以至陰內息的寒冷氣勁重重打在牠的腦袋上，傾巢而出的寒冷氣勁倏地從棍身蔓延至牠全身。

受到我重創的「飛箭魚王」在如此狀況下，仍兇悍的將從牠頭部滑下來的「盤龍棍」給死死咬到口中，我竟然從牠那烏黑而沒有表情的冰冷眼神中讀出了「仇恨」兩字！

很快，「飛箭魚王」身上已經結了一層薄薄的冰霜，其他幾人見機一擁而上，使出各自最強的招式，狠狠的打擊在「飛箭魚王」身上，「飛箭魚王」怪叫著，緊緊咬著「盤龍棍」的牙齒終於鬆開。

我鬆了一口氣，這個物種真是難纏得緊啊，一陡手，「盤龍棍」徐徐的縮短。突然一種巨大的危險感，讓我猜到是「超級飛箭魚王」回來了，念頭剛畢，忽然發現藍薇眼神中驚駭欲絕的神情，隨即她淒厲的喊叫一聲，「霜之哀傷」帶起一片雪花向我衝來。

巨大的風聲灌耳而來，頭頂忽然變暗，一股腥臭之氣充斥在四周，我立即意識到，這是「超級飛箭魚王」的大嘴巴，牠把我給吞了！

憑藉著尚未合攏的嘴巴中透進來的一絲亮光，我隱約可看到，一根根比我手臂還粗的獠牙，開始上下的交錯。要是讓牠合實了，我定然難逃一死，此刻想飛出去已是不可能了，我只有竭力向肚子的深處飛去。

腥臭的液體不斷的從四壁滑落，踩著噁心至極的臭水，我飛起來向前行去，牠的唾液有很強的腐蝕性，我身上的衣服已經被燒壞了好幾處，我不得不給自己添加一道護罩。

我邊走邊打量著四周，這裏該是牠的胃部了吧，周圍交錯著各種難看的粗大血管似的經絡。四周隱約可聽到水花聲，我想牠可能回到水中了吧，我繼續向前行去，腦海中迅速轉著，想脫身的辦法，腹內的肉嫩，應該可以輕易的割破，但是不曉得能否穿透最外那層皮鱗，我可不想死在魚肚子裏。

再往前，忽然我看到一絲青色的亮光，淡淡的若隱若現，我懷疑這是不是自己的錯覺？

魚肚子裏除了我放出的光外，哪還有什麼光，但是那一絲青光是不會錯的，我加快幾步向亮光的地方飛去。

「哇！」我輕輕的驚歎一聲，一團火焰似的青光，竟然漂浮在空中，「這不是寵獸的精魄嗎？難道這傢伙活得太久，也進化出了這種東西，這可是好寶貝啊，不要浪費了，帶回去研究一下。」

我將面前伸手可得的精魄給拿到手中，溫溫的感覺，精魄不比平常物件，長時間待在空氣中，就會能量化，最後以能量的形式消失在空氣中，我將精魄封印到「神鐵木劍」中！

不經意的向下瞥了一眼，卻看到一個白晃晃的東西，大若拳頭，我彎下腰去，小心的撿起來，卻發現這是珍珠，我在心中讚歎不已。「好大的珍珠啊，不知道這條老魚是在哪找到這麼大顆珍珠，想來應是海蚌被牠吃到肚子裏，最後只留下一顆大珍珠！哇，這裏還有好多，當作戰利品帶回去，送給藍薇，還有月師姐，風笑兒。」

我在心中偷笑不已，這下子賺到了，被「超級飛箭魚王」吞到肚子裏，不但沒死，還能搞到這麼多寶貝。牠差不多也活了上千年了吧，或者最少也有幾百年，牠的精魄少說也有幾百年的時間了。

撿了四五十顆珍珠，而且還有比拳頭兩倍大的。不知道這傢伙在哪吃的海蚌，竟然能孕育出這麼大顆的珍珠。

突然，腦中靈光一閃，我忽然想到魚的腹部通常來說都是很軟的，因爲那裏的魚鱗最少，在年少時，母親切魚的時候不都是從魚腹部開始的嗎，我差點就想高興的大笑兩聲！

我喃喃地道：「魚啊魚，你今天的死期到了，你活了這麼多年，橫行在這片海域，今次就由我來超度你吧。」

選好位置，我召喚出「土之厚實」，這一次關係我的生死，不得不謹慎對待，我幾乎將所有的內息全部灌入神劍中，神劍隨著我龐大無匹的內息輸入，燦發出越來越強的金光，最後神劍幾乎光質化。

我閉上眼睛，默默的將神劍延長，今次務必要一次穿透牠的腹部，否則牠疼得亂跑亂躥，我就無法安心的繼續下去。

運足了氣，使自己的精神平和下來，鎮定的睜開眼，兩道精光直射出去，我狂吼一聲，神劍直沒入深處，絲毫沒有遇到任何阻礙，我稍稍的安下心來。

突然魚身一陣劇烈的震動，隨即我被向上拋出去。

看來是「超級飛箭魚王」發狂了，我可以猜想出牠在無盡的海水中如沒頭蒼蠅般亂躥。

我竭力的穩住身體，再使一把力，大吼一聲，「呀！」

神劍猛的向下刺去，突然神劍遇到阻礙，倏地一頓，速度滯了一滯，才接著向下刺去。

海水毫無徵兆的噴了進來，我大喜，剛才受到阻礙那一下，應該是刺到牠的皮鱗了！

身劍合一，快速絕倫的從破開的那個缺口衝了出去，進入到水中，還來不及歡呼，強烈的水壓差點把我五臟六腑都給擠碎了。

這條混帳魚，究竟潛到多深，七竅已經承受不住這種壓力開始流血，我在心中狂喊：

「合體！」這種時候合體自然是要與小黑合體的，牠本是水中之物，有很強的抵抗水壓的本能，與牠合體是在適合不過的了。

全身的功力迎接著小黑的能量全力護住身體，瞬間周圍霞光萬道，在漆黑的深海中這也算是奇景了。

小黑帶著靈龜鼎與我合爲一體，身體的壓力頓時大減，卻仍然有很強的壓抑感，令我一陣陣的不舒服，我加勁向上游去。

突然，身體周圍的水流混亂起來，竟然一股極強的吸力從身後傳來。

百忙之中，我回頭望了一眼，「超級飛箭魚王」張開巨口，吞吐著海水，那股吸力就是由此而來。

這條死魚看來是想和我拚命，我使出所有力氣，迅速向上方游去，牠也緊緊跟在身後，眼看著離海面越來越近，身後的那尾大魚也離我越來越近，我猛的衝出海面，來不及呼吸一下寶貴的空氣，向著呆立在四周的人喊道：「快準備，牠要出來了。」

語音未畢，「超級飛箭魚王」帶著滔天的巨浪倏地破裂水面而出，血盤大口，憤怒的吼叫，都在傳達一個訊息，牠要和我們鬥個魚死網破。

傲雲幾人驚駭的往後退去。

不過我卻知道，牠這不過是垂死掙扎，神劍破開的傷口對牠來說雖然不是致命的大傷，倘若牠的精魄沒有被我掠走，牠尚能苟延殘喘，但是現在牠只有用最後一口氣來向我們報復。

我運氣厲聲道：「藍薇，全力凍住牠！」

藍薇和我先後向發狂的大魚撲了過去，其他幾人遲疑了一下，也衝了過來，藍薇的「霜之哀傷」射出極強烈的白光，一瞬間，彷彿又回到了冬季，天空的霏霏淫雨竟化作片片雪花，藍薇人劍合一。

小巧的九尾冰狐坐在神劍上搖動著四條毛茸茸的大尾巴，忽然化作一道白光，投到藍薇身上，氣勢剎那大漲，寒氣更盛，在她周圍的雨滴化作一個個冰點跌落。劇烈的寒冷氣息讓所有人從心底情不自禁的打了個冷顫，我隱約可見，在「超級飛箭魚王」表面的那層水幕，已經結冰。藍薇在強大的生物面前作出大的突破，所有寒氣鋪天蓋地的向牠席捲而去。

「超級飛箭魚王」拍打不停的尾鰭，首先被凍住，接著整個下半身都被凍住，只有上半身仍強韌的活動著。

我來不及去接住藍薇因為強大的反震力而被震飛的身體，我狂喝一聲，雙手抱住如水桶般粗大的棍身猛烈的向它重擊而去。

月師姐、沙祖樂、傲雲、風笑兒也都把握住眼前的大好機會，紛紛施出自己最強的攻擊，「超級飛箭魚王」發出驚天動地的哀吼，不甘的化爲碎碎的魚塊，灑落到海水中。

我呼呼的喘了口氣，向藍薇飛過去，將她緊緊抱在懷裏，劫後餘生的感覺真是太好了。藍薇沒有大礙只是一點皮外傷。我將內息輸入她體內，幫她拂順有些紊亂的內息。

我招呼幾個水手收集一些沒有損壞的大魚皮鱗，這麼好的東西是煉製皮甲和兵器的好材料，丟在海水中太可惜了。

兩杯熱氣騰騰的香茶入肚，我才好過一點，剛才只憑求生的欲望與「超級飛箭魚王」生死相搏，然而現在安全了，心底卻一陣陣的恐懼，而觀其他幾人，與我情形類似，大家都悶著頭喝茶。

我抖了抖手腕，身體一陣痠疼，我望著大家，微微笑了笑道：「你們說咱們是繼續旅行，還是掉頭回去？」

生死無常，剛才的情形大家彷彿都從鬼門關中兜了一圈，隨時都有可能沒命，大家現在能夠安然無恙的坐在這兒飲茶，一半是靠實力，另一半是靠運氣。

傲雲的修爲最低，剛才受到的影響最大，尤其最後，藍薇使出全力催發劍靈放出極強的寒氣，雖然他只是受到波及，但已經凍得臉色蒼白，手腳發抖，此時好不容易才恢復過來，臉上有些暖色，他歎了口氣道：「當年父親帶著我暢遊太陽海，爲什麼我就不記得有這麼危險的事呢？」

一時間，我的腦海中出現三叔蓋世豪俠的模樣，一葉扁舟，身縛利劍，偕著年幼的傲雲，在驚濤駭浪中搏殺兇猛海獸，盡現豪氣沖天的本色。

月師姐沒好氣的瞥了他一眼道：「咱們姐弟幾人就數你沒出息，看看你剛才的狼狽樣，三師伯是何等樣人，就是把我們幾個全加在一起，也抵不上他老人家十分之一的修爲。」

傲雲不服氣的道：「我修的魔法主張以精神爲主，在肉體上的修煉自然是不如你們的，但是要說到精神方面，除了依天我不敢說，你們幾人都沒我的精神強。剛才如果沒我的幫忙，一個恐懼術，兩個冰凍術，一個縛靈，你以爲那條大魚這麼容易被幹掉嗎？」

沙祖樂聳聳肩道：「我沒意見，大家要是決定繼續航行，我就奉陪到底，剛才雖然是危險，但是卻非常刺激，要是在家裏一輩子，恐怕也沒這種死亡的體驗，一個星期內，我估計自己的修爲最起碼要在上升一個級別，這種經驗可是非常難得的。」

風笑兒見我們望著她，淡淡道：「看我做什麼，你們什麼時候看過我認輸嗎？半途而廢不是我的性格。」

我望著藍薇道：「藍薇，要是你覺得……」

藍薇微微一笑，道：「沙祖樂說得很對，這種經驗很難得，估計我也在一個星期內修爲會再進一步，我們要是安逸的待在家裏，不知道幾時才會有進步。再說，剛才大家不是都查看了政府發出的關於太陽海的資料嗎，這種危險的情況很少出現，咱們不過運氣太好了一點，正好趕上吧，我想後面的航行不會比今次更危險的了！」

我苦笑道：「咱們運氣也太好了，連這種從未出現過的飛箭魚的祖宗都出現了。」

傲雲咳了兩聲，示意大家靜下來，看了我們一眼，道：「既然大家都決定要繼續航行下去，那麼我再給大家明確一下此次航行的目的地，我們的終點是『方丁城』，咱們現在所選的航線是一條船隻較少航行的老路線，按照我們現在的航行速度，應該在四個月後趕到『方丁城』，我們本身就是來遊山玩水的，所以這個時間不算慢！」

頓了頓，又瞥了我們一眼道：「大家有沒有什麼疑問，有問題可以提出來。」

我們搖了搖頭，傲雲向我們一笑道：「既然沒有問題，那麼我宣佈會議解散，可以自由發言了。」

我咳嗽了兩聲，等到吸引了眾人的目光，我微微一笑道：「小弟在那條超級大魚的肚子裏弄了幾樣有趣的小玩意，也算是沒有白白的被牠吃一次。」我取出神鐵木劍，在大家好奇的眼光中，我解開那枚稀罕的精魄封印，一朵跳動著的紅色火焰出現在大家眼中。

「哇，這是什麼東西？」

我微微笑著對月師姐道：「小弟推測，以牠的體型來算，牠可能已經存活千年左右的時間了，所以已經進化到具有智慧的寵獸階段，有了自己的精魄，這個就是我從牠肚子裏取來的，很可能這個精魄已經有幾百年了，蘊涵了那隻倒楣大魚幾百年的生命力！」

傲雲伸手輕輕的捧著精魄，感受著牠微溫的溫度，驚歎道：「富貴險中求這句話當真是有道理，咱們歷經生死大難，卻獲得這種好寶貝！」

風笑兒興趣十足的道：「這寵獸的精魄對我們難道會有什麼用？」

傲雲神秘的一笑，卻沉吟不語，等到吊足了我們的胃口，始緩緩地道：「人的生命不過一百多年到兩百年之間，而這枚小小的精魄卻蘊涵了幾百年的生命力，這枚精魄至少能給我們增加一百年的生命力，強化我們的生命，也可以說是給我們增加了一百年的壽命，或者我們可以將生命力轉化爲自己的修爲。」

沙祖樂道：「我們要怎麼吸收啊？這個精魄，究竟該用什麼方法來吸收它呢？」

風笑兒忽然道：「我們殺了牠，現在還要吸收牠的精魄，有些不大好吧！」

傲雲道：「死亡不過是生命的開始，牠現在說不定已經開始了新生命的旅程，再說這個東西咱們就算是把它供起來，牠也沒辦法起死回生的。」

藍薇向風笑兒道：「傲雲說得不錯，何況是牠們先襲擊我們，我們不反擊，就會被牠們當作餐點給吃了，牠們現在死亡，而我們利用牠剩下的唯一一些好處，只不過是大自然物盡天擇的定律而已，不能用人類之間的關係來套用在牠們身上。」

傲雲見風笑兒終於同意了，大家把視線都集中到他身上，豪氣干雲的道：「我們每個人釋放出自己的氣，用精神來感受它獨特的氣息，然後慢慢的往自己體內牽引……」

還沒說完，忽然一道紅光像是箭頭一樣筆直的向精魄射去。

眾人誰也沒來得及反應，等到我們大驚，待要阻止時已經太晚了，我哭笑不得的看著，原來精魄的位置已經被「似鳳」給佔據了。「似鳳」伸長了脖子，正努力的向下吞咽精魄。

「啊！」傲雲悲痛的大吼一聲，上前一把抓著牠，努力的搖著牠的身體想讓「似鳳」把吞下的精魄給吐出來，不過「似鳳」終於還是把精魄給吞下去了，傲雲悲憤地道：「混蛋，有了精魄，我馬上就可以突破現在的瓶頸進入新的魔法境界！現在一切都成空了！」

我歎了一口氣，我早該想到「似鳳」會覬覦這個蘊涵了幾百年生命力的精魄，畢竟牠以前就有過吞吃寵獸精魄的經歷。可惜我被傲雲的話給吸引了，竟把這個一向以「賊」爲名的傢伙給忘了。

天材地寶有緣得之，既然我們沒得到，只能說是沒緣吧。立在一邊的七小，見被「似鳳」搶先，搖了搖腦袋走開了。

傲雲也只好無奈的放開牠，「似鳳」拍了拍翅膀，賊頭賊腦的瞥了我們一眼，頗爲得意的「啁啁」叫了幾聲，音線竟與以前頗有不同，更加清脆，充滿靈氣，我大訝，盯著牠仔細瞧了幾眼。

傲雲見牠一副炫耀的樣子，不爽的在牠身上來了個暴栗，沒想到在他一敲之下，「似鳳」身上的兩三根羽毛竟然自動脫落，片片在空中旋轉著向下飄，快要及地的一刹那，突然憑空出現一簇火苗，幾片羽毛在落地前被火苗燒爲虛無。

我隱隱猜到點什麼，卻又不能確定，我仔細的望著「似鳳」，其他幾人也都吃驚的望著牠，想知道，千百年生命力被牠一鳥吸收後，會產生什麼變化。

我感覺到空中熾熱的元素都在向「似鳳」聚攏，「似鳳」周圍的空氣開始扭曲，變得不真實起來，隨著時間的一點點推移，「似鳳」周圍的熱量越來越多，高溫已經讓我們不得不用內息護住自己，免被灼傷。

又過了一會兒，忽然一團閃耀的火焰倏地從中心升起，火勢越來越旺，卻只局限在某一個位置，「似鳳」被高溫火焰包圍，卻沒發出一點聲音，我們瞠目結舌的望著火焰將「似鳳」燒得一丁點不剩。

火焰終於退去，「似鳳」的位置卻留下了一個金光閃閃的卵狀物，周圍不停的釋放著一圈圈金光。「似鳳」化的卵大約比一個面盤稍小，金光閃動卻讓人誤以爲是金卵在如心臟般跳動。

我們互相望了一眼，均看出對方眼中的驚訝之色，藍薇伸出纖纖玉手去感受這只金卵，甫一沾到卻立即縮回手來，皺眉道：「好燙！」

我聞言也伸出手去，果然溫度驚人，比起我放出的三昧真火差不了多少，傲雲不信的也上前摸了一下，頓時被燙得齜牙咧嘴，手上立即起了個大大的水泡，其他幾人也都運足內息護著手摸了摸金卵。

我們互相望了一眼，均看出彼此眼中的驚色，沙祖樂吃驚的道：「據我家族記載，鳳凰壽命將盡時，會選擇一個靈氣充溢的地方，在火中化爲卵狀，等到復甦之時，金卵幻化出無窮的火焰，這時，重生的鳳凰會破殼而出。」

沙祖樂的意思很明白，他是在懷疑「似鳳」要進化成鳳凰了，傲雲沮喪的道：「唉，我們拚活拚死的弄來這麼個好東西，卻讓這個賊鳥得了好處，真是不甘心啊，牠要是進化成鳳凰，我要幾根鳳凰羽毛。」

我訝道：「你要鳳凰羽毛作什麼？」

傲雲白我一眼道：「總要有些東西作補償吧，何況鳳凰這麼稀罕的東西，幾百年前就沒有人見到過了，牠的羽毛可是頗具收藏價值啊。」

我頓時無言！月師姐沒好氣的瞪了他一眼道：「什麼拚活拚死，這是小師弟冒死在魚肚子裏弄來的，牠的寵獸吃了，也是理所當然的。」

沙祖樂歎了一聲道：「據說鳳凰浴火重生的時間不等，有幾年的有十幾年的，也有一百多年的。」

我驚奇地道：「爲什麼會這樣，難道是因爲鳳凰的年齡不同，所以重生的時間也不等嗎？」

沙祖樂道：「可能也與此有些關係吧，但是還有另外一個重要原因，鳳凰重生其實是在吸收靈氣，只要牠聚集了足夠多的靈氣，自然就會再生的！」

我望著金卵，心中感歎，豈不是很長一段時間要看不到這個賊鳥了？要是幾年都看不到，耳根倒也清淨，也不怕這隻賊鳥給我惹麻煩了。

沙祖樂道：「你要把牠放到一個靈氣很足的地方吸收靈氣，否則我們可能這一輩子也不能看到牠重生了。據說鳳凰重生是很壯觀的，先是火焰沖天而起，彩雲在天邊漂浮，方圓百里之內的百鳥都要過來朝拜，祝賀鳥王重生。」

靈氣充足的地方，我倒是知道這麼個地方。一揮手，靈龜鼎即被我召喚出來，鼎蓋憑空浮起一米之高，鼎內靈氣頓時四溢，我捲動氣流將金卵送到鼎內，感受到鼎內龐大的靈氣，金卵外的金光頓時大漲。

這不禁讓我對沙祖樂的話更加相信了。

我並不怕金卵會吸光鼎內的靈氣，使小龜受損，事實上，金卵本身就蘊含了大量的靈氣，兩者會相得益彰，小龜受此之益，會再進化一步。

爲什麼我堅信金卵不會吸光鼎內的靈氣，當年我和二叔巧遇鳳凰重生的場面，得到不少神鐵木，這個神鐵木就是吸收了鳳凰的靈氣才形成的，如果金卵真的會吸光周圍的靈氣，那麼那株數百年的鐵樹恐怕已經被金卵吸光靈氣，成了樹乾吧！

我收回靈龜鼎，同時叮囑小龜不要一時興起把金卵在鼎內給煉化了，那時候，賊鳥可就叫天天不應，叫地地不靈了。

望著眾人一副意興闌珊的樣子，我忽然想到自己在魚肚子中還弄了不少好東西。

我朗笑一聲道：「我給大家再看一樣好東西。」眾人見我有些神秘的樣子，不禁想知道我在大魚肚子中還獲得了什麼好東西。

我挑出一個最大顆珍珠放到藍薇手中，藍薇吃驚的望著珍珠，驚異之色溢於言表，輕輕的用衣袖拭去留於表面的渾濁污垢，潔白如雪的珍珠竟然散發著淡淡的瑩光，藍薇別轉頭望著我，眼神充滿愛意。

珍珠在眾人手中傳看著，每個人都發出嘖嘖的讚歎，傲雲道：「這個該不是普通的珍珠，普通的珍珠不會發出這種祥和的光芒，另外它也應該不是夜明珠，夜明珠放出的白光和這也有很大的區別。」

風笑兒道：「我拿著這珍珠，感覺心中非常平和，安靜。」

傲雲將珍珠送回到我手上，呵呵笑道：「沒想到這大魚肚子裏寶貝還真多，就連我也想被牠吞到肚子裏了。」

我悠然笑道：「雖然你沒去牠肚子裏拜訪一下，但是牠肚子裏的寶貝我替每個人都帶了一份回來。」我取出烏金戒指中最大的幾顆珍珠，真正是見者有份，每人一個。

我邊把珍珠送到每個人手裏，邊道：「這些都是在大魚肚子裏尋獲的，想必是這條千年的魚精從哪些深海的區域所吞吃的罕見海蚌的產物。大家不要客氣，我這還有很多。」

我們六人手裏，每人都拿著一顆碩大的珍珠，瑩潤、溫柔的白光充盈在四周，映射在每個人的臉上。

我們捧著手中的珍珠，感受著它給我們帶來的那種祥和安靜的感覺，藍薇如花朵般的嬌靨在珍珠的白光中愈發顯得嬌嫩，我愛憐的注視著她，腦海中回想我被大魚吞到肚子的剎那，看到藍薇拚命上前要救我出魚腹的情景，不禁感謝上天將她賜給我。

時間匆匆而過，幾天後，我們已經將那次的危險徹底拋在腦後了，事實上這幾天都是風平浪靜，沒有出現什麼危險的事情，時而會出現幾隻不知趣的小海獸搗亂一番，即被我們轟走。

今天海上的陽光出奇的好，我們幾人將船停下，駕了艘小艇在離大船不遠的地方停下，甩開漁竿，興致盎然的釣起魚來。

喜歡湊熱鬧的七小，不再像剛來大海時那樣害怕，此時已經拍打著翅膀在海面飛翔，而且接替了「似鳳」的位置，不斷的追逐著在附近飛過的海鳥，不幸從此經過的海鳥總是尖聲叫著逃走。

「哇哈，又上來一條！」傲雲好像比較有釣魚的天賦，一會兒工夫他已經弄上來六七條又肥又大的魚。

我想著「似鳳」化成的金卵，這幾天一點動靜也沒有，我想它真的可能要好長時間才能進化好吧。正想著，忽然漁竿一沉，竟然有魚上鉤了，我一邊向上拉線，一邊招呼藍薇趕快用漁網來接。

一條數尺長的大魚被我給釣了上來，藍薇欣喜卻又有些手忙腳亂的才把魚給放到魚桶中。

那邊響起月師姐的抱怨聲：「怎麼搞的，他們都釣上來了，就我們還一條都沒釣到，沙祖樂，你要再釣不著就換我來。」

「哇哇！這條更大哎！笑兒快接著。」

傲雲的聲音更使月師姐氣憤不已。

第三章　黃金蟒颱風

以預期的時間如約而至，驚濤駭浪帶著狂風暴雨，即便是我們這艘一百多米長的船也無法準確地控制航向，在海浪中如一片葉子在飄搖不定。

面對這種情況，我們這些沒有一點水上經驗的人只有待在自己的臥室中，祈禱風暴快點過去。幸好傲雲挑選的這些水手都是頗有海上經驗的，面對驚人的滔天巨浪，仍是有條不紊地控制船身的平衡。

船身震顫著，我們的心靈也經受著一次次衝擊！在陸地哪裏可以看到這種大自然的威力。自然威力的不可抗拒，在這裏又一次得到驗證。

臨晨時分，我們終於安然度過可怕的颱風勢力範圍，大面積的狂風雨逐漸減小，經過一夜的折磨，每個人都心神俱疲，將船定成自動導航系統模式，大部分人都回到自己的房間安然睡著了。

雖然是臨晨，但是外面的世界仍是漆黑一片，黑黝黝的大海像是一隻張開大口的海獸，四周除了海浪聲，就再也沒有其他的聲音。

我們幾人也都乖乖地待在自己的臥室中睡了下來，雖然我們人人都有一身很高強的修爲，但是對於如此超越自己知識範圍的東西，仍然感到提心吊膽，戰戰兢兢。好在並未發生意外，所有的水手也都安然無恙，船身也沒損壞，這歸功於傲雲用來包裝船身的都是上好的材料。

藍薇躲在我的懷中沉沉睡去，我仰面望著天花板，耳朵中響著波浪呼嘯的聲音，心中洋溢著一種奇怪的感覺，那是被大自然所震撼的一種感覺，如此力量，人力是萬萬不能及的。

不知不覺中，我嗅著藍薇的髮香，也漸漸地進入夢鄉。

不知過了多久，走廊傳出來來回回的腳步聲，我驀地從夢中醒來，藍薇也醒了，未施粉黛的小臉鍍著一層淡淡的紅暈。

我微微笑著捏了捏她的瓊鼻，門外忽然傳來傲雲略顯焦急的聲音：「依天，你們倆纏綿完了就趕快出來，我們遇到了一點小麻煩。」

被他一吵，我和藍薇頓時意興闌珊，穿了衣服起床，卻突然覺得空氣的溫度有些冷的感覺，怎麼會這樣的！我和藍薇驚異地對視了一眼，調理內息產生足以保護體溫的能量。

推開房門，透過走廊上的玻璃，發現外面的世界竟是白茫茫的一片，皚皚白雪彷彿綿延到天的盡頭，大片大片的雪花從天而降，又急又密，連接在一起，人的視線很難穿透至百米以外的地方。

藍薇伴在我的身邊，禁不住驚歎一聲，穿過走廊，我們向甲板上走去，傲雲、月師姐她們早已聚在甲板上了，我邊走邊嘀咕：「我們剛在夢幻星過了冬天，怎麼現在又得過冬了。」

來到室外才發覺，風很大，溫度也極低，如果站在外面一動不動地待上十分鐘，我毫不懷疑天鵝絨般的雪花會把我塑成一個完美的雪人。

我們來到月師姐她們身邊，依著她們的目光向下望去，這一看，頓時讓我找到今天早上我感到有些不大對勁的原因，那是少了熟悉的海浪聲。原因無它，海面已經被冰封住，又哪還有海浪呢！

我倒抽一口冷氣，驚道：「冰塊有多厚？」

傲雲歎了口氣道：「你們沒感覺到船都已經停下來了嗎？」

我吃驚地道：「竟然把船也給凍住了嗎？」

傲雲搖搖頭轉身離去，聲音從背後傳來：「少說也得有幾十米深。」

第一次見到這種情形的我們幾人，頓時被震撼了。

我們隨著傲雲來到主控室，傲雲調出船上資料庫中的地圖，指著上面的一個位置道：「我們現在處在這個位置。」然後指著另一個相隔不遠的地方道：「昨天我們處在這個位置，本來我們要沿著這條航線走的，卻因爲昨天的那場風暴給捲到了另一條航線上。」

月師姐道：「現在這條航線可以抵達目的地嗎？」

傲雲道：「當然可以，只不過時間上可能要晚兩到三個星期，而且這條航線比我們原定的那條航線還要難走，環境險惡是出了名的，因此荒廢很久了，不過電腦資料庫裏仍有這條航線的所有資料，走起來可能會困難點，但是應該可以安全抵達。」

月師姐不滿意地道：「我們需要一個十分熟悉海上情況的人來跟我們說兩條航線的區別，你這個傢伙還不是和我們一樣是旱鴨子，還在這裝海上專家，去把船長叫來！」

傲雲淡淡地道：「航線由我們選擇，而他只是負責幫我們解決在海上遇到的各種突發情況，如果讓他來幫我們選擇，我想他絕對會選擇一條最安全最快的航線抵達目的地，那我們出來還有意義嗎？」

月師姐不料傲雲突然言辭鋒利起來，一時不知該如何反駁，決定暫時放他一馬，以後再找他算帳。

傲雲接著道：「現在船已經被凍住了，動彈不得，咱們一是等暖流經過，冰塊自動解封，顯然時間太久不大現實；另一個方法就是使用船上裝備的碎冰裝備打開一條航線，估計速度會比平常慢兩到三倍。船上有足夠的水和食物，倒也不用擔心因爲時間拖長食物會匱乏。大家決定吧。」

我望著地圖上一點，道：「這裏好像有一個不小的島嶼群。」

傲雲道：「剛才忘記說了，在離我們這裏差不多五六十里外的一個地方，有一個大的島嶼，據資料顯示，上面並沒有人類存在，只有一些普通的鳥獸。」

風笑兒道：「不會這個島嶼又是一個睡覺中的大龜吧。」

傲雲微微笑道：「笑兒放心，這次絕對不會是，那個島嶼大約有水晶城那麼大，我想還沒有哪隻大龜可以長到那麼大吧。」

我長身而起道：「既然天意讓我們停到這了，我們就去島上看看，船停在這裏破冰，我們帶上可攜式通訊器，隨時都可以和船會合，等我們玩夠了，再回到船上來。」

月師姐道：「這個主意好，我贊成。如果我們這趟海上之旅連海島都沒上去過，不是等於白來一次嗎？」

風笑兒道：「我也同意，好想看看海上的小島和陸地有什麼不同的地方，而且在海上的冰面行走，滋味應該和陸地有很大區別吧。」

傲雲攤攤手道：「既然大家都同意依天的提議，我沒意見，咱們就用過早餐後出發，我把一些事宜向船長安排一下。」

半晌沒有說話的藍薇，忽然道：「我有一個提議，咱們如果就這麼去，顯得有些無趣，不如咱們來個比賽，兩人一組，看誰能先到小島，規則就是不准離開冰面，否則算輸。我當然和天哥一組，月姐姐和沙大哥一組，笑姐就委屈一點和傲雲一組。」

大家眼睛一亮，風笑兒道：「這個提議有趣，不准飛行，看誰能先到。」

用完早餐，傲雲給每個人發了一個簡單易用的表狀通訊器，又與船長確定了諸般事宜，我們幾人分成三組，分別向那個島嶼進發了。

也許在我們心中都認爲在如此天賜良機的情況下，不感受一下狗拉雪橇的浪漫實在是太荒廢了，傲雲召喚出幾隻雪中精靈，拉著他們飛快地向前奔去。月師姐她們這一組是沙祖樂用自己的寵獸來拉雪橇，雖然只有一隻，但是速度卻絲毫不比傲雲慢！顯然他那隻寵獸級別不低。

至於我嘛，當然是用七小來拉雪橇，狗與狼是近親，狼拉雪橇也不差啦，我望著遠去的那兩組，抱著七小的大腦袋道：「委屈你們了，要是贏了，送你們七顆『血參丸』。」

七小舔舔我的手掌，幽幽的狼眼溫馴地望著我，藍薇一邊撫摩著七小的腦袋，一邊向我道：「笑姐和月師姐他們都跑出好遠了。」

我笑嘻嘻地道：「咱們先讓讓他們，讓他們先高興高興。」接著我拍拍七小的大腦袋道：「咱們開始吧，讓你們的女主人看看你們的實力。」

剎那間令人毛骨悚然的狼吟在空曠的冰面上傳出，雪橇一頓，瞬間滑了出去，七小賣力地在冰層上奔騰，兩面的冰塊在眼前飛快地閃過，我們很快就逼近了月師姐和風笑兒兩組。

傲雲他們一組暫時領先月師姐一步之遙的距離，兩人都在大聲呵斥著自己的寵獸，好讓速度超過對方。

我望著藍薇道：「看吧，我早說過七小的速度可是最快的了，連『似鳳』那傢伙都跑不過七小，月師姐和傲雲他們召喚出來的寵獸又怎麼能超過我們呢，呵呵，快要追到他們了。」

藍薇「呃」了一聲，剛開口，被一股冷風沖到嘴中，接著揮手擋開強勁的氣流道：「說起『似鳳』這個小傢伙都在『靈龜鼎』內待了好多天了，怎麼還沒有孵化嗎？」

我歎道：「我也不確定，鳳凰重生可不是每個人都能知道的，再說這個傢伙是不是進化成鳳凰還不一定呢，我可不大認爲牠能一下子就進化成鳳凰，以牠現在的級別，是不可能一下子進化成神獸級別的。」

說話間，我們已經來到傲雲身邊，藍薇向風笑兒招呼道：「笑姐，你們好慢喲，我們要超過你們了。」

風笑兒望著我們很快從她身邊經過，著急地拍了拍傲雲道：「快啊，藍薇都已經超過我們了呢。」

傲雲被風笑兒一拍，頓時慌了手腳，一不小心，連月師姐也超過了他，傲雲馬上安慰風笑兒道：「不要著急，馬上我們就可以趕超他們。」

說著話，傲雲凝神快速地念動魔法口訣，突然間，傲雲剛念完，幾隻拉雪橇的雪精靈頓時消失，而替代他們位置的是幾條又長又大的蟒蛇，黃色的鱗甲在白色的冰面上格外顯眼。

風笑兒一驚，天生怕蛇的她禁不住向傲雲身邊靠了靠，顫聲道：「你召喚的是什麼？」

傲雲看到那幾條又大又粗的金黃色異種蟒蛇也是吃了一驚，本想重新召喚，此時見風笑兒害怕得靠向自己，反而打算再召喚兩條出來。他道：「笑兒別怕，這是我召喚的本地精靈，你看牠們爬得多快，咱們馬上就能趕到依天的前面去。」

傲雲只顧享受佳人難得的「投懷送抱」，卻忽略了一件事。蛇類本性屬陰，生長在陰涼的地方，但是如此溫度，蛇類都會處於冬眠狀態，又有幾條會在零下好幾十度的冰面上生龍活虎地快速爬動的？

而且這幾條被他召喚出來的蟒蛇通體都是金色的，疾掠如飛。數十條金色的大蟒拉著雪橇急快地在冰塊上滑動。

「哇哦，真的好快啊！」風笑兒的長髮在快速的雪橇上幾乎被拉成了一條直線，而傲雲則享受著難得的豔福。

我指揮著七小快速地向前飛奔著，忽然藍薇驚道：「天哥，你看傲雲召喚出來的是什麼，金光一片？」

我聞言扭頭望去，二三十條大腿粗細的金黃色的蟒蛇，在冰面上彷彿受到什麼吸引瘋狂地向前蠕動，最奇怪這麼多條蟒蛇仍能保持齊頭並進，而絲毫不因數量的問題而使雪橇的速度變慢。

我大訝，放慢七小的速度，等傲雲他們逐漸向我們靠近，我仔細地望著這些金黃色的巨蟒，總感覺牠們的眼神中對我有種狂熱。

望著牠們越來越近的速度，我沉聲對藍薇道：「小心，這些奇怪的蟒蛇好像有問題。」藍薇應了一聲，內息已經在經脈中行動起來，以應付隨時可能發生的任何突發情況。

我望著落後我們半個身子的巨蟒，驚訝地發現牠們的鱗片彷彿是金屬般放出閃亮的光芒。

傲雲逐漸和我們並駕齊驅，興奮地向我招呼道：「在我後面吃灰吧。」

話音剛落，他的雪橇陡然震動，接著向一邊翻跌過去，傲雲和風笑兒頓時灰頭土臉地跌了出去，還好兩人的修為都不錯，沒有跌實就飛到了空中，但都嚇出了一身冷汗。

二三十條金黃色巨蟒，安穩地經過我身邊後，卻突然反過頭來，惡狠狠地撲向七小，雖然事情發生得很突然，幸好我早有準備，第一時間發出幾記掌刀，切斷了七小身上的繩索。

幾條金蟒倏地向我和藍薇撲過來，藍薇嬌斥一聲，無形的冰冷氣勁生生將撲來的幾條金蟒給凍成了冰雕，我望著呆立在空中的傲雲大聲喊道：「還不趕快控制好你召喚出來的小東西。」

傲雲馬上醒悟過來，點點頭，馬上用召喚魔法來控制金蟒，只是片刻工夫又有幾條金蟒被藍薇的神劍給切成了幾段，七小也紛紛怒吼著撲向那幾條不長眼的金蟒。

我望著如黃色閃電在空中縱橫的金蟒小心戒備著。傲雲忽然滿頭大汗向我道：「依天，這些金蟒出問題了，牠們不聽我的召喚，不肯回到自己的空間，牠們現在正處於一種很狂熱的狀態。」

我道：「什麼叫作很狂熱的狀態？」

傲雲道：「就是一種噬血的狀態，攻擊一切看到的生物。」

我反手取出神劍，冷冷地道：「既然是種邪惡的生物，那就把牠們統統殺光，以絕後患。」劍光一振，放出更強烈的金色光芒，縱身躍入蛇群中，劍光所過之處，每條蛇都無法躲避的被切成數截。

我提劍站在冰面，斬殺了最後一條金蟒。七小幾乎每個狼嘴中都咬著一條金蟒，此時好像不滿金蟒的不堪一擊，搖著大腦袋，嗚咽著將金蟒的屍體甩到冰面。

月師姐她們正好趕至，望著狼藉的冰層，訝道：「傲雲不是自詡自己召喚出來的寵物都完全自己命令的嗎，怎麼突然不聽使喚了！」

這也正是我想問傲雲的，但卻不是想質問他，我相信他是不會暗算我的。傲雲一臉懊惱地道：「我也不知道是爲什麼，本來這些金蟒的精神能量很少，所以我才能召喚出這麼多，剛才牠們突然發狂時，我試著控制牠們，卻發現牠們的精神能量大長，憑我的精神修爲根本無法控制牠們，這種怪事從來未發生過。」

我皺了皺眉頭，緩緩道：「真是咄咄怪事，會不會是你的魔法失靈了，所以導致這些金蟒突然不聽話，你卻誤以爲牠們的精神能量大長的緣故？」

傲雲斷然道：「這是絕對不可能的事情，我非常清楚魔法沒有失效，剛才我用盡自己的精神力也只送回去四條而已。」

我道：「魔法這種東西，我沒有你清楚，既然你肯定不是魔法失效的原因，那就一定另有原因，牠們爲什麼不攻擊你們而只攻擊我們呢，難道我們身上有什麼吸引牠們的東西？」

沙祖樂忽然道：「快看這蟒蛇，牠的身體變成了金子！」

我們大爲驚異，紛紛向地面的金蟒屍體望去，我撿起一隻金蟒半截身體，入手冰冷、堅硬，一點也沒有生物的感覺，赫然是黃金，整條蛇身由裏到外全變成了黃金。鱗片栩栩如生，如果不是先前是我親手將牠們給宰了，我真的會以爲，這是哪位富豪請巧匠用大量黃金雕刻出來的這麼多條金蟒。

月師姐呵呵笑道：「小師弟，你真是福將啊，剛到小島就有黃金拚命往你口袋裏塞啊！」

月師姐的打趣讓我苦笑道：「師姐，我剛來就引出這種奇怪的生物攻擊，這能算是福星嗎？」我眺望遠方的小島徐徐歎道：「看來小島不會是個安全的地方。」

月師姐笑道：「要是什麼事都不發生，那有什麼好玩！要不斷有稀奇古怪的事物出現才好玩，我是來探險的，可不是到親戚家玩的，還沒到小島就出現這麼多黃金蟒，你說裏面會不會有鑽石蛇？哈哈。」

本來愁眉不展的傲雲聽月師姐這麼一說，第一次和月師姐達成了共識，道：「恭喜發財啊，雖然我有很多錢了，但是這種東西可以帶回去當作紀念，呵呵，大家不要客氣啊，權當我請客了，可是黃金的喲，只可惜沒剩一條完整的。唉，依天，你剛剛也下手太狠了，這些可憐的小傢伙又不能威脅到你，何必把牠們斬成一截一截的哩。」

我沒好氣地瞪著他道：「這裏有一條完整的，你要不要。」藍薇手裏拿著一條唯一一條完整的，是剛才被她利用神劍中的寒氣給凍住而免逃身首異處的一條金蟒。

傲雲感歎地道：「還是這條完整，真不錯，活靈活現、栩栩如生，就算是最靈巧的工匠想必也不能雕刻出這種程度的金蟒。」

我從藍薇手中拿過金蟒，道：「抱歉，這條金蟒我要帶回去裝飾我的城堡，你要是想要一條完整的，何不自己再召喚幾條出來，我們一定不和你搶，你可以都帶回去留紀念。」

傲雲想到剛才那幾十條金蟒攻擊的情況，嘿嘿乾笑了兩聲道：「還是算了，這幾條不完整金蟒的紀念意義要大一些，就不用召喚了。」

我們幾人開始自發地打掃戰場，正如傲雲說的，這些金蟒也算是我們奇遇的一個證明，帶回去作紀念好了，也許有一天窮了，還能把牠們給賣了換錢。

我不經意地瞥了一眼遠處橫亙在太陽海上的島嶼，心中喃喃自語：「在島上會有什麼東西在等著我們呢！」

經過金蟒一事，傲雲再不敢召喚動物出來了，我們幾人收了雪橇，紛紛從空中向島嶼飛去，藍薇召喚出自己的寵獸「紅棗」，「紅棗」被封在劍中很長時間了，今天被召喚出來，撒歡般載著藍薇在天空飛翔。

我也騎在七小中老大的身上，抱著牠的大腦袋追著藍薇而去。

月師姐則駕馭著我給她煉製的「天使劍」流星趕月般向前投去，速度一點也不比我慢，眾人一時間都駕馭著自己的兵器寵獸向前飛去。

有了前車之鑒，雖然我們每個人都大聲嬉鬧，在空中追趕著向前飛翔，實際上，心中也都做好了遭遇不明生物的攻擊。

事實上，黃金蟒的事情已經超出了我們的知識範疇，從來沒有在哪些記載中有看到這種奇怪的生物，迅捷的速度，兇猛的攻擊力，死後卻化作黃金遺留在世間。

海島近在眼前，橫在腳下，「紅棗」「嗚嗚」地長叫一聲，當先第一個向下落去，我趕在牠身後第二個跟著向下方落去，同時大聲喊道：「大家都小心，下面就是我們的探險之地了！」

安穩地踏著海島的地面，極目四眺，入眼處，鬱鬱蔥蔥，竟是生機旺盛，藍薇忽然驚訝道：「爲什麼這裏會草木旺盛？」

月師姐不以爲意地道：「這很正常啊。」

藍薇指向我們身後道：「你們往後看！」

我們頓時臉色大變！

第四章 水晶螃蟹

近在我們身後的是一望無際的雪原，而只是一線之隔，我們所站立的小島上卻春機勃勃、生意盎然，怪不得藍薇這麼吃驚了。

大家心中有股說不出的古怪，一邊是溫暖如春，另一邊卻寒風凜冽。我們相對無言，我心中暗暗忖度，難道這又是大自然的奇蹟嗎?!

出乎意料的，傲雲緩緩地道：「在我學習的魔法書中，記載過這類事情，通過建立一些大魔法陣，並有足夠的運行動力，就可以達到這種效果，讓小片的範圍中完全不受外界的影響，保持四季如春。」

沙祖樂道：「魔法竟有這種強大的威力嗎？改變氣候是需要多麼龐大的力量才可以完成！」

傲雲受到質疑，也有些不大確定地歎了口氣道：「這個只是書本上的記載，我的魔力還無法達到那種程度，所以無法分辨真僞，只是如果說這是一個魔法陣，我爲什麼卻感覺不到魔法的波動呢？」

月師姐道：「也許是你疑神疑鬼吧，我才不相信魔法會有這麼強大的威力。」

我淡淡笑道：「空談無益，咱們還是向島中的深處去探察一下，如果真的是某個魔法陣，我想會對傲雲有很大的裨益。」

傲雲興奮地道：「沒錯，我一定要進去看看，這可是我在魔法的造詣上再深入一步的千載難逢好機會啊。」

我們幾人一路向西走去，經過的地方花草茂盛，水源充足，倒真的如同世外桃源般讓人心曠神怡，流連忘返。在一個向下陷入的盆地中，我們發現了一個石窟，洞口狹小，一直向前延伸，看不到頭。

傲雲站在洞口，望著洞壁上彷佛蝌蚪般幾個歪歪扭扭的符號，忽然傲雲向我們道：「我從這幾個符號上，感覺到了一股淡淡的魔力，顯然這幾個魔法符號已經存在太久的時間了，上面包含的魔力已經消散得差不多了，但是我可以感覺到寫這幾個魔法符號的人具有很強的魔力，我要繼續向裏面探個究竟。」

風笑兒追問道：「那幾個魔法符號是什麼意思？」

出乎意料的，傲雲道：「我不太清楚，那幾個魔法符號已經超出了我所學習的範圍。」忽然他臉上現出一絲喜色，道：「還好有笑兒的提醒，不然我還真的忽略了，我要把這幾個符號帶回去研究。」

說著話，他已經施了個漂浮術，冉冉地浮到那幾個魔法符號的面前，取出一個彷彿紙張的材料，輕輕地拓上去，幾個魔法符號突然放出極為激烈的紅光，隨即倏地消失。

傲雲興高采烈地飄下來，將那張紙珍重之至地收藏起來。

藍薇忽然驚愕道：「上面的符號消失了！」

傲雲聞言抬頭望去，愕然道：「怎麼會消失呢，這個魔法紙只會記錄下魔法符號的原形而已……」說到這，心中忽然有所悟，忙取出懷中的那張魔法紙，小心翼翼地打開，剛好看到那幾個魔法符號安穩地躺在那兒，一輪紅光不時地閃動一下。

忽然石窟猛地震動了一下，我們心裏也猛地一跳，望著一人寬的洞口，幽幽望不到盡頭，我心中突然有種壓抑的難受感覺，我沉聲道：「我感覺到裏面有一股強大的力量出現了。」

傲雲也幾乎同時開口道：「裏面有強大的魔法波動。」

我們一行六人小心謹慎地在一人寬的羊腸小徑上向前走著，因為路太窄的關係，我們把各自的寵獸都收了起來。走在未知的環境中，我們每個人都格外地小心，腳下的土地很乾燥，傲雲走在最前面給大家開道，受到強大魔法的誘惑，一向冷靜的傲雲也禁不住有些欣喜若狂，我幾次提醒他放慢腳步。

我和藍薇各自拿出神劍，借著劍光，我們可以勉強看清四周的情況。走了一段路，四周漸漸寬了起來，可以三四個人並行，地勢緩緩向下延伸，地面也潮濕起來，頭頂不時有水滴下，空氣也變得很濕潤。

再走了有半個小時的樣子，眼前豁然開朗，彷彿終於走出了那個狹窄的洞口了，眼前無限寬廣，有淙淙水聲傳出，好似來到了另一個世界，傲雲突然道：「看，這裏有一個魔法陣！」

沿著傲雲的視線望去，在不遠處的一個石洞中有一片濛濛的光華透出，我可以感覺到有龐大的力量從裏面徐徐流出來，力量很純正，好像是大地的力量，讓我感覺到很溫暖，彷彿置身於母親的懷抱中。

傲雲喃喃地望著那個石洞中的魔法陣道：「這就是記載中的祭壇了，好強大的力量啊！」

我們幾人都感受到祭壇露出的那麼一星半點的力量，不禁驚歎魔法陣的強大，瞬間對傲雲修煉的魔法給出了另外的評價。

傲雲道：「我要把這個魔法陣給記錄下來。」

我們幾人也跟著傲雲向那個石洞中走去，走下天然階梯般的石塊，一道兩三米寬的溪流橫亙在我們眼前，我們幾人輕輕縱身躍過，來到溪流的對面，卻沒有一個人發覺，在溪流旁邊的一塊巨石上隱藏著一個奇怪的魔法符，在我們躍過時閃現出一絲難以察覺的紅芒。

石洞不是很大，是個長寬十米左右的石洞，平整的石壁顯然是經過人工打磨的。魔法陣是由六根半人高的柱形石頭組成。上面刻著一些複雜難懂的魔法符號，在六根石柱的中間，立著一根更粗更短的石柱，上面有一個白色的圓形物質，光芒就是由此放出的。

我試著想要邁過石柱中間的縫隙走到裏面，卻被一股強大力量給彈回來，我不禁震驚於魔法陣聚集的強大能量。傲雲一邊來回繞著魔法陣轉動著，一邊嘴裏叨咕個不停，詳細地記下了這幾根石柱的擺放位置，大小、長度以及估測的重量。

當然更爲重要的是上面的魔法符號，傲雲自然不會遺忘，一絲不落地都記了下來。傲雲終於記完了所有資料，感慨地站在那兒凝望著魔法陣，好像已經被完全吸引了。

我走到他身邊問他道：「中間的那個發光的物體是什麼東西？」

傲雲神情頗爲興奮地給我講解道：「那個是純淨無瑕的白水晶，水晶雖然很普通，但是像這麼純淨且有這麼大的就很稀罕了，整個魔法陣的樞紐就在這個水晶上，魔法陣從地底吸收能量，通過這塊水晶將能量釋放出去，發揮出難以想像的威力。」

「原來是這樣。」我點點頭。

傲雲瞥了我一眼道：「不要一副自以爲明白的樣子，這麼強大的魔法陣是很複雜的，佈置上不能出一點差錯，尤其那些魔法符號，只要畫錯一筆，所有的佈置就全都廢了，這些魔法符號都灌注了很強的魔力，這些魔力也要很平均，這麼說吧，要想完成這種級別的魔法陣，必須像師伯那種修爲的人才做得到。」

聽了傲雲的長篇大論，我不禁爲之咋舌，一個魔法陣竟然會這麼複雜。

突然沙祖樂道：「依天，傲雲，我們被奇怪的生物給圍住了。」

我和傲雲大吃一驚，迅速來到沙祖樂身邊，卻看到從我們剛才過來的溪水中不斷湧出一些奇怪的像是螃蟹一樣的生物，透明如水的身體，大小不一，如潮水般向石洞湧過來，我們立刻被攔到石洞中。

傲雲沉聲道：「這是守護魔法陣的生物，大家要小心，以魔法陣的強度來看，這些守護生物的力量不會小。」

風笑兒道：「咱們不用與牠們爲敵，只要從牠們頭頂飛過去不就好了。」

她的提議立即讓大家眼前一亮，這確實是個很好的主意，這些水晶螃蟹不會飛，我們只要從上面飛過去，避開牠們就可以了。

我們騰身躍到空中，從頭頂飛出去，誰想到，我們剛飛了沒幾米，異變突然發生，水晶螃蟹伸長了自己的八隻腳，仰頭望著我們，搖晃著兩隻大鉗子，倏地把自己的大鉗子當作武器向我們擲來。

意想不到牠們會有這麼一招，彷彿置身於箭雨流矢中，我們狼狽不堪地躲避、撥開襲來的水晶鉗子。

「啊！」傲雲怪叫一聲，硬生生從自己的臀部中拔出一隻水晶鉗子，雖然他疼得齜牙咧嘴的模樣很好笑，我們卻沒那個心思笑了，那些水晶螃蟹好像永遠都不會停下來一樣，水晶鉗子一直向我們拋擲來。

我一邊躲，一邊納悶，這些水晶螃蟹究竟有多少隻鉗子，爲何能一直扔個不停？

突然一片淡淡的霧憑空出現籠蓋在水晶螃蟹的頭上，傲雲大叫道：「牠們暫時看不到我們，但是我放的這片霧撐不了多久，咱們趕快離開這裏。」

我們立即向遠離溪流的方向飛去，這些密密麻麻排列在溪流邊的水晶螃蟹看似可愛，但是不要命的攻擊方式讓我們幾人在飛行的時候都如履薄冰、戰戰兢兢，生怕一個不小心會和傲雲一個下場，臀部中水晶鉗子。

終於我們飛到了安全地帶，傲雲給自己施了「治療術」治療臀部的傷，拿著大大的水晶鉗子，自我解嘲道：「這個帶回去留作紀念。」

我們嘿嘿一笑，每個人都拿出一大把的水晶鉗子，那些不要命的水晶螃蟹實在扔了太多鉗子，我們也只是飛在空中時，順手撿的而已。

我拿著一隻鉗子把玩道：「傲雲，這個是水晶嗎？」

傲雲道：「沒錯，這個不但是水晶，而且是很純淨的水晶，非常稀罕。」

藍薇清脆的聲音在石洞中響起：「這些都是活生生的生物，爲何在死去後就會化作其他的物質？比如先前的黃金蟒，死後化作黃金，而這些透明的奇怪螃蟹，扔出來的鉗子竟然成了水晶，真是透著古怪。」

藍薇的話引發了眾人的沉思，以現在的知識來說，這是絕不可能的，可是偏偏就存在眼前，使得我們非常納悶。

傲雲站起身，一揮手道：「魔法陣總共有四座，還有其他三座魔法陣在等著我們呢，你們不想去看看嗎？」

月師姐道：「我才不想再被奇怪的生物追殺哩。」

傲雲自信地道：「剛才我們一定是觸到了魔法陷阱，所以才會引出這麼多守護者，我是太興奮了，忘了去注意，這次一定不會出現那種情況，我會很小心地帶著你們避過魔法陷阱的。」

月師姐以懷疑的目光上下打量了他一眼道：「你敢確定一定能帶我們避過魔法陷阱

嗎？」

傲雲乾笑道：「相信我吧，絕對不會出現差錯的。」

雖然每個人都看出他的心虛，但還是跟著他向另一個魔法陣去了，其實大家是不忍掃了他的興致，畢竟魔法這種稀有的東西，平常無法從別的地方得到，現在好不容易運氣好在這裏碰到，傲雲有很大的機會從中獲益，魔法修爲更進一步，所以大家誰也沒提出反對意見。傲雲很高興我們都隨著他飛向另一個魔法陣。

我們在半空中飛翔著，躲避著從山洞的頂部垂下來的大石柱，傲雲邊飛邊給我解釋道：「這應該是傳說中的『鎮魔陣』，和四大魔法陣聚集風水火土的靈氣，以奪天地之造化，自成一番天地。剛才咱們見到的是正北方的土陣，南面應該是水陣，東面必然是火陣，西方是風陣，現在我們是向著東面的火陣飛行。」

很快，我們看到一個與剛才所見相差無幾的石洞，石洞前掛著兩個火把，只是火早已熄滅，只剩兩個光禿禿的把柄留在那兒。我們停在洞外，等傲雲先把魔法陷阱給去除。

我從石洞外向裏面望進去，裏面依然是六根石柱按照特定的方位擺成六邊形，圍在中間的石柱上面有一個紅色的小球，能量源源不斷地通過它向外輸送。與前一個洞不同的是，這裏的六根石柱都呈現淡淡的紅色，上面的魔法符號是深紅色，整個石洞內都充溢著紅色。

火熱的能量彷彿觸手可及。

傲雲直起腰來，長舒一口氣，得意洋洋地道：「解決了，設置陷阱的人真是狡猾，竟然在地面寫了兩道火符，只要我們不小心踩上去，就會使兩個火把燃燒，那麼守護魔法陣的生物就會出來了。現在安全了，大家跟著我進去。」

我們井然有序地跟在傲雲身後走進去，好奇地打量著魔法陣，實在無法想像幾個不起眼的魔法陣竟然可以創造出海島上四季如春的宜人氣候，實在太神奇了。傲雲如獲至寶似的把魔法陣的詳細情況給記下來，連細枝末節的地方也不放過。

一層薄薄的氣霧將整個魔法陣籠蓋著，我運足內息於左手，然後試探地向那層氣霧觸去，剛一碰到，魔法陣驀地放出一片耀眼的紅光，洞內頓時大亮，我心中一緊，被氣霧籠蓋的魔法陣中，本來溫和的能量刹那間狂暴起來，我的左手生生被震得彈回來。

我駭道：「好強大的力量！」

傲雲道：「不要亂碰，這種魔法陣很強大的，這座魔法陣聚集了整個海島的所有火元素，幸虧你剛才沒有把手伸進去，否則你連疼都感覺不到，就會被燒斷手臂。」

說完他又埋頭繼續做他的記錄，我暗暗咋舌，這個魔法陣真是不得了，竟然可以把海島上的所有火元素全聚集過來。

我望著石柱中間那個看起來圓潤可愛的紅色圓球，問道：「那個紅色的球是什麼東西？」

傲雲抬頭望了一眼，淡淡地道：「那是高純度的瑪瑙，專門用來收集火元素用的，其他的低劣瑪瑙是無法勝任這種魔法陣的強度的，只有極純淨的瑪瑙才可以忍受得住火元素的燒烤。」

「太奇妙了！」傲雲神采奕奕地望著我們道，「你們看完了嗎，要是看完了，咱們去下一個魔法陣吧，我實在等不及要看看另外兩座魔法陣了，能做出這種魔法陣的前輩一定非常高明，這些魔法符號不但充滿強大的魔力，而且魔法的運用十分巧妙。」

反正我們是外行，也只是看個熱鬧罷了，傲雲要走自然我們都跟著走，路過那兩個火把的時候，傲雲忽然望著我們神色古怪地道：「你們想不想看看守護這裏的會是什麼樣的神氣生物？」

月師姐撇了撇嘴道：「誰稀罕知道是什麼生物，我們還是去看下一個魔法陣吧。」

沒等月師姐說完，傲雲簡單快捷地做了幾個手勢，兩個火把上空突然出現兩朵火苗，並向下墜去，落在火把上。兩個火把陡然亮了起來，我們下意識地都飛到空中。

火苗在空中跳動，發出「滋滋」的燃燒聲，四周一片寂靜，我們惴惴不安地注視著四周，十分鐘過去後，周圍仍是沒有一點動靜。

傲雲撓了撓腦袋，納悶地道：「難道魔法陷阱失效了？怎麼可能呢，能擺出這等魔法陣的高手怎麼會出現魔法陷阱失效的小錯誤？」

沙祖樂安慰他道：「可能時間太久，魔力都被消耗了，所以失去作用了吧。」

傲雲頗有些沮喪地道：「也只能這麼解釋了。」旋又有些不甘地落下去，仔細地檢查那兩個魔法陷阱，看看是不是真的失效了。

傲雲剛一落在地面，原本寂靜的山洞中突然發出「吱吱」的彷彿耗子打洞的聲音。傲雲下意識地往四下瞥了一眼，忽然臉色發白地迅速飛到空中，向我們道：「好多蠍子，正從地裏往上爬！」

我運足了目力向下望去，果然看到許多顏色鮮豔的蠍子紛紛地從土中冒出頭來，這些蠍子個個大如拳頭，尾巴上的那根螯刺閃著幽幽寒光，一瞬間石洞中充斥著令人頭皮發麻的「吱吱」一聲。

月師姐逮到機會，呵呵笑道：「剛才不是有人想看看守護魔法陣的是什麼生物嗎，現在卻如此膽怯。」

傲雲怒道：「這可不是一般的普通蠍子，牠們身上都有魔法的痕跡，一定是建立魔法陣的高人飼養的，牠們有很強的魔法攻擊效果。」

我望著不斷冒出地面的蠍子，大大小小，有紅色、黃色、藍色等好幾種。我小聲和藍薇道：「這些蠍子與我們那個姓雷的鄰居的那兩隻寵獸倒是極為相似，不過卻還有些不一樣。」

藍薇點點頭道：「應該是不一樣的，他那兩隻是真正的生物，而這下面的應該是魔法製造出來的，不是真正的生物，只怕死後又會變成瑪瑙之類的東西。」

爲了證實自己的猜測，藍薇運起內息，伸手一抓，兩三隻蠍子不由自主地飛上天來，藍薇空著的另一手五指一彈，寒冷的真氣頓時將三隻蠍子給凍成了冰塊。

藍薇伸手抓來一隻，另外兩隻墜落下去，化爲碎片。

我接過冰雕蠍子，運起純陽真氣，剎那，包裹在外面的一層冰塊融化成水從指間滾落，而裏面的蠍子赫然已經成爲瑪瑙蠍子，高高揚起的毒刺翹在空中，維妙維肖。

火紅的瑪瑙蠍子雕像倒是可愛得緊，傲雲一把從我手上搶過去，拿在手上翻來覆去看了幾眼道：「果然是經過魔法加持的，攻擊的時候會將火元素同時注入到敵人的體內，做得實在太好了，這隻我留下作紀念了。」

我哭笑不得地道：「下面還有很多隻，爲什麼非要拿我的呢？」

傲雲浼氣道：「我很小就怕蠍子的。下面很多，我不和你們爭了，你們隨便拿吧，這些都是很值錢的瑪瑙啊，而且你看這瑪瑙晶瑩剔透，是非常棒的能量存儲體，而且做工精細，收藏也很好啊。」

我歎了口氣道：「師姐，咱們下去取幾隻，回去作紀念吧，這些顏色鮮豔、栩栩如生的蠍子，放在客廳中一定非常可愛。」

女人對亮晶晶的東西很執著，沒等我說完，月師姐、風笑兒和藍薇三人已經不約而同地飛了下去，三女所過之處，均如秋風掃落葉般，一隻也沒剩下，直到三人手中懷裏都抱滿了，才志得意滿地滿載而歸。

三女不時地討論哪隻更漂亮，哪隻顏色更好看，哪隻死前擺的姿勢最威猛。

我有些奇怪：既然傲雲說這個魔法陣是非常強的，可是爲什麼守護魔法陣的守護生物們卻這麼弱，幾乎不怎麼費力氣就被幾個女孩消滅了三分之一，剩下的也都躲了起來，這好像有些不大正常。

傲雲給我的解釋是，可能創造這個魔法陣的人他所要防範的只是魔法師吧，這些守護生物都有很強的魔法免疫功能，對上魔法師可能是致命的，但是遇上像我們這種物理打擊，卻對牠們來說是致命的。所以在這裏創造了這幾個偉大魔法陣的人可能沒想到會出現我們這幾個在武道修爲上非常高的人吧！

依次，我們飛向下一個魔法陣，「風陣」同樣也在一個石洞中，與前幾個魔法陣類似，這個也是由六根石柱組成，石柱散發著淡淡的白光，魔法符號如同夜空的星星不時地閃爍著。

傲雲有板有眼地開始破除門口的魔法禁制，我們在一邊饒有興致地看著他，又是念咒又是化符。我道：「你口中的高人設下的魔法禁制，你這個半罐子魔法師都可以解除的嗎？」

傲雲見我問起，面有得色地道：「我學的那本魔法書所載魔法知識有限，但是唯獨關於魔法禁制方面還算是比較多，我在這方面是學得最好，也算是學有所長吧，所以這裏的魔法禁制雖然很厲害，但是我勉強還是可以破除的。」

說到得意處，傲雲開始向我們介紹這個魔法陣的禁制：「這個魔法禁制比前面兩個要強，而且手法細密，是有三道魔法禁制組合起來的，只要觸動其中一個禁制，就會立即引來守護者，所以一定要很仔細地破除每一道禁制。」

月師姐不耐煩地道：「那些守護者都是小角色，既然破除禁制很麻煩，那就乾脆直接把守護者都幹掉好了。」

傲雲道：「剛才不是還有人說，不希望被奇形怪異的生物追殺嗎？怎麼現在又有膽量了。」

月師姐嬌哼了一聲道：「我覺得收集這些魔法製造出來的生物回去作紀念品也是非常不錯的主意，等會出來的時候還不是要引出守護者，你偏要這麼麻煩去破除，直接引出來不是更省事。」

傲雲被月師姐嗆得說不出話了，悶哼一聲表示抗議，忽然道：「糟糕，原來是四道連環禁制，我觸動了第四道禁制，大家小心，守護者馬上就要出現了。」

月師姐手持「天使劍」不時環顧四周，壓低聲音向藍薇道：「你覺得這次出來的會是什麼樣奇怪的守護者，先是水晶螃蟹，然後是瑪瑙蠍子，不知道這個魔法陣會出來什麼樣的生物，好期待哦。」

風笑兒微微一笑，眼神中也充滿了期待的神色，道：「好希望會是大一點的生物，我的客廳中還少一個大一些的畫屏之類的東西。」

藍薇道：「嗯，大一點也不錯，但是我希望會是可愛一點的。」

我們三個男人聽了一頭冷汗，這三個女孩怎麼聽都像是在超級市場購買東西時的評頭論足，哪有一點即將遇到不明生物攻擊的樣子。

腳下突然一陣晃動，我們幾人立即飛到空中來，注視著地面，看會有什麼奇怪的東西從土中冒出來。

忽然，石洞四周的一塊巨石倏地劇烈搖晃起來，巨石炸開，石塊紛紛向四周濺射，接著又有兩塊巨石炸開，頓時空中大小不一的碎石四處飛濺開，我催化手臂上的「蛇皮護臂」，撥開向我們這邊飛過來的石塊。一個高約兩米的巨人大步向我們走過來，每次他落腳，都會引起地面一陣顫動。

巨人很奇怪，棱角分明，彷彿是個人造機器人，走動的動作非常機械。月師姐並沒有因爲他的大個頭而懼怕，提著手中的「天使劍」衝了過去，揮劍向他的頭部斬去。

巨人看似笨重，卻在月師姐斬到他之前，及時把粗壯的手臂擋在自己的面前。「噹啷」聲脆響，「天使劍」輕易地把他粗重的手臂斬了下來，月師姐提著那半隻手臂飛了回來，抱怨道：「這個大個子是個冰塊巨人，全身均是冰，這個看來沒法收藏了。」

我啼笑皆非地道：「師姐，他這麼大的個頭，你能把他帶走嗎？」

月師姐呵呵笑道：「你的烏金戒指不是還有很大的空間嗎？如果可以的話，就只能麻煩你了，反正你空著不也是浪費嗎？」

說話間，又有幾個巨人打破石塊的束縛，向我們走過來，巨人揮舞笨重的手臂向我們砸來，我靈巧地躲往一邊，身邊忽然響來月師姐驚喜的聲音：「哇，這個巨人全部是用金子製作的，笑兒、藍薇快來，我們合力把這個笨傢伙給凍住。」

我搖搖頭感歎不已，這幾個女人真的是要錢不要命。我再躲過另一個巨人的攻擊，倏地從他們倆的中間穿過，同時左右揮拳打中他們的胸部，兩個大傢伙只是被我震得往後連退幾步，隨即又衝了過來。

我驚訝不已，自己五成內息的一擊，竟然無法給他們造成一點傷害，本來以爲五成內息已經足以把他們給震散了。

「哇！」傲雲大叫一聲，「這個大傢伙真是硬啊，我的手都被震疼，他還一點事都沒有。」

那邊的沙祖樂也傳來同樣的訊息，這幾個巨人雖然行動緩慢，但是卻十分耐打，這倒是令我們十分頭疼，我只好取出自己的神劍，準備將他們分屍，對付幾個守護者還要我動用神劍，自己還真是越來越沒用了。一個剛從石塊中出來的金色巨人，奔跑著向我衝來，雖然他跑步的姿勢實在可笑，可是他那近乎千金的身體卻不是開玩笑的。

迎著他高舉的手臂，我飛了過去，順手一劍斬斷他的一隻金手臂。

「哈哈，藍薇、笑兒看來，這邊有一個全銀的，快快，咱們把他凍住。」

我在巨怪夠不著的地方站定，向她們的方向望了過去，在三個瘋狂女人的合力下，最先那個黃金巨怪已經被凍住了，此刻正合力凍擊另一個倒楣的巨怪，巨怪的下半身已經被凍住，現在只是緩慢地揮舞雙臂，想要抓住三女。

我發現傲雲正拿著經過我淬煉的那柄劍努力地在一個銀怪身上砍著，不過好像效果只是在激怒那個大傢伙。

我提醒他道：「傲雲，這些傢伙很難砍得動，你可以用魔法把他們給凍住，或者用其他魔法把他給消滅啊。」

傲雲哂道：「你以爲我是笨蛋嗎，這些傢伙都有很強的抗魔性，我的魔法根本對他們沒有一點用處，而且這些傢伙是沒有大腦的，就算我用一些恐懼術、混淆術也對他們起不了作用。

「哈哈，終於凍住了。啊，不好，那個破冰出來了。」

三個女人手忙腳亂地又飛回到原先那個被她們凍住的巨怪身前，趕在他沒有完全破開冰凍的時候繼續釋放寒冰真氣。

被我削去手臂的金怪不知疼痛地又轉回頭來向我揮舞著剩下的另一隻手臂，我閃身躲開他的攻擊，頓時我背後的一塊巨石成了我的替代品，被他一拳給擊得粉碎，石屑沸沸揚揚地從空中落下。

我反手一劍斬在他的脖子上，神劍順利地削了進去，金怪的腦袋「咚」一聲砸到地面，我剛想舒一口氣，卻不料，他沒了頭的身體仍舊繼續向我攻擊，只是沒了腦袋，攻擊變得很盲目。

我大喝一聲，狠狠地一劍劈下去，金怪被我從中間分成兩截，終於倒在地上不再動彈了，我瞥了一眼他的身體，發現他的腹中也全是黃金製造，我不禁驚歎製造他們的魔法師真的是非常有錢。

我掃了一眼其他人，三個女孩還在東奔西走地冰凍巨怪，難道她們不知道這些看似笨重的巨怪們其實都是非常危險的嗎！沙祖樂和傲雲的情形也不容樂觀，對付巨怪實在有些力不從心。當然如果只是從他們身邊逃開，應該還是很容易的。

三個女孩玩得不亦樂乎，絲毫不把這些攻擊力驚人的巨怪放在眼中，好像這些可笑的揮舞手臂的笨傢伙只是她們未來家中的一件擺飾而已。

我大喝一聲，運出三昧真火，劍尖跳動著足以融化這些金銀怪的火焰，劍一瞬間刺進一個銀怪的身體中，轉眼間組成他們的金屬銀化為銀水不斷流下來，隨著我手臂的移動，很快眼前倒楣的銀怪被我徹底熔化成一灘銀水。

成功解決了一個，我信心大增，四處飛掠著隨手將神劍刺進巨怪的身體，巨怪沒有任何掙扎地被我一個人給解決得七七八八。

只剩下最後一個銀怪被三個女孩給困了起來，風笑兒在它身前吸引它的注意力，而藍薇和月師姐就在旁邊伺機將自己的由至陰真氣轉化的寒冰真氣不斷地冰凍銀怪。

在三人通力合作下，一個大銀怪很快就快被一層薄冰給凍住，隨著覆蓋在體外的冰層加厚，銀怪逐漸沒了動靜，被徹底地凍了個結結實實。

我們三人目瞪口呆地看著她們將幾座二米高的金銀怪給搬到一塊兒，三個女孩的目光不約而同地向我望來，我轉身想當作沒看到，卻被月師姐提前一步攔了下來。

我心中自然清楚，她們是想把三座上萬斤的金銀怪放到我的烏金戒指中。可惜我想到得有些晚了，在三女的監督下，不情願地將三座金銀怪放到烏金戒指中，手上頓時增添了好幾十斤的重量。

月師姐拍拍手道：「好啦，咱們去最後一個魔法陣吧。」

沙祖樂和傲雲以同情的目光望了我一眼，隨著月師姐向前飛去，藍薇依偎在我身邊道：「天哥，你說咱們把這座高高的銀怪放在城堡的什麼位置比較好，放在臥室中實在太大了些，和臥室的氣氛不協調，如果放在客廳中也不大好，看起來很怪異的樣子……」

我心中微微歎了口氣，只希望趕緊回到船上，我才能解脫，幾十斤的重量附著在一根手指上，實在不是一件很輕鬆的事，我只好不斷地催發出內氣到那根手指上，足以讓它不會被幾十斤的重量給壓折了。

我們幾人不一會就來到最後一座魔法陣的所在石洞，純淨的水元素組成的水幕在魔法陣中緩緩流動，晶瑩圓潤彷彿淚滴般的一顆水藍色寶石散發著淡淡潔淨的迷人光芒，如此美麗、充滿誘惑的寶石連傲雲都讚歎不已，傲雲從出生便大富大貴，見過的各式寶石更是可以用車來計算，汗牛充棟這個詞用來形容傲雲見過的寶石數量實在恰到好處。傲雲目不轉睛地望著這顆寶石，心中已經轉著怎麼才能將其占爲己有，或者取來送給風笑兒，一定可以征服佳人的芳心。

這顆寶石之所以這麼美麗，是因爲裏面充滿了魔法力量，如果傲雲可以吸收的話，魔法修爲立即就會一日千里飛快地飆升。

當然這只是他的假想。先不說他有沒有那個實力破了魔法陣，一旦他破了魔法陣，四個魔法陣積聚的靈氣形成外面島上的洞天福地，瞬間就會因爲力量的不平衡瞬間進入狂風肆虐、熱浪沖天的嚴酷環境。島上的生物也會因爲適應不了全部死亡。

而海島最後的結局最有可能是沉入海底。

傲雲呆望著那顆淚滴寶石，不自覺地向前走去，忽然石洞的入口處一顆水滴滴了下來，接著更多的水滴接連不斷、此起彼伏地落了下來。

眼看其中一滴就要落在傲雲的身上，傲雲好像突然醒過來，倏地退後兩步，水滴清脆地落在地面發出「啪」的一聲，水滴聲有節奏地落了下來，自然地奏出一曲和諧的曲調。

傲雲注視著不斷落下的水滴，徐徐道：「這個魔法陣的魔法禁制就是眼前的水滴，我們必須不碰到任何一滴水珠而進入到裏面，任何一滴水珠都會因改變方向而觸發禁制。」

風笑兒發問道：「你可以解得開嗎？」

「這個禁制做得實在太巧妙了，唯一的破解方法也只能進入到裏面才能破解，如果我的精神修爲夠強的話，在外面也解得開，但是現在恐怕我是無能爲力了。」傲雲因爲感到在佳人面前丟了面子，而有些不好意思地紅了臉。雖然只是紅臉，對他來說也是極爲難得的。

月師姐躍躍欲試道：「既然解不開，咱們就直接把守護者給引出來，豈不省心，我的臥室裏還缺一兩種小東西作擺飾哩。」

既然解不開，三女又都一副準備好下手的樣子，我心中暗暗好笑，創造這裏的偉大魔法師一定不會想到，自己辛苦設下的幾個魔法陣的守護者，此刻會成爲眾人收藏的對象。

「嘿！」月師姐輕喝一聲，一道白光閃過，「天使劍」倏地從水幕中挑出一顆水珠，水珠順著劍尖一直滾落下來，水珠從劍上滑落向地面。望著不斷下落的水珠，我可以在腦海中幻想出它重擊在地面，濺出無數更細小的水花。

「啪嗒！」

沒有想像中那樣濺起無數微小水花的情景，而是突然暴出一團濛濛的白霧，冉冉從我們眼前升起，白霧彷彿活物般不斷地變化形狀，石洞也停止向下滴出水珠，所有濺落在地面的水珠都化作一團團大小不一的水霧漂浮起來。

好像裏面困著某種動物一樣，在水霧中扭曲掙扎著，想要掙脫束縛而飛出來。

忽然「啪」的一聲，水霧在我們眼前暴開，朦朧的我感到臉上有些淡淡的濕意，一個小東西出現在我們眼前，嬌小的身軀，全身發白，細長的尾巴有一個長長的箭頭拖在身後，一對上下不停扇動的肉翼像極了兔子的大耳朵，白嫩中透出淡淡紅色的血絲，還沒有手掌一半大的面部閃爍著一對機靈的棕褐色的眼睛。

「啪，啪」兩聲連響，又一隻小東西出現在我們面前，這隻比開始那隻要胖很多，橘黃色的身體拖著一個蛋黃色的箭頭尾巴，寬大的兩隻肉翼足以支持胖胖的身體重量。

一對綠色眼睛好像剛從深沉的熟睡中醒來，不斷地眨巴著小眼睛，甩掉身上濕漉漉的水花。

風笑兒笑著道：「好可愛的蝙蝠啊，牠們就是守護者們，可看牠們嬌弱的身體怎麼也看不出能夠守護這龐大魔法陣。」

陸陸續續的，所有蝙蝠都脫開水珠懸浮在空中，牠們中有大個的也有很小個的，模樣雖然怪異，卻無一例外的都很可愛。

這樣美麗的生物，別說三個女孩了，就是我們幾個也都動了心，想帶幾隻回去養。我們在打量牠們的同時，牠們也毫不客氣地用牠們那很小的眼睛回望著我們。

眼前的蝙蝠大小總共有好幾十隻，團團圍著我們。藍薇忽然伸開手臂，一隻小蝙蝠探頭探腦，有些猶豫地落在了藍薇的手掌上。

我心念一動，拋了一個野果在藍薇的手掌裏，小蝙蝠忽地被我嚇得飛開，驚嚇地望著我，忽然牠那小小的鼻子在空中皺了皺，彷彿嗅到什麼香味，縮手縮腳地又徐徐落回到藍薇手掌中。

小蝙蝠站在藍薇的手掌裏，收回了雙翼，試探地輕輕咬了幾口野果，見我們都沒有發應，這才步履不穩地放心咬食著果子。

看牠「吱吱」有聲地吃著果子憨態可掬的模樣，眾人心中愈發喜愛，幾乎將牠們守護者的身分都給忘記了。

月師姐迫切地道：「小師弟快給我一些果子，我真是太喜愛這些小傢伙了，真想把它們都帶回家養。」

我呵呵一笑道：「都不要著急，每個人都有份，我這裏的果子還多得是，足夠你們把這些饞嘴的小傢伙騙回去了。」

每個人發了一大把果子，很快那些蝙蝠耐不住果子的香味，紛紛落到眾人的手上。藍薇道：「這些蝙蝠很可能是以果子爲食的果蝠，可是根本看不出牠們有何出奇的地方，爲什麼魔法陣的創造人會將這些蝙蝠弄來作爲魔法陣的守護者呢?真是讓人摸不透。」

月師姐大大咧咧地道：「這麼複雜的問題還是不想的好，反正這些可愛的小傢伙們對我們很友善，用不著我們費心思去怎麼應付牠們的攻擊，我們可不是魔法師，怎麼會明白魔法師的心思，還是讓傲雲去想好了。」

傲雲邊拿著一隻果子逗著一個很嬌羞的小蝙蝠，一邊接道：「我哪裏會知道他是怎麼想的，魔法師的心思是最難猜的，等一下我進去記錄下魔法陣的構造，咱們就離開這裏，這個頭疼的問題留給別的有緣來拜訪的人吧。」

傲雲悠閒地踏入石洞中，掏出隨身的記錄，開始一筆筆地記錄下魔法陣所有特點，一絲不苟的神情還真有點魔法師的氣勢。

過了很長一段時間，傲雲滿頭大汗地走了出來，雖然臉上頗有疲態，卻仍很興奮地道：「這個魔法陣是四個魔法陣中最複雜的一個，魔法符號竟然還會隨著時間不斷改變，我用盡了所有精神修爲才勉強記下了全部變化，這趟海島冒險真是值得啊！」

聽到傲雲最後一句話，幾個人都心有戚戚焉地點了點頭，每個人肩膀都落著一兩隻蝙蝠，看來每個人都用美味的果子騙到了一兩隻饞嘴無知的小蝙蝠。

傲雲因爲進去記魔法陣，和蝙蝠們失之交臂，不過對他來說，魔法陣才是最重要的。見他累的疲憊樣，我取出兩粒靈丹遞給他。

傲雲也不客氣接過靈丹服了下去，隨即就在我們面前盤腿吐納，儘量調化靈丹，使之完全溶化在血脈中，更利於他的吸收。

因爲傲雲的吐納術是最初級的入門功法，用時不需很長，因而可以隨時停止而不用擔心內息會反噬身體，造成傷害。

我們幾人又都坐到一邊，和自己剛收服的蝙蝠加深彼此感情，時間不知不覺過去了。由於在山洞中無法見到陽光，我們也不大清楚在山洞中待了多長時間，大概不會超過兩天吧。

傲雲終於吐納完畢，向我們嘿嘿一笑站起身來，道：「這裏的靈氣真是充足，回去我也要設一個這樣的『鎮魔陣』。」

「咱們走吧。」我提議。

所有人都滿載而歸，此時回去也沒什麼遺憾了，我們一行向洞口的方向飛去。沙祖樂忽然疑道：「這裏怎麼多出一個小丘出來，剛才我們經過這時好像沒有這個東西！」

第五章　遠古邪惡

我聽他這麼一說，也注意到不遠處的那個小小山丘般的東西，旁邊幾塊巨石東倒西歪地橫著，從泥土上的痕跡來看，應該是剛出現不久的，難道眼前這個小土丘是剛剛才形成的嗎？

小丘彷彿是個墳墓，最頂上面有一塊長條紋的石頭，矗立其上，彷彿亙古便已經立在那兒。

「哈！」傲雲歡呼著，怪叫一聲率先落下去，我們浮在空中，驚訝得不知道為何傲雲看到這個莫名其妙的小丘會如此地興奮。

為防止出現什麼意外，我們幾個人也立即落到腳下的小丘上，那根長條紋石大約有一米多高，一面散發著月光般的毫芒，條紋石從頭到腳都刻著奇怪的符號，傲雲伸手觸摸的時候，符號彷彿有生命的活物，突然閃爍了一下，淡淡的銀芒，隱約可知上面蘊藏著神秘的力量。

我道：「這是什麼東西？」

傲雲興奮地觸摸著神秘的條紋石符號，喃喃自語又好像在回答我的問題道：「之前我就一直在懷疑，四個聚集了強大力量的魔法陣是怎麼將四股力量完美地融合在一起的。現在我才知道，在四大魔法陣中間另有一個魔法陣專門用來收集四個魔法陣的力量，將其融合後，再透過這塊佈滿魔法力量的魔法石給送出去，籠蓋在海島的上空，形成了如此四季如春的奇妙天地。」

我們也都似懂非懂地點了點頭，不過看他如癡如醉的模樣，看來是得到了對他非常有用的好東西，心裏不禁爲他高興。

傲雲取出剛才的記錄，又飛快地記錄著條紋石的符號。

半晌後，充滿魔法元素的條紋石上的古怪魔法符號突然劇烈地跳動起來，深邃的光芒掩蓋不住另外一種陰冷的力量。

我們頓時被嚇了一跳，我感受到一股壓抑的力量，這令我十分不舒服，我張嘴想問傲雲記完了沒有，我想馬上離開這裏。忽然心中響起一個低沉而富有磁性的聲音，幽幽地在心中縈繞，揮之不去，纏在心間：「我可愛的孩子，打碎鎮魔石放我出去，你就可以獲得強大的力量、永久的生命，我以神的名義答應你的一切條件。」

我茫然四下環顧，最終把視線定在眼前的條紋石上，這裏一定鎮壓著一個古老的邪惡生物，他的力量非常強大，竟然可以直接把聲音傳到我的心中，而使我無法抗拒，只這一點就令我自愧不如。

我抬頭望向其他人，竟然發現他們也與我一樣都是一臉的茫然，我心中震驚無比，難道他們和我一樣都收到了這個訊息，我凝聚內息驀地發出一聲尖嘯，他們相繼醒來，眼神都透出驚駭之色。

我強壓心中的震驚，緩了一口道：「你們是不是收到了一段訊息？」

藍薇緩緩道：「有一個很魅惑的聲音讓我打碎什麼鎮魔石，解救他出來，他會給我無盡的生命力和永遠的美麗和青春。」

風笑兒和月師姐驚訝道：「你也聽到了嗎？我收到的和你差不多，那聲音像是一隻趕不走的蒼蠅，老是在我耳邊不停地說著，我幾乎都忍不住了，幸好依天的嘯聲把那個聲音給趕走了。」

傲雲驚訝無比地道：「我也收到了同樣的話，聲音允諾給我強大的生命、無數的美女和金錢。」

沙祖樂道：「我也是，難道這裏真的鎮壓著什麼邪惡而強大的生物嗎？他竟然可以同時把不同的訊息傳到我們心中，實力太強了！」

我心中感歎，是啊，這個生命太強橫了，只看這個魔法陣就知道他已經被鎮在這裏至少有數百年之久了，竟然仍能擁有如此強大的力量，實在難以想像他在鼎盛時會是怎樣的強大！

以前的魔鬼、魔羅與他相比，都如孩子般不值一提，這種強大是心底的一種震撼啊！這才是真正的邪惡，竟然懂得用金錢、美女、生命和力量來誘惑不同的人，可見他是多麼熟知人的內心！

瞬間，我便在心中轉過了無數的念頭，對手實在太強大了，我們幾個人加在一起也難有勝算，還是趕快離開這裏爲好，既然他需要外力打破封印才能出來，只要鎭魔石沒有出現意外，他就只有乖乖地待在這裏動彈不得。

這個念頭剛出，忽然心中再次傳來那個聲音，斷斷續續彷彿歷經滄桑、坎坷的老人，幽幽的聲音透出無盡的悲哀和無奈：「善良的孩子，你忍心看到一個無辜的人被幾百年的壓在這裏嗎？寂寞、寒冷、悲哀、恐懼無時無刻地陪伴著我，你能體諒我的心情嗎？你是他們中最具有善良之心的，解救一個可憐的人吧！你看我一個人在孤寂的石洞中顯得多麼荒涼……」

我強壓心中的悸動，努力將那透著無窮無盡的誘惑力的聲音給趕出體外，這個邪惡的傢伙太強大了，而且懂得利用人類的善良來騙取同情，我睜開眼，發現他們幾人都緊張地盯著我。

我喘了口氣道：「你們沒有聽到那個傢伙的聲音嗎？」

眾人一起搖頭，看來這次只有我一個人接受到他的特別恩惠，我儘量平靜地道：「咱們趕快走，這個傢伙我們惹不起，雖然他沒法使用力量來對付我們，但是他那極具誘惑力的聲音就足以使我們發瘋了。」

傲雲道：「我現在才清楚爲什麼這個魔法陣叫作『鎮魔』，原來是用來鎮壓魔鬼用的，只憑聲音就能讓我們心旌搖盪，把持不住的強大傢伙我還是第一次看到，就連我家的老頭子都達不到這種程度！」

「咱們迅速離開這裏，出去後用巨石把這個山洞給堵住，讓他永遠地在這裏沉睡吧！我想沒有外力的干擾，他將永遠不能破石而出，否則他早幾百年就出來了！」

幾個人聽了我的話，都贊同地望了鎮魔石一眼，起身準備向外飛去。

剛飛出沒幾步，忽然身後傳來風笑兒驚訝的聲音：「它動了！」接著就傳來她的尖叫聲，隨後又傳來月師姐驚嚇的聲音：「它把我們吸住了。」

我們幾人馬上停下飛了回去，風笑兒的手扶在「鎮魔石」上，而月師姐的手則扶在風笑兒的身上，姿勢非常古怪，兩人臉上都一副驚慌的神色。能讓一向不把萬事放在心上的月師姐都露出驚惶的表情，可見發生了非同一般的事情。

月師姐見我們幾人飛了回來，急朝我們喊道：「這個邪門的石頭在吸我和笑兒的內息，已經吸走我的三分之一了，它吸得越來越快了。快想辦法，否則我和笑兒都要被吸乾了。」

藍薇飛到她身邊，伸手想抓她，月師姐厲聲道：「別碰我，只要碰到一點，你也會被吸住，脫身不得。」

不用說，這一定是那個被鎮壓的傢伙搞的鬼！

怎麼辦，我在心中迅速地思考著，難道用神劍劈了這塊石頭嗎？那不正好合了那個傢伙的心意，但是不這麼辦，難道切斷風笑兒的手嗎？這樣倒是可以切斷她們和「鎮魔石」的聯繫，但是我想，傲雲不會饒了我的。

就在我一籌莫展的時候，傲雲忽然全身散發出神聖的光輝，柔和的白光將傲雲包裹在其中，傲雲輕吟的聲音由微不可聞漸漸地越來越大，在他大聲的吟唱中，柔和的白光緩緩地飄浮過去，將月師姐和風笑兒都籠罩在裏面。

傲雲忽然大喊一聲，兩女渾身一陣震顫，白光化作泡影，兩女也脫離了「鎮魔石」的吸力，跌在地面，辛苦地爬起身來，兩人在藍薇的幫忙下站穩身體，月師姐氣罵道：「這個鬼『鎮魔石』吸走了我一大半的內息，笑兒你怎麼樣？」

風笑兒苦笑道：「我幾乎全被吸完了，丹田只剩下一點內息。」

突然空中傳來先前的那個聲音，哈哈狂笑道：「沒想到這裏還有一個魔法師，好精湛的『驅魔術』！沒想到在千年前那次大對決中，竟然還有魔法師倖存下來啊！真是太有趣了。可惜你的魔力太小了，兩個小女孩有這麼強的力量，真是大出我意外啊。」

中氣十足的聲音，說明他吸走了月師姐和風笑兒的力量已經恢復了一些元氣，心臟不爭氣地「怦怦」猛跳了幾下，我沉聲道：「大家小心應付。藍薇、沙祖樂你倆照顧月師姐和風笑兒，傲雲準備好動手，趁他最虛弱的時候攻擊。」

看到傲雲成功使兩女從「鎮魔石」上的吸力脫離出來，我在心中已經肯定傲雲的魔法對付「鎮魔石」下的傢伙一定會有用處的。

空中忽然傳來振盪的波動，我心中一驚，急忙別轉頭望去，卻意外地發現一大批先前的那些可愛蝙蝠向我們這邊飛過來。

我心中一鬆，腳下突然大力地震動了一下，「鎮魔石」猛地晃動，石上的魔法符號劇烈地跳動著，發出強烈刺眼的光芒，彷彿它們也知道一個極強大的邪惡生物要脫離束縛出現在地面了吧！

我心中打鼓地盯著一點點向上聳動的「鎮魔石」，手心已經滲出了一把冷汗，好久沒有體驗這種緊張的情緒了。

傲雲雙手合十，全身的魔力都在運轉著，雙手籠罩著一層淡淡的光暈。

淡淡的黑色火焰從「鎮魔石」下冒出，一點點地向上躥出來，黑色的火焰散發出陰森寒冷的氣息。

我咽了口唾沫，雙手掣劍捲動大量的能量，妄圖一下擊破越來越旺盛的黑色火焰。在我的厲喊聲中，黑色的詭異火焰倏地被我分成兩半，卻沒有一點熄滅的跡象，反而更迅速地生長起來。

傲雲圈在聖潔的光圈裏，念動著冗長的魔法咒語，「鎮魔石」上方忽然落下甘霖，迅速生長中的火焰頓時在突然出現的甘霖中降低了旺盛的生長勢頭。

我略微舒了一口氣，忽然想到應該讓藍薇領著兩女先逃出石洞，趁邪惡的遠古生物尚未完全脫離束縛。也許我們能夠逃過一劫。這個未知的傢伙實在太強大了，我們幾個人完全不是對手，我們只能暫時離開，留得一條命在，待日後再想辦法解決他吧！

藍薇托著風笑兒和只剩下一小部分內息的月師姐首先向洞外逃去。

我們三個男人，緊張地注視著搖晃得愈加劇烈的「鎮魔石」，心中都有些惴惴不安，我們都很清楚我們不會是他的對手，只希望能在他脫困之前可以有多遠走多遠。

邪惡的遠古生物忽然發出如雷鳴般的笑聲：「哈哈，可憐的孩子，我們的關係怎麼會變得這麼差呢？如果你們現在放我出來，我之前答應你們的條件還算數！」

傲雲繃著臉道：「想都別想，你這個惡魔，我發誓一定要重新把你封印起來，讓你一輩子待在這無人的小島與冰冷的石頭爲伴。」

我意外地看了他一眼，奇怪這個傢伙何時變得這麼有正義感了。

「鎮魔石」下的惡魔並不把傲雲的話當作一回事，輕鬆地道：「本來我是很感謝你們的，沒有你們，我可能永遠也無法脫困，做我的手下有什麼不好嗎，強大的力量唾手可得，天下也會是我們的，你們偏偏要和強大的我作對。既然這樣，就把你們的生命貢獻出來，作爲強大的我獲得重生的祭品吧！」

突然黑色的火焰倏地瘋狂增長起來，轉眼間就把「鎮魔石」給吞沒了，熊熊黑色火焰彷彿是猙獰的惡魔在向我們微笑，忽然火焰不斷地分裂出一朵朵小團的火焰。

火焰幻化出無數隻醜陋的蝙蝠，撲打著翅膀向我們飛過來，面對著鋪天蓋地而來的黑色醜陋傢伙們，我心中不禁也生出一絲寒意。冷風吹來，頭腦清醒起來，一緊手中的神劍，激射出劇烈的劍氣揮向那些沖撲而來的蝙蝠們。

傲雲和沙祖樂也和我一同殺進了蝙蝠群中，蝙蝠實在多不勝數，不斷地從「鎮魔石」上的火焰中剝離出來，形成新的醜陋生物。

耳邊「呼嘯」而過的一隻蝙蝠，被我勉強躲過，我已經殺到手痠，實在太多了！我向他們倆望了一眼，他們的情況與我也相差無幾，望了一眼不斷出現的蝙蝠，我心中幾乎泛起軟弱的念頭。

沒想到自己會被這種弱小的生物逼到絕境。難怪有人說蟻多咬死象！

忽然蝙蝠群中產生一陣混亂，我頓時感到壓力大減，百忙中望去，卻是從第四個魔法陣飛來的守護者蝙蝠們衝殺到黑色蝙蝠群中，黑色的蝙蝠顯然不敵，紛紛墜地死去。

原來我們還不清楚為什麼第四個魔法陣的守護者這麼弱，且對我們這些闖入者非常友好，原來牠們並不是為我們準備的，而是創造這裏的偉大魔法師早就預料到有這麼一天，邪惡的遠古惡魔會從地下脫身而出，才創造了這些可愛的小傢伙，為的就是今天吧。

地下傳出惡魔憤怒的咆哮：「可惡的老太婆，竟然留下了聖蝠克制我，可惜啊，你的計算出現了偏差，我是不會這麼簡單地再被封印的。」

黑色的蝙蝠終於死光了，而那些惡魔口中的聖蝠並未停留，紛紛地撲向「鎮魔石」上的黑色火焰中。

囂張的火焰劇烈地縮減下去，「鎮魔石」又恢復到原先的模樣，上面的魔法符號上又覆蓋了一層新的魔法符號，閃爍著銀色的亮光。

我們暫時舒了一口氣，看樣子，邪惡的惡魔因為封印他的那個人留下這麼一手，而又被打回了地下。

「趁他被封印咱們快走，不然遲則有變啊！」

傲雲雙手在空中虛無之處圈了三下，三道閃爍著白光的光圈冉冉地套在「鎮魔石」

上，搖動的「鎮魔石」漸漸回復了平靜。

傲雲兩鬢幾滴汗珠順著兩頰流了下去，他做完這一切，身體晃動了兩下，轉過頭來望著我和沙祖樂道：「我施出全部的魔力給『鎮魔石』上加了三圈魔法禁制，我想就算『鎮魔石』下的那個邪惡生物爬出地面，也得多花一些功夫，咱們趕快走。」

耗費了全部魔力的傲雲，臉頰升起兩朵異樣的坨紅，我上前攙著他，跟在藍薇的身後飛快地向石洞外拚命地飛出去。

幽遠、狹長的山洞小徑彷彿沒有盡頭一樣，背後不停傳來惡魔憤怒的咆哮。我並不指望那個偉大的魔法師最後一道防衛魔法會起作用，傲雲耗盡全身魔力所作的也不過是徒勞而已。

惡魔的強大遠遠超出了我們的想像，那些魔法最多只是延緩他重現世間的時間而已。石洞伴隨著惡魔的咆哮劇烈地震動起來，好像隨時都會倒塌。我心中的震撼非言語所能表達。

終於我們到達了洞口，還沒來得及高興，卻被眼前滔天的巨浪所震！

原本冰天雪地，冰凍深達十幾米的冰塊，不知在何時已經解凍，風平浪靜的海面也成爲過去，高達十米的巨浪一波接一波地向島上撲來，所過之處花草樹木盡皆成爲海中魚蟹的餐點。

我們呆站在洞口，臉色白得如同死人，難道海島要沉沒了嗎？

狂風暴雨夾雜著冰雹，配合著無匹的、聲勢浩大至極的海浪向我們襲來，轉眼就要來到我們面前。如此糟糕的情況別說是飛，就是站也站不穩，我放出的一道能量罩將我們幾人護住，苦苦撐著狂風冰雹。

這種強大的力量，即便是想躲避也沒有辦法啊。一個人向你扔一塊小石子，你可以輕易接住再扔回去；如果小石子變成大石頭，你可以輕易躲開；如果大石頭變成一座山向你壓來，你就只有呆呆地等著山壓下來的份兒。我們面對眼前發威的大海，能站穩已經是奇蹟了。

和十幾米高的海浪比起來，我渺小得就如同站在我們腳下的螞蟻般微不足道。瞬間海浪已經撲到我們面前，轉眼我們就要被海浪吞噬，成爲海水的一部分，海浪卻停了下來，就那麼固定地懸在空中。

我微微地喘著粗氣，驚魂未定地望著高高懸在空中的海浪隨時可能撲下來，將我們淹沒。

轟隆的波濤聲不絕於耳地傳來，然而波浪卻靜止得一動不動，動靜對比，令我們的感覺十分難受。

這時候，石破驚天的一聲巨響，一道響雷大力地落在我們身後的石洞上，石塊飛落，塵囂飛揚，聲音在盆地中轟鳴。接著落雷一個接一個地砸下來落在石洞上方，石洞也搖動起來。

我們吃驚地望著這讓人不可思議的一幕，竟然有人可以使用自然的力量，已經不是人了，難道傳說中的神魔是真正存在的嗎?!

傲雲臉色煞白，哆嗦著喃喃低語：「他要出來了，他要出來了！」

一個高大的身影突地從山洞中破開一切障礙，就那麼直直地飛了出來，身邊是破裂的巨石，頭頂是驚人的響雷。

黑影飛到高空，停了下來，雙手抱天，仰面發出如野獸般的哮叫，聲音滾滾而去，竟然掩蓋了雷聲。

發洩了自己的情緒，黑影緩緩地向我們飛了下來，在離我們不到百米的地方停了下來。

我們情不自禁地向他望去，想知道究竟被困在這裏的會是一個什麼樣恐怖的傢伙，卻發現他的全身都包裹在一個黑色的袍子中，看不到廬山真面目。他的身體向外散發著幽幽的黑色火焰，從頭到腳都在火焰中，這更令人感到格外的詭異。

惡魔微微抬頭，我感到兩道如有實質的極爲淩厲的目光從我的臉上掃過，但我依然無法看到他藏在黑袍中的真面目。

沉默！死般的沉默！

不知何時，雷聲已經消失，連波濤聲也不見了，只有自己的心跳聲不斷傳到自己的耳中。

「唉……」

惡魔歎了口氣，顯得極爲落寞，出乎我們意料的，他並沒有一出來就報復我們沒有放他出來的仇，而是像一個寂寞的、不被理解的長者。

「誰會想到，一代最強大的惡魔會被兩個小小的人類封印了幾百年呢！」聲音很輕，卻清晰無比彷彿就在耳邊一樣，沒有任何一絲的暴戾，像是在給我們講一個故事般娓娓道來。

「還好，寂寞的日子終於過去了。我又可以任意碾碎其他低等生物的生命，飽飲人類新鮮可口的血液！不過在這之前，我要做一件事！」

兩道火辣辣的目光倏地停在我們的臉上，突來的強大氣勢幾乎令我們無法呼吸！

感受到森冷的殺氣，我駭得連心都跳到嗓子眼了。

惡魔手揚到半空，忽然停了下來，彷彿在考慮什麼事情，半晌後，幽幽地道：「那兩個傢伙真是會選擇地方啊，這裏的魔力太少，不適合我生存，力量消耗得太快。還是節省一些爲好啊。退去吧，我的孩子們！」

我們吃驚地眼睜睜看著，高掛在我們頭頂的海水，在惡魔的一個簡單動作下就退得無影無蹤了，濃厚的黑雲也隨之散去，海面再次恢復風平浪靜的和諧，陽光灑射在身上，卻無法令我冰冷的身軀感到一點暖意，只有飽經蹂躪的殘花斷草在向我們講述剛才的可怖情景。

我清晰地感受到，只要他願意，動動手指就可將我們幾人輕鬆收拾掉。

沉默，又是沉默。

在他宛若鷹隼般的注視下，我們不敢稍動，我分明地感受到他來回掃視的目光像是在挑選食物。

半晌後，惡魔突然徐徐道：「孩子們，我需要趕快恢復力量，可是這裏的魔法元素太少，我需要大量的體力來支持我吸收到足夠離開這裏的魔法元素，而你們的鮮血就是最好的補品，誰願意貢獻出他的鮮血？」

惡魔的話語是那麼平淡、自然，彷彿只是說了一件極其微不足道的事情，在我們驚懼的目光中，惡魔又淡淡地道：「在我的記憶中，人類中女人的血是最好的了，尤其是處女的血，就是你了！」

惡魔的聲音十分從容，揮手的姿勢優美異常，誰也無法由此聯想到他會是在要求貢獻出別人的生命力。

惡魔的手指指著月師姐。惡魔好像在感受美味般歎了口氣，道：「你的生命力很旺盛，非常適合我的胃口，你體內的能量雖然很弱，卻聊勝於無啊，貢獻你的生命給我吧！」

惡魔伸出的魔爪驟然發出強大的吸引力，月師姐來不及發怒，已經被強大的吸力吸了過去，耗費了大量內息的她根本無法抵抗。沙祖樂忽然虎吼一聲，一把抓住月師姐使出全力苦苦地向後拉。

惡魔很意外，略帶愕然地道：「小小的人類竟然可以抵擋住我的魔法黑洞，難道幾百年的封印真的使我衰弱到這種程度了嗎？」

心臟猛地顫動，一個大膽的念頭迅速停留在我腦海中。念動間，我留下一個殘破的影子，不動聲色地向惡魔投去，強烈的恐懼令我突破了以往的速度界限，進入到一個新領域中。

趁他的注意力都在月師姐和沙祖樂身上的大好時機，且從他口氣中可知他非常小看我們，我也許可以利用這個得之不易的機會給他重創。

思緒如電影般在腦海中電閃而過，惡魔就在我眼前，不容多想，拚足全力的一劍成功將他的右手臂齊肩斬斷。

一擊得手，連綿的劍勢就如瘋狂湧動的海浪，鋪天蓋地地向他捲去。腦海中只剩下一個念頭：「絕不讓他有任何機會翻身！」

然而事情卻總是出人意料，傾巢而出的全身氣勁卻撲了個空，頓時使我難受得想吐血。我勉強收回擊出的內息，以神劍拄地，來不及看惡魔在哪，迅速扔了七八粒血參九到嘴中療傷，靈丹雖然珍貴，卻遠不及生命來得重要，何況還是六個人的生命！

月師姐和沙祖樂解決了危機，小心地退回到藍薇和傲雲的身邊。

惡魔就在我面前不遠處，聲音依然是不慍不火：「以前有人告訴我，千萬不要讓一個強大的戰士靠近你，我尙不以爲意，我擁有不死之身，還會怕肉體傷害嗎？現在看來，他的話還是有些道理的。你剛才失去了一次機會，卻也永遠地失去了機會，我的身體是不怕傷害的，但是我卻有一處致命缺陷，只不過我不會告訴你的。」

我驚駭地看著落在地面上的斷臂化作一團黑色火焰，又回到惡魔身上，他的右臂轉眼就長了出來。

惡魔幽幽歎道：「現在的孩子真是活力十足啊，我大概有一千多年沒有使用過身體的力量了吧，是該活動一下的時候了。」惡魔伸出被火焰裹住的手，虛空一抓，一把奇形怪狀的兵器閃爍著詭異寒芒。

惡魔盯著自己的兵器，回憶道：「這把兵器大概跟我有幾千年了吧，實在太久了，好像有幾個星球的人管它叫死神鐮刀，而稱我爲死神，掌管人類生死的神，哈哈！沒想到我會被渺小的人類給封印起來，不可饒恕啊！讓你們人類的血來洗刷我的恥辱吧！」

說到最後，自稱死神的惡魔已經有了一絲怒氣！

眼前的惡魔忽然憑空消失了，我睜大雙眼，卻發現一柄黑色的鐮刀閃爍著亮光向我的脖子抹過來。我驚駭欲絕，沒想到他的速度竟然可以快到突破時間的界限，快到肉眼無法捕捉。

呼嘯的怪聲充斥在耳朵中，擾亂著我的心神。我匆忙之中只懂得拚命用神劍抵擋著那把怪異的鐮刀，看似古怪的鐮刀，卻偏偏如同活物般靈活，一次次劃過玄奇的詭計頻頻危及著我的生命。

一連幾十次的撞擊，忽然壓力驟減，我呼呼地喘著氣望著惡魔，手中卻突然一輕，神劍竟只剩下一半握在手中，我驚駭萬端，望著手中的斷劍說不出話來，這可是從上古傳下來的神劍啊！怎麼會斷呢！

我簡直不相信眼前的事實！

惡魔的聲音又徐徐傳來：「人類的兵器竟然可以抵擋我這麼多次攻擊，唉！我衰弱得太厲害了，力量剩下不到百分之一！我得趕快蓄足劃破這個空間的力量。」

我艱難地將兩截斷劍收回到烏金戒指中，取出「盤龍棍」指著惡魔。

惡魔不屑一顧地望了我一眼，淡淡地道：「無論哪裏的人類都是一樣的固執啊。既然如此，讓我召喚幾個手下陪你玩玩吧！」

淡淡的、極為稀薄的黑光形成一道光圈從惡魔身上釋放出來，無限地向外擴散，很快就轉過整個海島，我們心驚膽戰地注視著四周，心中忖度不知又會出現什麼恐怖的生物！

過了好大一會兒，竟然沒有一點回音，惡魔歎道：「整個海島竟然被聖光淨化了，連一個亡靈和死靈都沒有，不過不要緊，人類的骸骨是無法淨化的，就招幾隻骷髏戰士和你們玩一玩吧。」

傲雲既恐懼又羨慕地望著惡魔，低聲道：「他施展強大的魔法，竟然不用吟唱就可以辦到，實在太強大了，這是我日思夜想的境界啊！」

瞬間的工夫，我頭皮發麻地看著幾具白森森的枯骨正努力地從地面向上爬出來。

月師姐突然縱身上去，一腳踢到一隻骷髏身上，飽含氣勁的一腳，幾乎將骷髏的半個身體給踢飛！

我們其他人都醒悟過來，尋找著正往上爬的骷髏，趁它們尚未完全出來時將它們給除去，一會兒工夫，地面竟堆積了眾多的骸骨和獸骨。

惡魔皺著眉頭道：「真是讓我苦惱，這群孩子竟然絲毫不尊敬死去人的骸骨，只有多耗一點魔力了。」在惡魔的召喚下，土地中忽然爬出幾隻掛著大量腐肉，面目可憎的傢伙。

這麼噁心的傢伙散發著陣陣臭味，失去內息庇護的風笑兒乾脆大口地嘔吐出來，月師姐故技重施地想要把一隻腐屍的腦袋給踢掉，卻意外地沒能如願，腐屍的硬度大出我們意料之外，彷彿身體包了一層鐵皮銅骨。

惡魔得意地一笑，又喚出了幾隻活動敏捷的「地獄妖犬」，半人高的身體，不斷滴著散發著臭味的唾液，森利的牙齒，綠色迫人的眼神，鋒利的爪子，這一切都告訴我們，它們不是好對付的。

我想要召喚出我的寶貝寵獸們幫我渡過難關，空中的一聲巨響卻暫時打斷了我的念頭，一個帶著無比威嚴的聲音在空中轟鳴不已：「住手！」

我大訝向聲源望去，突然看到平靜的海面忽然暴出一道巨浪直沖半天，一個人從海中躥出，身影沒有停留，筆直地向我飛過來，速度之快比我絲毫不讓，伴隨著一聲淒厲的吼聲，一隻「地獄妖犬」化爲肉泥。來人站在我身邊，怒瞪著我道：「你們竟然私自放出強大無比的邪魔，你知道你犯了多大的錯嗎！」

我沒有爭辯說自己等人只是在不知情的情況下中了邪魔的計被他吸走了內息，才能自己脫困！我道：「現在說什麼都遲了，最好想一個辦法把這個傢伙給重新封印起來。」

那人狠狠瞪了我一眼，不甘心地轉過頭去，望著邪魔。

我奇怪地發現邪魔竟然有一絲震顫的情緒，難道是我眼花了嗎？來人雖然厲害，只跟我不相上下，卻絕對沒有實力封印他的呀！

我念頭沒斷，突然又是幾聲巨響，不斷有人從海水中冒出，竟有十幾人之多，只看他們飛行的動作和氣勢，就知道他們都是與我相若的高手，我實在很吃驚，這種海外不毛之地，突然一下子出現這麼多頂尖高手，實在讓我想不透！

在我身邊那人忽然道：「十八戰士準備進攻，八大法師準備全力封印邪魔！」

「祖師爺的遺訓終於派上用場了！」那人喃喃地道。

突然冒出來的二十多個頂尖高手，不但是我為之震撼，就連邪魔也收起了小覷之心，精光四射地望著忽然出現的人類。

那人一直目不轉睛地注視著邪魔，淡淡地道：「護好你的同伴，不要在這礙手礙腳。」

我雖然對他的語氣不滿，不過卻看得出來，這些突然出現的傢伙一定是經過配合的訓練，行動一致，兵器相若，我加上去可能反而會擾亂他們的配合。

我望了他們一眼，慢慢地退回到藍薇她們身邊。心中忖度著這些人的身分，誰要是擁有這麼多高手，天下誰人還能匹敵。

這時候，邪魔已經從剛才的震撼中回復，語氣中帶著淡淡的笑意，漫不經心地道：「那個老太婆爲我準備的還真是周全啊，雖然她是個人類，但我不得不說我很佩服她，竟然早已算出我今天會脫困，訓練了你們這些傢伙，可惜啊，事情並非都是按照預計的方式發生。」

我眼角餘光發現那人口中的十八戰士已經悄悄地將邪魔給圍住，在外面的圈中，八個魔法師神情肅穆，雙手不斷積聚著魔力。

邪魔頓了一下，又道：「她本想用『鎮魔陣』來消耗我的魔力，以我的魔力爲引，招引來風水火土四大元素造就出如此洞天福地。待我魔力耗盡的一天，就再也無法維持生命，自然會如她的意而死去。可惜啊，天不絕我，我靠著風水火土四大元素不斷補充體內的魔力，竟然活到可以重見天日的一天！」

那人冷冷地道：「你不用得意，馬上我就會把你再次封印，這次封印會徹底消滅你的肉身，禁錮你的精神，將你永遠打入黑暗中。」

「哈哈！」邪魔發聲大笑道，「就憑你們幾個也想封印偉大的我！讓你們見識一下我的力量，你就會知道你說的大話是多麼可笑，我彈彈指頭就可以讓你們從這個世界消失。」

晴空霹靂，幾道閃電生生撕裂天幕劈了下來，接著是滾滾雷聲在我們頭頂盤桓不去，濃黑的烏雲漸漸又遮住了半天天空，海浪不安分起來，一個巨浪接一個巨浪地撲打、衝擊著海島，孤獨的小島彷彿隨時都有沉沒的可能。邪魔的黑袍在狂風中獵獵而動。我隱約可看見邪魔隱藏在黑袍中的可憎臉孔，邪魔張狂地大笑著：「看到沒有，這種力量，可以輕易將你們幾個螞蟻般的人類碾得粉碎。」

令我驚異的是，爲首那人絲毫不爲所動，望著邪魔忽然道：「收起你的把戲吧，在水神的子民面前，幻覺對我們產生不了任何作用。水神留下的遺訓中早就說到，假如你能脫困而出，也早已喪失了全部的力量，這時候的你是最孱弱的，我們可輕易使用封魔法印將你再次封印。」

邪魔哈哈大笑起來，四周再次恢復先前的平靜，天邊一塵不染，海面平靜如鏡，原來剛才我們所看到的令人震驚的種種，竟然只是幻覺而已，這令我對那幾人欽佩不已。

邪魔收了笑聲：「可惡的老太婆想將我永遠地封印在此遙遠的時空，我不會讓你如意的。」

那人絲毫不爲邪魔的怒氣所動，鎮定地道：「十八戰士進攻！」

那人口中的十八戰士每人都拿著一支如同水叉般的武器，此刻收到命令，毫不猶豫地向邪魔攻去，水叉都散發出碧綠如水般的光芒，穿花蝴蝶似的在邪魔身邊縱橫，快若流星，如驚鴻一現。

邪魔在十八個強大戰士的攻擊下，仍是鎮定自若，手中的死神鐮刀快速揮動，抵擋著十八個強大戰士的迅捷攻擊。如果只是這十八個戰士，我想邪魔應該還可以對付得來，只是在週邊的八個法師全身凝聚著耀眼的碧光，空手在空中畫下一個圓環，圓環中閃爍著刺眼的光芒，八個法師動作一致，所有的圓環聚集到邪魔的頭頂，彙聚成一個大圓環，向下壓去。

一絲微不可見的綠線從大圓環處連接著八個人，魔力源源不斷地通過這幾根不起眼的綠線輸送到大圓環上，我想這個圓環就是他們口中的封魔法印吧！

邪魔看起來有些著急，怒吼不斷地想要逼開十八個戰士，奈何十八個戰士修爲高絕，且視死如歸，雖然都受了傷，卻依然勇猛地圍著他，讓他無法全力對付頭頂逐漸壓下來的封魔法印，邪魔好像對頭頂上的封魔法印十分在乎，熊熊的黑色火焰猛地漲大，當先兩個戰士把黑火包圍，只聽兩聲慘叫，兩顆人頭被邪魔的鐮刀挑飛出來！

剩下的戰士雖驚不亂，仍是有條不紊地圍著他，這些戰士的目的只有一個，拖到封魔法印將邪魔再次封印。

我們幾人驚駭地望著他們，月師姐喃喃地道：「真是太強了！」我們幾人哪一個不是自視極高的，看到如此激烈的生死相搏，我們才知道自己是多麼的無知，沒想到在如此海外，竟然隱藏了這麼多高手！

我深刻地體會到山外有山的道理，武道如天般永無盡頭。本以為四大聖者就是天下最強的人了，誰又會想到這裏，只是一個邪魔就遠比四大聖者來得強，何況還有一個封印他的水神！我的眼界實在太狹窄了！

「匡啷！」

死神鐮刀掉落在地面發出哀鳴，死神不甘地怒吼著，卻最終被封魔法印給再次封印了，也許這次就是他生命的終結了。而這批號稱是水神子民的人也付出了八個戰士的生命。

八個魔法師搖搖欲墜，已經耗盡了大部分的魔力。

一個戰士走去，拿起地上的死神鐮刀。最先前那人轉身向我們走來，經過一場驚天動地的爭鬥，眉宇間儘是疲色。

不知道他為什麼向我們走過來，可能是要警告我們什麼事吧。就在大家都放鬆警惕的時候，忽然異變陡生。死神鐮刀彷彿有生命般突然爭脫戰士的掌握，瞬間劃過他的脖子，戰士只來得及慘嚎一聲，頭與身體就永遠地分開了。

眾人驚駭地望著異變！邪魔不是已經被封印了嗎？

死神鐮刀「嗚嗚」鳴叫著向我們衝來，詭異的黑火在死神鐮刀的周圍跳躍著，我頓時預感到不妙，一連十道劈空掌勁，傾盡全力，我敢保證每一道掌勁都比一般的劍氣要強，一波波地向死神鐮刀擊去！

死神鐮刀突然從空中消失，我劈出的十道掌勁全部擊空。已經走到我身邊的戰士的首領，忽然狂吼一聲，兩手化拳猛地向前方的虛空打去！

隨著劇烈的悶響，被封印了的邪魔赫然出現在我們面前，戰士首領的一擊剛好打中他，逼著他現了形，邪魔哈哈狂笑：「這種級別的攻擊無法對我造成傷害，就用你的生命爲我打開時空之門吧！」

眼前忽然出現駭人一幕，戰士首領身體驟然膨脹起來，直到像一個充氣的氣球，驀地爆炸，在他身體爆炸的地方出現了一個不是很大的黑洞，幽幽地旋轉著，裏面彷彿隱藏著無限的秘密！

我想動，卻突然發現自己不知何時已經動不了了，驀地瞥見邪魔黑火繚繞的手臂忽然向我抓來，我拚命掙扎，卻仍連一根手指也動不了。

等到眾人醒過神來，我已經被邪魔抓到手中，在邪魔嘿嘿的得意笑聲中，我被他抓在手中一起投進不斷縮小的黑洞中，我隱約聽到叫喊聲和藍薇撕心裂肺的聲音，身後的光線漸漸消失。

巨大的壓力忽然出現在身體四周，我感覺彷彿小時候溺水時無法呼吸，沒有依靠，被恐懼包圍瀕臨死亡時的情景。壓力漸大，我手腳無法動彈，更沒有辦法動用體內的內息保護自己，又想起藍薇的慘叫，我頓時暈厥過去。

我無意識地漂著，四周白茫茫的一片，我感到無限的孤寂，突然邪魔出現在我面前，手中拿著一根手臂一邊大口啖著，一邊獰笑著望著我，我駭然發覺那隻手臂竟然是我的。

我驀地驚醒，才發覺剛才只是一個夢魘，我睜開眼來，發覺壓力不知何時消失了，四周被黑火所包圍，原來自己被邪魔給救了。

往前走去，周圍儘是黑濛濛的，什麼也看不見，但是偶爾能看到黑色的深處有一個小白點，發出幾乎微不可見的亮光。好像濃黑的夜中，幾個稀疏的星辰。

邪魔仍然抓著我，我下意識地向他望去，卻仍然看不清他的臉，我沉聲道：「你爲什麼要抓我，又爲什麼要救我！」

邪魔沒有回頭看我，聚精會神地向前飛動，冷冷地道：「你是我的食物。」

聲音沒有感情，令人寒到骨髓，我情不自禁地打了個冷戰，道：「食物！」心中卻想起了夢境中發生的一切，身邊頓時感到冷颼颼的。

邪魔沉默了，無邊的黑暗實在讓我很難有時間的感覺，四周儘是虛無，靜得可怕，除了幾個小白點，再也看不到任何東西。飛了很久很久，忽然身體一震，體內的能量被強行吸走了一部分。

第六章　穿梭時空

我心中打了個冷顫，一絲恐懼湧上心頭，難道他現在就要把我吃了嗎？體內的力量被吸走了三分之一的時候，忽然又停了下來。

邪魔彷彿感覺到了我的恐懼，驀地開口道：「在時空中飛行是一件很費力的事情，沒有足夠的能量只會陷入時空的漩渦中，永遠也無法掙脫出去，到達你想要去的地方。」

說到這，邪魔又沉默了，不過我卻已經明白了他話中的意思。他因爲被封印了很久遠的時間，打破封印已經耗了太多的內息，再加上與我們幾人和所謂水神後裔的糾纏，恐怕已經使他體內所剩無幾的力量消耗殆盡了，所以在他用那個戰士首領的生命爲代價破開時空之路時，順便帶走了我，而我體內蘊含的大量能量和強大的生命力，就是他所需要的，當他力有未逮時，就會從我身體中吸取能量，直至他抵達目的地，這樣的情況下，我也等於成了他的食物！

想通了這一點，我便鎮定下來，我很清楚，短時間內，我的生命不會受到威脅，他還需要我為他提供能量。

時空通道彷彿沒有盡頭，四周黑幽幽的一片，幾個白點放出微弱的光。我有一個錯覺，好像自己只是停留在某一個地方，而並沒有移動。事實上我知道這僅僅是錯覺而已，因為處處的「景色」一樣，我已經感覺不到身體的移動了。

我被邪魔提在手中，身體受到禁制，提不起一絲力量。只有嘴巴和雙眼可以自由活動。周圍單調的「景色」令我昏昏欲睡，眼皮有些發沉，迷茫中，我睡了過去。

當我因為體內的力量被邪魔抽取而再次醒來時，周遭仍是那麼乏味，看不出一點生氣，時空通道好像是一條永遠走不到頭的路，如果只是我一個人，我想我會迷失在這無限狹小又無限廣闊的時空中。

邪魔雖然是個邪惡的生物，不過我於此時卻很佩服他，不愧是強大的生物。也許他以前曾走過時空隧道，現在顯得駕輕就熟，沒有任何猶豫、惶恐，就是那麼執著地向前飛行。

我在心中暗暗忖度，如果換作是我，我可能因為孤單和看不到盡頭而感到恐懼、害怕，漸漸地就會迷失在這裏而無法找到出路。

體內的陰陽二氣緩慢地在體內運轉著，吸收著充斥在時空中的能量，慢慢增加被邪魔吸走的那一部分。

寂寞無比的我，忽然腦海中又想到了藍薇、月師姐、傲雲，心中頓時覺得被針刺的一般難受，胸膛裏燃燒起一把熊熊的火焰。本來被邪魔抓住，我自忖必死無疑，以邪魔的強大，如果他想殺我，我是沒有任何反抗的機會。

可是現在卻有了機會，我對邪魔有很大用處，一時半會還死不了。我凝神望著四周的特徵，強硬地往腦子裏塞，希望可以記住，待以後逃生時可以用來找到回去的路。

可惜不一會兒後，我就徹底地放棄了，四周根本沒有特徵可言，每一片地方在我眼中都驚人的類似，我完全看不出它們有什麼不同，現在我有些懷疑，邪魔是不是真的知道自己飛向何處了。

如果我不知道回去的路，就算能從邪魔手中逃脫也根本無法回去。想到這，我頹然一歎，難道我真的要和藍薇徹底分開了嗎？我再也無法回去了嗎？這對我來說實在是個很大的打擊。

我不禁沉默，不過我還沒有放棄，只要我活著，就可以想到辦法找到回去的方法，如果我死了，就真的全部都完了。我在腦海中想著脫身之法。

又過了一段時間，身體一震，力量源源不斷地被吸了出去，我聽到邪魔發出「咦」的一聲，好像有些驚訝，半晌，當我體內的力量又回到原來的軌道上時，邪魔忽然道：「你的力量很奇怪，竟然在被我禁制了後，還可以自動吸收外界的力量來補充自己。你又可多活一段時間了。」

短短的兩句話是進入時空隧道後，邪魔說得最長的了。雖然他的聲音充滿了邪惡和蕭索的味道，在這如死一般靜寂的地方，他的聲音此時對我來說，卻彷彿天籟一般動人。

不過心中卻如閃電從耳邊劃過使我驚悸，從他剛才的話語中透露出，他剛才有殺我的意思，原因當然是因爲我體內的力量快被他吸乾了，剩下的就只有我的生命力了。當他下一次力量耗盡時，他會毫不猶豫地剝奪我的生命力，作爲他突破時空隧道的最後糧資。

體內所剩無幾的力量緩慢地在體內運轉，一絲絲外界的力量被吸收到體內，我想我只剩下最後一次讓他吸收的能量了，等到我力量用完，等待我的就是死亡。

我禁不住打了個寒戰，我告誡自己鎮定下來，當務之急是想辦法從邪魔的手中活下來，我不指望他會突發仁慈之念放了我。

我望著被黑火包裹住的邪魔那猙獰的臉部輪廓，鼓足勇氣道：「在這無限廣闊黑暗的時空隧道中，你怎麼能尋找你所在的星球？」

邪魔沒有回答我，甚至連看也不曾看我一眼，我是要從他口中套出一些關於時空隧道的秘密，也許會有什麼方法幫我從他手中逃出來。

我豎著耳朵一直等邪魔說話，時間漸漸地過去，我的信心也逐漸消磨殆盡，按照我的推算，很快他就要再次從我體內吸收能量了。果然沒過多久，體內積聚的能量被他吸了個乾淨。

我知道自己完蛋了，就算他現在放了我，我也沒有可以逃走的力量。

忽然邪魔道：「時空隧道雖然廣大無邊，卻並非無跡可尋……」

他突然說話，令我沉寂的心又活躍起來，仔細地記著他說的每一個字。

「宇宙的時空隧道是交叉流動的，那些小白點就是另一個時空隧道的入口，而那些橫在隧道中的漩渦就是從時空隧道脫離的出口。」

我心中震動無比，如果他說的是真話，那麼我們現在飛行的這條時空隧道就是這個星球的時空，而那些邪魔帶著我越過的漩渦，就是脫離隧道的出口。

我心中再次猛地一震，心底透出難以言語的喜悅，只要我算出剛才通過多少個漩渦，那麼我就可以再返回到方舟星以及我離開時的時間。心中歡欣鼓舞，開始想著該怎麼樣從邪魔手中逃走。

邪魔現在應該是在尋找通向他所要去的星球的時空隧道入口，我必須要在他找到入口之前先一步從他手中逃脫，否則我將再沒有機會。我不會有他的本領可以在多如河沙般的時空隧道中正確找到抵達方舟的那一條。

我在心中算計著，也許下一個漩渦將會是我的最佳時間。按照前幾次的經驗，邪魔可能因爲力量未恢復的原因，通過具有很強吸力的漩渦總會顯得有些力不從心。

而我唯一擔心的是，我的體內空蕩蕩的連一絲內息也沒有，沒有能量保護自己，在高速旋轉的漩渦中，我會否能夠安然通過，還是會被絞成一團肉泥？

突然我感到邪魔加快了飛行速度，我心中遽震，我知道下一個漩渦即將到了，依前幾次的經驗，每次遇到漩渦他都會加快飛行速度，靠著極快的速度從漩渦上方飛掠過去。

漩渦發出的帶有極強黏力的吸力，一旦被吸住將會極難脫身，更別說還帶著一個人，所以每次他都會小心翼翼地一下掠過漩渦。

機會稍縱即逝，我沒有再考慮的機會，就算等著我的是粉身碎骨的下場，我也不會皺一皺眉頭，留在邪魔的手中我也只會一死，只不過多苟延殘喘一些時間罷了。抱著拚死一搏的決心，我心中轉動著如何才能令邪魔在漩渦上方將我放下的念頭。

時間飛快地度過，我感受到身體有滯動的趨勢，漩渦已經橫在眼前，我望著眼前駭人的漩渦在瘋狂地轉動著，心中彷彿湖面般平靜，這是我唯一的機會，我冷冷地瞥了一眼邪魔。

邪魔被黑火包裹住的臉看不出是什麼表情，也許他的心也在微微地驚顫吧，眼前的這個漩渦比前幾個都要大，發出的吸力更是大很多。我和邪魔好似陷身泥沼，艱難地飛行著。

看得出，他有些力不從心了，畢竟飛行了這麼長時間，我的力量和他自己的力量都消耗得差不多了，而這個漩渦又是遇到最大的一個。我想他該會有心驚膽戰的感覺吧。

我不用動一分力，安然地在邪魔的庇護下，冷靜地望著身下的漩渦，下面的漩渦半徑大概有一百多米，捲動的氣流使我們寸步難進，我下意識地瞥了邪魔一眼，心中想像著他臉上流汗會是什麼樣的情景。

我感到自己心情非常輕鬆，竟然出奇地對他產生了一絲譏諷的感覺，看到他艱難地在黏動的風旋中移動，腦中產生快意的念頭。

漸漸地，我們來到了正中央的位置，黏力突然減小，邪魔難得的得到了一口喘息的機會，忽然轉頭望著我，抓著我的手臂黑火倏地劇烈跳動幾下。

看來這個令我們意外的漩渦已經迫使他要吸收我的生命力來渡過難關。

身體劇烈地顫抖了幾下，一種難以表達的無力感充斥著我，力量不斷消失，四肢乏力，很像是生了病的感覺，我試圖用自己的意志來控制力量的流失，卻發現只是我的徒勞而已。

我彷彿感到四肢冰冷，鮮血凝固，頓時驚慌起來，就怕自己還沒從他手中逃脫就被吸成乾屍了，心中猛下決心。我努力積聚的一絲能量催化了手臂上的護臂，我使出最後的力氣，猛地將鱗刺插到他被黑火包裹起來的身體中。

邪魔的身體猛地一顫，我感到蠶食我生命力的吸力陡然減小。我狂喝一聲，將護臂上的鱗刺統統射入到他的身體中。

吸力徹底消失了，邪魔驀地轉頭望著我。我感受到抓著我的那隻手發出巨大的威力。轉念間，就能讓我徹底灰飛湮滅吧。

我豁出去，狂吼著企圖用護臂再往他的身體裏刺入，沒想到護著他身體的黑火倏地漲大起來，極高的溫度令我錐心刺骨的疼痛，再難刺到他身體中。

邪魔冷冷地道：「既然你那麼想回去，我就送你回去！」

身體一輕，邪魔鬆開了抓著我的手，離開了他的保護，我頓時感到強大的壓力，身體傳來「嘎吱」的響聲，那是骨頭受到壓力所致。帶著半條命的我，無法產生一絲的抗拒念頭即跌進了巨大的漩渦中，我打著轉兒被漩渦拉了下去，我還能做什麼呢？聽天由命是我最好的選擇。頭暈眼花，我難過的想要嘔吐，卻吐不出一點東西，我已經記不清有多少天沒有吃東西了。臉上有點濕意，我不用看也知道那是七竅在流血。

身上很冷，四肢在強大的吸力中動一根手指頭都是不可能的，在心中自我解嘲地苦笑一聲，希望自己死相不要太慘！

高高在上的邪魔不屑地看了我一眼，心中卻閃過一絲悲哀，如果他不能在能量用盡前找到回家的路，他的下場會和我差不了多少。

身下像是一個無底深淵，我不斷地向下墜去，卻始終也沒有接觸到實地，胸中憋悶得很，呼吸困難，再用不了多久，我怕自己會窒息而亡啊。因爲受到邪魔禁制的關係，身體中的三大力量都無法動用。

一瞬間我看到了藍薇，藍薇臉色蒼白在抽噎著，一雙原本秀麗有神的雙眸此時神采盡失，只剩下無盡的悲哀和麻木，心如死灰一片，蒼白無力，很明顯，藍薇的心在我被邪魔帶到時空隧道中的時候已經跟著我一塊走了，現在的心已經死了。

在她身邊有好多人都愁眉不展地在勸說著什麼，我仔細地辨認，那不是月師姐嗎？還有傲雲，沙祖樂，風笑兒。

傳說人在死之前會迴光返照看到生前的親人，難道我現在快要死了嗎？這個念頭如一個驚雷霹靂而劈下，重重地擊在我的心坎。

我身體遽震，求生的念頭比任何時候都強烈。四肢無法移動，在這種情況下就算是可以自由活動也不見得會有什麼大用，我苦苦修煉的內息被邪魔吸得一乾二淨，這個我倒是不怕，以後自然會慢慢恢復。只是眼下的危機，我必須有足夠的能量來護住自己的身體，而不被四周愈來愈剛烈的風給割成一具白骨。

在這種時候，我想到了體內的不完全屬於自己的三股強悍的力量，雖然因爲我受到禁制而間接牽連另外三種力量也在一定程度上受到封印，但是我相信，邪魔沒想到我體內另藏有三股更強的能量而沒有對它們禁制，所以，三股強大的力量應該可以衝破邪魔對我的封印，何況邪魔再怎麼強大，也是被封印了好幾百年，他破開時空隧道都要依靠外力才能達到，所以這個封印不會太強。

念頭至此，我已經拋棄心中一切反面的不利因素，冷靜而執著的，憑藉自己的意識，一次次努力引導三股力量衝擊著邪魔的封印。

邪魔的封印是一種肉眼所不及且沒有實質的封印，我中的封印就彷彿我現在所置身的罡風漩渦，那種黏稠而極具吸力的特性令我舉步為艱，強大的力量運行在氣脈中卻一點點地陷入黏力，被拉扯得無法運轉，屢次失敗，卻屢次衝擊。

堅強的毅力為我帶來了一絲欣慰，邪魔的封印終於有了鬆動的跡象。不管怎麼說「天道酬勤」，只要我堅持不懈地衝擊，總會突破邪魔的封印，只是時間緊迫，卻不能令我等太久。

眼珠竭力地向下看去，隱約看到一個小口隱藏在劇烈混亂的風旋中，彷彿是怪獸的喉嚨，再也等不及了要吞噬我。身上的衣服早在猛烈的風旋中被割成布條，只剩下幾條貼在身上。裸露的皮膚向外滲出血絲，不管我身體怎麼強韌，也無法和這樣的時空隧道中的罡風相比。

皸裂的皮膚令我看起來像一個恐怖的血人，意識開始模糊，那是因為失血過多造成的，我仍堅持著心中那盞隨時刮滅的搖曳明光，艱難、反覆地衝擊著邪魔的封印。

眼皮很重，我卻不敢閉上眼，一旦閉上眼，我就再也不會醒來，下場好一點會迷失在時空隧道中，慘一些就是被罡風絞成碎末撒在另一個未知的時空中。

不論是哪一種結局，我都不想！

也許是上天可憐我，也許是因為我的努力，也許是因為邪魔離我的距離越來越遠的緣故，我感到邪魔的封印已經不是那麼牢靠了。

我鼓起最後的一絲意識，帶著植物之力、狼之力和龍之力一起捲向邪魔的封印，身體陡然射出一道紅光，在寂寞的時空隧道中耀眼刺目，幻化為一隻身長巨大的神龍，爪似銀鉤，眼如明月，幾條龍鬚在空中飄動，長尾一擺，身體倏地攪動著向上方飛去。

接著一道黃光升出，與紅光遙相互應，天地驟然化為綠色、廣袤的草原，一隻奔跑中的巨狼，縱躍如飛，通體金毛，柔軟細密，巨大的頭顱彷彿獅子般威武，倏地停下，昂首挺胸，引頸而鳴，狼嚎震懾草原，雄姿令人側目。一道綠光隨著黃光而後陡然射出，綠光去速極快，直迫另兩道神光，瑩綠色的光芒散發著神秘的星光，點點的飄浮縈繞在綠光四周。

草原的天空陡然暗下來，一輪圓月斜依在天邊，銀光灑向大地，和諧而寧靜，圓月漸漸升到正中，一個水波如鏡的湖泊像是一塊純淨的琥珀，靜靜地躺在草原的懷抱中，反射著皎潔的粼粼月光。

那隻巨狼安靜地待在靜謐的湖邊，威猛的狼頭虔誠地望著圓月。水波忽然打亂，在細密的水聲中，嫩綠的樹梢從湖水中探出頭來，以肉眼可見的速度生長著，湖水變得更藍，像一塊寶石。

「嘩啦」水聲中，澎湃著生命力的一棵高大的樹從水中挺立而出，筆直地立在月光下，枝繁葉茂好似亙古久存！

忽然明亮的月光中出現一道奇怪的陰影，仰頭望去，竟是一尾神龍張牙舞爪在明月前盤旋飛舞，氣勢駭人至極！

龍、狼、樹三者突然放射出不同的神光，光華陸離，在空中相遇，三道光束凝結在一起衝破天空，射向遙遠的外空。

就在此時，我猛地從幻境中醒來，除了身體的猛烈震動，四周沒有任何變化，幾點白光在時空隧道中孤獨地閃爍著。

身體驀地輕鬆起來，體內的三種強橫力量竟然在危急關頭，第一次結合起來聯手破除了邪魔的封印，手腳頓時恢復了活動能力，我剛想歡呼，腦袋一沉，竟是頭疼欲裂，駕馭三種強大的力量已經使盡了我的精神力，沒有能量、沒有體力、沒有精神力，我再度陷入困境。

在我還沒有沉睡過去前，我趕忙爲自己造了一個護罩。躲在能量罩中，外面的罡風暫時沒有辦法傷害到我，我重重地舒了一口氣，望著外面越來越猛烈的罡風，心中頗有死裏逃生的感觸，剛鬆了一口氣，突然一陣濃烈的倦意湧了上來，心中告誡自己不要睡過去，要是睡過去，就真的只能聽天由命了！

可是，雖然不斷地告誡自己不要睡著了，卻仍不由自主地睡了過去，沒有精神力的支持，又怎麼能夠抵抗得住肉體的疲倦呢！

眼皮垂了下來好似有千斤重，耳邊呼嘯的風聲離自己越來越遠，身體彷彿沒有了重量漸漸地向下沉去。

越接近風眼，風旋捲動得愈發猛烈，直欲把任何想要靠近的物體給撕得粉碎，護住我身體的能量罩在強烈的風旋中變換著形狀，雖然是薄薄的一層，卻始終沒有破裂，沒想到由三種能量組成的能量罩竟然如此強橫，不管風旋多麼強，仍能安然無恙！

我在昏睡中僥倖躲過一劫。

「咕咚！」

昏睡中的我被風眼一口吞了下去。

在一個寧靜的谷地裏，樹木成蔭，綠草成茵，碧湖如鏡，雀鳥飛舞，蝴蝶在野花中穿梭，一切顯得那麼諧和。湖中一棵巨樹遮天蔽日，高不可攀，突然刺耳的破空聲打破了這裏的寧靜！

一個帶著滾滾火焰的卵狀物從天而降，墜落到湖水中，發出巨大的響聲，強大的震力將疲憊不堪的我震醒，隨即又暈了過去，只是睜開眼的剎那，我見到了一個極其美麗而與人類長相不同的女孩！

耳朵中傳來她的尖叫，我昏了過去。

第七章　另一個星球

女孩驚訝地捂著小嘴，望著一顆從天而降的卵狀物重重地摔在湖面，衝到水底，水花高高濺到岸上來，她好像隱約看到在那個奇形怪狀的卵中有一個人，不過隨之而來的奇怪景象，讓她沒有時間去考慮這個問題了。一道紅光沖天而起，湖水彷彿也被浸染成血般的顏色。

紅光籠罩在整個湖面，四周靜悄悄的，女孩遲疑了一下，但是年輕的身體總是藏著一顆好奇的心，她大著膽子往前邁了幾步，小心翼翼地走進了紅光的範圍中，發現並沒有事發生，於是她走近湖邊向下望去，希望可以看到什麼。她發現在紅光的照耀下，血紅的湖水擋住了視線，沒有了往日的清澈。女孩皺了皺極為秀氣的眉毛，探著頭努力向下看著。突然一道綠光倏地衝了出來，與紅光糾纏著向上升去。

「嘎吱！」

奇怪的響聲嚇了女孩一跳，有些心驚膽戰地向周圍看了一下，發現並沒有事發生，回頭又望著剛出來的那道綠光，突然又是「嘎吱」的一聲怪聲。女孩奇怪地望著長在湖心的那棵高可參天的巨樹，象徵著精靈族的大樹彷彿剛才動了一下！

女孩疑惑地睜大了眼睛，一眨也不眨地望著巨樹，巨樹巍峨挺立，一陣徐風而過，樹葉紛紛搖擺，發出「沙沙」的交響樂。看了一會兒，直到確定巨樹沒有任何不對，才心中嘀咕著把注意力轉回到兩束奇異的光中。

女孩好像感覺到周圍有些變化，抬頭望去，頓時驚訝地說不出話來，綠色光芒升到樹的頂端便停止了。濃烈的綠光化作淡淡的綠色光幕籠罩在紅光所及的地方。

一點點綠色瑩瑩的星光飄飄然然地落下來，彷彿是從天而降的浩瀚星河，神秘而美麗，女孩迷醉其中，攤開白嫩的小手企圖接住降落下來的星點，女孩的皮膚好得驚人，吹彈可破。如有實質的光點飄忽落下，接觸到女孩的皮膚隨即化作虛無，好像融化在女孩的手中。

一陣溫溫的涼意，刺激著女孩的感官。

湖水彷彿沸騰般滾動起來，然而在女孩戰戰兢兢卻又不捨離開的視線中，湖面逐漸恢復了昔日的清澈，甚至可以看見水底水草隨著水波擺動，幾尾小魚倏地從水草中鑽出，游向別的地方。

「哇！」

女孩發出由衷的驚訝，一個比自己兩個還要大的血紅色的卵，安靜地躺在河床上，女孩真想跳進去，潛到河水中仔細看看那個神秘的紅卵。可惜作爲精靈族的一員，她是不會游泳的。

忽然，女孩驚訝地發現這棵古樹埋藏在泥土下的根枝突然生長起來，捲動著覆蓋在那個奇怪的卵上，不一會兒，一個更大號的由樹根組成的卵狀物便形成了。

這一切太過稀奇了，女孩簡直不相信自己的眼睛。不知何時光幕消失不見了，那道紅光也不見了。倏地，湖水振動了一下，過了一會兒，湖水又振動了一下，就這樣，湖水有韻律地振動著，彷彿人類的呼吸，又好像心臟的跳動。

女孩有一個奇怪的感覺，那個卵帶動著湖水在有節奏地律動。女孩很想知道，究竟在那個不知從哪裏降落的卵中，會有什麼東西存在。女孩在一塊草地上坐下來，大大而明亮的眼睛眨也不眨地盯著湖水。

在卵中，我如初生的孩子朦朦朧朧而不是很清醒，在被漩渦強大的吸引力給扯下來的時候，我憑藉著三種能量組成的護罩庇護著自己。可是在沒有能量維持的情況下，即便這個能量護罩很強韌，也漸漸被更厲害的罡風揉碎，還好那時我已經堅持到漩渦的風眼，雖然身體難免受一些傷，我也安全地落到了方舟星的另一個時空中。

龍之力自動從體內湧出，一層層地包裹著我，我知道這將是另一次蛻化，每次蛻化對我來說都是極大的提高，禍福相依，希望這次蛻化能夠給我更大的能力，使我也可以學邪魔般破開空間進入時空隧道，尋找回家的路。

龍之力不知疲倦地修復我的肉體，彷彿一簇溫暖的火擁抱著我，我感覺很暖和，懶洋洋地舒展自己的身體，好像貪睡的孩子，明明醒來卻不願睜開眼睛。身體在一點點的恢復中，這次幸好有植物之力，在我收到罡風的猛烈拉扯時，護住了它所盤踞的每一條經脈，使我身體中絕大部分的經脈都完好無損，這也省了龍之力不少事。

不知花了多少時間，好像這一次並沒有用很多時間，身體就已經恢復如初了，雖然我被卵給包住沒有辦法動，可是我清晰地感應到身體如初生的幼兒般光滑，有生命力。經脈也更加強壯，陰陽兩氣歡快地在體內遊弋，丹田中的能量在不斷增加中，這裏的靈氣好像十分充足，源源不絕地補充到我體內。

我閉著眼睛享受著健康的身體帶給我的歡躍。龍之力一圈圈的在經脈中遊走，與我的陰陽兩氣井水不犯河水，植物之力也不甘寂寞地運轉起來，狼之力卻是一隻初生的小狼，好奇地在我體內各條經脈中來回奔跑，在三種強大能量的合力打造下，我的經脈達到了前所未有的寬度和韌度，身體充盈著力量，我下意識地捏緊拳頭，卻發現自己還在卵中，我笑了笑，忖度現在是不是自己出去的時候了呢？

可在這時候，我猛然發覺體內三種強悍的力量有了變化。三種力量在拓展完我的經脈後，退回到自己原先所在的位置盤踞下來，龍之力凝聚在一起，突然一個小東西不安分地震動了幾下，微微的紅光在龍之力中透出，那是一個小球一樣的東西，我認出那是龍之魄，我大訝，沒有我的召喚，它想做什麼呢？

龍之魄周圍能量捲動，凝聚在它的四周，龍之力漸漸的越來越少，而龍之魄卻越來越大，看樣子是龍之力全被龍之魄給吸收了。

龍之力與龍之魄是一體兩種形式，龍之力由龍之魄產生，平常使用時可以由龍之魄來駕馭，可以說龍之魄是龍之力中最精華的部分。此時龍之力全被龍之魄吸收轉化，我不知道這是好是壞！

龍之魄吸收完所有的龍之力，至少長大了兩倍，散發著淡淡的紅光。

幾乎在同一時刻，另外兩種力量，植物之力和狼之力都被植物之魄和狼之魄給吸收殆盡，分別散發著瑩潤的綠色和濛濛的黃色。

魄可以理解爲靈魂，是生命另一種方式的延續。

凡是強大的生物和高級寵獸，無一例外地擁有自己的魄，全身的精華都集中在魄中，所以魄是牠們最寶貴的東西，失去了魄，就等於失去了全部能力。

打小就在我身體中的龍之魄，就是這麼一個東西，所以會衍生出龍之力，而在月圓時，龍之魄就會自動吸收月能轉化爲強大的龍之力。

我爲了方便，費了很大的力氣凝練狼之力最菁華的部位造出一個狼之魄，以便我在月圓變身時，可以自己吸收能量。

而植物之力本身就是一個在我手背上的植物寵，不但擁有自己的植物之魄，更擁有完整的生命。

沒想到三種力量會在這時候吸走了各自的全部力量，凝聚成精魄。

我試圖召喚它們，卻得不到回應，我無可奈何只得靜觀其變，我不由苦笑，難道這三種力量想要叛變嗎？很難想像沒有意識的力量也會做出這種事。

忽然龍之力跳動了一下，我頓時頭皮發麻，它竟有脫體而出的跡象，很快，其他兩種力量竟也要脫離我身體的束縛。我努力地召喚它們，想要阻止它們。三種精魄也只是微微地一頓即衝出體外！

缺少了三種力量的身體，頓時有些空蕩蕩的感覺，陰陽二氣彷彿得到了解脫般，更加快速地在體內流動，所到之處暢通無阻。

半晌後，我感歎了一聲，以前自己無時無刻不在擔心，怕被龍之力和狼之力所感染而拖到黑暗、嗜殺的深淵，又怕被植物之力變化成一株沒有行動能力的大樹，此時突然一切威脅都不在了，我卻又開始懷念了，三種力量幫助我度過了多少劫難我已經記不清了，我的武道修煉到第五曲的境界它們功不可沒，雖然沒有了它們，我依然是一個強大的武者！

可是我總有那麼一點信心不足，僅靠我現在的力量能不能打開通往時空隧道的大門？念頭一轉，也許這是上天給我的一個考驗，讓我真正地獨立起來，只靠自己的力量，只是卻苦了藍薇，我在心中思念著藍薇，希望這個傻丫頭不要出什麼事才好，想到她，我的心頓時活躍起來。

我是一個強大的武者，沒有了龍之力，一樣可以憑藉自己的力量來突破時空隧道的大門。

外面的世界漸漸暗了下來，一輪滿月升上半空，空中的淡淡水氣似薄紗般籠蓋四野，令一切都變得如夢似幻的美麗。

那個美麗的精靈女孩雙手托腮，對著湖水而坐，微涼的風吹在她單薄的身上，使她打了個寒戰，長長的睫毛抖動了兩下，睜開眼來。

夢幻般的眼睛閃爍著驚心動魄的美麗，女孩竟是睡著了，此時被涼風給凍醒，眨了兩下眼睛，望著沉靜的湖水，忽然發現一輪圓月漂浮在水面上，抬頭望天才發現已經是夜晚了。

女孩揉了揉眼睛，打了一個淺淺的呵欠，站起身來，看著湖水喃喃道：「明天再來看你。」彷彿遠處傳來呼喊她的聲音，精靈女孩失態地啊了一聲，好像記起了什麼事情，兩朵紅暈升上臉頰，向前跑去。

我費力地撕破龍之力組成的卵，卻發現外面有一個用樹根形成的更大的卵，我莫名其妙地望著這奇怪的樹根，只好用力掰開一個空隙鑽出去，乾淨、清涼的湖水令我精神一振，我不用張開口，皮膚自動地可以吸收水中的空氣。

我饒有興趣地觀察著我身後那個樹根形成的卵，順藤摸瓜，我發現一個巨大的樹根插入湖的中央，分支幾乎佔據了湖的全部。

我驚歎地摸著樹根，極爲強韌，而且透出強大的生命力，這麼粗大的樹得要生長上千年吧，我心中暗想，不知道它有沒有如第四行星的「長者」那棵生長幾百年的樹一樣也衍生出自己的智慧呢？

我帶著疑問，順著粗大的樹根向上游去，破開湖面，我抬頭向上，卻發現這棵樹高不見頂，直插雲霄，我再次發出驚歎，心中猜想也許它是有智慧的生物，我試圖與它交流，卻沒有一點反應，數次後，我頹然放棄，看來這棵大樹還不曾有智慧。

按說這麼粗大罕見的大樹應該是枝繁葉茂才對，而它上面的大片樹葉卻都沒精打采地垂著，我疑惑地望著這奇怪的情形，樹身透露出澎湃的生命力，卻爲什麼葉子都垂著呢？

驀地，我想到了一個可能的猜測，之前在卵中時，我就感到這裏靈氣充沛，源源不斷地透過卵傳過來被我吸收，而因此我體內的三種力量也壯大了不少。很有可能就是從這棵罕見的大樹上傳來的。

卵外的那個樹根卵就是很好的證據。

我苦笑了一下，造成三種能量從我體內逸出的始作俑者原來是這棵樹啊，我無奈地拍了拍樹身，在樹根處坐下，打量著自己所處的地方。

小谷內飄散著淡淡的水氣，圓月高掛在空，周圍若有似無的花香在鼻尖縈繞，轉頭望去，月光下一片花團錦簇煞是美麗。

清澈的湖水微波粼粼，湖邊柔嫩的青草延伸到無限遠處，這裏恍若世外桃源，赫然是我理想的居所，和諧、靜謐。

心中一時間充滿了歡喜，有機會我一定要帶藍薇來這裏看看。

夜幕的襯托下，皎潔的明月格外誘人，經受了時空隧道的折磨，心神俱疲，望著無瑕的如玉月光，心中已有睏意，深深地望了一眼美麗的月亮，心中感歎，幾千年前的月光真是美！

清晨天濛濛亮，我便醒來，舒服地伸了懶腰，感覺身上滿是力氣，幾隻早起的蝴蝶在花叢中流連忘返，我彎下身來，就著湖水中的清水洗了洗臉，清晨的靈氣異常活躍，我縱身飛上一根樹梢，盤腿坐下。今天開始，我要毫不懈怠地努力修煉，爭取盡早擁有破開時空隧道的能力。而且剛才的蛻化給我的身體帶來極大變化，我想不用多久，便可以突破第五曲的境界進入第六曲！

我精神抖擻地深深吸了一口氣，伸手撐天，慢慢回收在胸前抱成太極。

忽然，就在我眼睛合上的一剎那，一道白影在我眼前電光火石般掠過，我心中一驚，倏地睜開眼，功聚雙眼，掃視著前方。一隻嬌嫩可愛的小白狼出現在離我不遠處的另一根樹枝上。

白色的皮毛看起來非常柔軟，粉嫩的鼻子不時地輕輕皺動，幽幽的雙眼正微微歪著腦袋打量著我，厚實的肉掌輕易地立在樹梢上。

我此時也驚奇地望著它，不知道這裏怎麼會忽然出現一隻這麼美麗的小白狼，圓咕隆冬的腦袋上有一對小而橢圓的耳朵，毛茸茸的尾巴不時在身後掃動著。見我注視著牠，有些不安地踏著前蹄。

「好有趣的小傢伙。」我心中暗道，因爲我養過很多寵獸，所以看到這種動物總是很高興。

小白狼忽然向後退了兩步，我好笑地道：「小傢伙，不要害羞啊。」

誰知道，牠竟突然奔了幾步，倏地向我投來，我和牠相隔差不多有十幾米遠，我一驚，怕牠力不從心跌落下去，我也快速地站起身，一點樹梢跳了出去，希望可以在半空中把牠接住。

小白狼後力極強，躍出後，身在半空中快速向我投了過來。

看來我是多慮了，小白狼溫順地被我抱在懷中，一點沒有反抗。亮晶晶的一對狼眼好奇地打量著我，我揉了揉牠的腦袋，小白狼伸出濕濕的舌頭，歡喜地舔著我的手掌。

忽然我臉色大變！剛才我感應到牠體內竟澎湃著強大無匹的力量，而力量是讓我這麼的熟悉，赫然是狼之力！小白狼疑惑地望著我，用腦袋拱了拱我，前蹄在我身上跋了跋。

我心中的喜悅非言語所能形容，本以爲我會徹底失去體內的力量，沒想到竟會有這種奇蹟，它們以另一種形式又回到我身邊，竟然擁有了自己的身體，看牠對我的親昵就知道，小傢伙知道我是牠的主人。

既然狼之魄能夠化作小白狼，那麼其他兩種力量也應該擁有了自己的身體。我抱著小白狼急忙站起身來，四下搜尋著，希望可以看到另兩隻寵獸，小白狼掙脫我的懷抱，就那麼自然而然地浮到半空中，引頸發出稚嫩的嚎聲。

我驚奇地發現，一個奇怪的小東西探頭探腦地從一根樹枝後面露出小腦袋，我該怎麼形容呢，哈哈，真是一個可愛卻害羞的小精靈，一株幼嫩的綠色植物在陽光下彷彿透明，身高只及手臂一半大小，兩隻小小的眼睛正害羞地望著我，兩根手臂一樣的樹枝長著幾個手指，身體一半躲在樹的後面，另一半露出來有些羞怯地望著我。

我大喜，念動召喚真言，小傢伙被我喚到身前，小傢伙一手抓著我的褲腳，躲在我身後不願意出來。

我忍俊不禁，伸手去摸它的腦袋，入手倒是和其他的樹木一般感覺，儼然是個木頭小人。

我抬眼再去搜索龍之魄化成的龍，龍是傳說中強大無比的生物，但也僅限於傳說，我可從來沒見過，我心情激動的想看看到底龍會是什麼樣子，突然眼前紅光一閃，我極盡目力才看到一道紅影在我身體四周快速地飛掠著，身體不大，應該是小龍。

倏地，小龍在我身前停下，我終於得窺龍的全貌，小龍全身青色，長不及兩米，散發著紅色的光芒，龍鱗細密，在小龍的背上，一排黃色的肉刺從頭部一直延伸到尾巴，平添了許多威嚴，龍尾扁平像是尾鰭。

在頸部生有兩隻龍爪，爪有三趾，彎鉤如月，鋒利異常，近尾部，亦有兩隻龍爪，大小相同，奇怪的是，在小龍的背部靠上部位，有兩隻很小的肉翼不斷地開合著，緊附在身體兩側。頭生有兩根很短的犄角，斜伸向天，威嚴的龍頭兩邊飄著兩根龍鬚在風中蕩漾，一對龍目赤紅如電。

我試探著伸出手去，心中頗有些忐忑不安，雖然牠是從我身體中分出去的，但是自己面對的畢竟是傳說中擁有無窮力量的神龍，得神龍者得天下！我又怎麼敢大意。

看了我半晌，小龍似乎認可了我的身分，倏地順著我的手臂攀到我身上，像是一條靈蛇，繞在我手臂上。

懷中抱一個，手臂上纏一個，背後還有一個，失而復得，我心中的喜悅真不知該如何表達，有了牠們三個，我成功打開時空隧道的機會便又大增了。

這三個小傢伙原先就存在於我的體內，現在有了實體，也許仍然可以封印到我的體內，望著三個小傢伙，我輕輕念動封印真言，一道黃光閃過，懷中的小白狼失去了身影。

體內卻多了一團若火般灼熱的能量團，接著木頭小人也被我封印到體內，綠色的能量團釋放著涼涼的爽意，最後是小龍，一團紅色如火焰的力量不釋放出熊熊的熱量，直欲把我五臟六腑烤焦。

三種能量產生的不同力量互相融合，形成除了陰陽二氣外的另外一種力量，循著另一個不同的經脈循環著。吸收的靈氣不斷壯大著三股能量，牠們竟然通過我的身體吸收能量。

「嘿，你好！」

我抬頭看去，一個可愛的女孩亭亭站立在湖邊望著我，我左右一看並沒有人，看來是和我打招呼，我應了聲：「你好。」

女孩純淨無瑕的明亮雙眸中閃爍著好奇的目光，雙手背在身後，抿了抿小嘴，遲疑了一下，身體微微前傾，道：「嗯，我以前從沒見過你，你是從外面來的嗎？」

我笑了笑道：「是啊，我是從外面的世界來的。」

女孩忽然道：「啊，我知道了，你一定是從那個奇怪的卵中出來的。」

我吃了一驚，她是怎麼會知道我從卵中出來的，腦海忽然閃現我剛抵達這裏時，驚鴻一瞥看到的景象。

她不就是那個我看到的女孩嗎？

我凝望著眼前略帶羞澀的小女孩，一頭綠色長髮披在身後，陽光下如同緞子般閃亮，大而明亮的眼睛裏是一顆黑葡萄似的有神的眼睛，尖尖的耳朵一半藏在長髮中，耳垂上掛著一個金色的小圓環，閃閃發亮，我從耳環上感覺到一絲能量的波動。

脖子上套著金光閃閃的圓環，上面刻畫著神秘而有美感的圖騰，一身黑色套裙，裸露出光光的白嫩背部，手臂的上部也套著一個相對較小的環子，從其顏色和圖騰上看，應該與脖子上的配套。

手臂上的小環要較爲可愛，從邊部延伸出幾道金邊，緊附著白嫩玉臂的是一對翅膀。

在她的腰部有一個束腰，做工與脖子上和手臂上的圓環如出一轍，雕工精美。裙邊一圈白褶，上面鑲著金邊，顯得女孩美麗而清純。

女孩的臉部十分精緻，俊美得似上帝身邊的天使。

女孩見我一直盯著她看，有些惱怒又有些羞澀，我看到她的臉色變化，知道自己的舉動有些無禮，看她的外形與人類相似，只是有些地方卻不一樣，我確定她是人類相近的高智慧種類。

我正色道：「請問這是哪裏？」

女孩道：「這裏是精靈古村部落，居住著精靈、矮人和人類，看你的樣子應該是人類，你是從哪裏來的？」

女孩說的精靈、矮人，我從未聽說過，不過幸好這裏有人類，到達異時空能見到自己的同類總是有些欣喜的。我不知道自己究竟返回到多少年前，但是我可以確定這裏一定是方舟星的史前文明。

我道：「我是從遙遠的時空過來的，我被一個……」我剛要說我被一個邪魔抓住，被逼無奈我才落到這個星球，卻沒想到精靈女孩一聽我說自己是從遙遠的時空過來的，馬上驚喜的「啊」了一聲，打斷了我要繼續說下去的話。

精靈女孩忽然上前抓住我的手，叫嚷道：「你一定是自然神大人派來拯救我們的人，太好了，他們要是知道的話，一定會開心死的。」

當然這時我還不知道精靈女孩口中的「他們」指的是誰，當我被她莫名其妙拉到一個村落時，望著圍在周圍的那些體態輕盈、長相極為俊美的精靈們的時候，我終於知道了。

一個年歲看起來極老，卻十分威嚴的精靈開口道：「在我們一族虔誠的祈禱下，偉大的自然之神希洛終於派他的使者來拯救我們這些受到惡魔威脅的子民了！」接著又向我道：「尊敬的使者大人，請跟我來，我領你去希洛大神的祭祀之地。」

周圍原本唧唧喳喳的精靈們，一聽到希洛之名，立刻安靜了下來，虔誠地望著我，跟隨著精靈長老一起向他們的希洛大神祭祀之地去了。

我莫名其妙地被拉到這裏，又莫名其妙地被安上了使者的身分，有些糊塗了，不過我知道他們好像受到一個惡魔的威脅。

在一個散發力量波動的魔法陣中，一條溪水環繞，由樹木組成的房屋中，一個巨大的雕像屹立在我眼前，我在心中忖度，這個應該就是他們口中的自然之神希洛了吧！高大威嚴，一個魔法權杖拄在手中，身後一隻大弓，腰肋間一個箭筒插著幾隻羽箭。深邃的目光仰望蒼穹，透出他不凡的智慧。倒頗有神的風範。

一進入屋中，立即感到心神無比地寧靜祥和，我想這應該是外面魔法陣的原因吧，如果不是因為之前看到過傲雲擺放的魔法陣，又在海中的孤島見到令人震駭的魔法陣，我是沒有辦法辨認出環繞在屋外的圖騰是一個魔法陣。

我心中暗暗驚訝，精靈一族竟然會魔法！見識了邪魔的強大，我再也不敢小覷任何魔法了，尤其是魔法陣，還有什麼能比改變四季的魔法更讓人驚訝、震撼呢。傲雲的半吊子魔法應該就傳自這個時代吧，如果傲雲見識到一切，應會非常高興。

我感慨地輕輕歎了口氣，沒想到卻被虔誠的精靈長老聽見，他回過頭來，神態尊敬地問道：「請問使者大人為什麼歎息呢？惡魔雖然強大，但是自然大神希洛大人一定會幫助我們消滅他的！」

我苦笑了一下，沒有把自己在想著如何離開這裏回到自己的時代的話給說出來，而保持了沉默，精靈長老淡淡道：「聽『靈』那孩子說，使者大人是從外時空而來，這一路一定非常辛苦了。讓我們給使者大人準備一個歇息的地方吧」。」

我自然沒有任何異議的。跟隨在長老身後，來到了一間建造在大樹上的木屋，我走進屋中，長老禮貌地向我告退，完全把我當作那個自然之神希洛的使者了！

既來之則安之，既然他把我當作使者，我就權且冒充一次好了，只是不要在我沒走之前，又來一個使者大人。

樹屋清雅幽靜，散發著淡淡的草木清香，我望著屋中的擺設，簡樸卻不簡陋，每一件物品的擺設自然而然，和諧統一，看來精靈族有很高的審美觀點。

木床上鋪著一層柔軟的墊子，應該也是草木所造，我舒適地躺了下來，心中思索著該如何突破時空的隧道，我現在最頭疼的是不知道該從何下手，如果可以突破時空隧道，我肯定可以憑藉自身的力量飛回到我所在的時空，難就難在時空隧道乃是虛無縹緲之物，存在於空間的每處，卻又不能確定究竟在什麼地方。

真不知道何時自己才能回去，回去後會不會已經物是人非了，而自己能否真正地找到通向自己時空的那個漩渦也不一定，畢竟我是第一次穿梭時空隧道，所有的東西都是我推測的，那些漩渦要是也隨著時間的推移而移動位置，那麼我回去後會是什麼年代呢？

這些繁雜的念頭困擾著我，不大一會兒，我睡了過去，這一覺睡得很香，及到第二天早上時，我才醒來，我想木屋中散發著的草木香一定有安神的作用，否則我不會睡得那麼沉的。

伸了個懶腰，我站在木屋的窗口望著樹下被早上的雲霧襯托得如夢境般美麗的地方，胸中填充著恬淡。忽然想起昨天被我封印到體內的小白狼、小木頭人和小龍，這些小傢伙還太小，應該很需要靈丹幫助牠們生長。我心念轉動，召喚出了三個小傢伙。

小白狼像是一個驕傲的小公主，站在木桌上，舔了幾下安靜地站在一邊，而小木頭人還是一樣的害羞，幾根木頭手指緊緊地抓著我的袖子，不敢與我對視，小龍則一副獸中霸主的模樣，四肢騰空，一朵雲氣在牠的腳下成形。

我愛憐地摸了牠們一下，牠們都是從我的身體中出去的，某種意義上說，牠們都是我的孩子。我好笑地看到小木頭人昨天還光禿禿的腦袋上，今天長出了一些頭髮似的綠草，頂在頭上煞是有趣。

我毫不吝嗇地從烏金戒指中取出一些「血參丸」攤在手心中，伸到牠們面前，小白狼嗅了嗅我手中的靈丹，大出我意料的竟然絲毫不理睬地轉過頭去，望向外面的湖水。

小木頭人也伸出自己的木頭小手撥弄了幾下我手中的靈丹，隨即收回幼嫩的枝椏，小龍根本是看也不看，彷彿對我手中的靈丹非常不屑。

我大訝地望著牠們，失聲道：「這可是我煉製的最好的靈丹了。難道你們連這種珍貴的靈丹都看不上眼嗎？」即便對上古神獸來說，這種靈丹也是十分珍貴的，這三個傢伙卻完全一副看不上眼的態度。

半晌，我見牠們沒有改變主意的意思，我歎了一聲收起手中的靈丹，平常我都捨不得用，牠們卻不屑一顧。高傲的小傢伙啊！

由三種強大至極的力量轉化出來的寵獸，我想牠們的級別應該都不低，只是不知道現在的牠們能不能與我合體增長我的力量。

忽然門外傳來一聲輕響，是推門的聲音，我急忙轉過頭來，而小龍卻比我的速度還要快，化作一道閃電般向門直射而去。

推門走進來的人正是昨天在湖邊把我帶來的精靈女孩。

四周的空氣中傳出燃燒般的聲音，一道紅光忽然幻化成一隻很大的張牙舞爪的蛟龍，張開大口向精靈女孩吞去。

精靈女孩沒想到一進門會遇到這種情況，在龍威下，絲毫沒有反抗之力地眼睜睜看著小龍幻化的蛟龍吞來。

我大驚，身體急速向前飛去，口中道：「不可傷害她！」

千鈞一髮之際，小龍停了下來，紅色的火光像是空氣在燃燒。

大大的龍頭停在精靈女孩的面前，好奇地打量著她。我急忙站到女孩面前向牠斥道：「還不回去！」

小龍搖了搖大大的龍頭，不以爲然地再次變成一條小龍纏在我身上，我想令她寬慰的微微一笑，扶起臉色煞白的精靈女孩，心中想著該用什麼話來安慰被嚇到的女孩。

精靈女孩驚嚇的臉上卻顯出欽佩的神色道：「這是使者大人的召喚獸嗎！好強大啊，使者大人一定更強大吧。」

「恩，唔……」我支吾著搪塞過去，小龍桀驁不馴，以後還要多調教牠，否則一定會給我惹出事來。

一揮手，我將小龍給封印到體內，精靈女孩饒有興趣地望著那隻高傲的小白狼，爲怕小白狼也會突然地不聽話，我把牠與躲在我背後的木頭小人都封印了起來。

我向精靈女孩微微笑道：「是你們的長老讓你來找我的嗎？」

精靈女孩頗有些驚訝我是怎麼猜到是長老命她來領我去祭祀聖廟的。我心中微笑，昨天她們精靈族的長老既然認定我是她們所信仰的神——大自然之神希洛的使者，而且一副獲救的模樣，想來她們的生存一定受到了威脅，那麼自然而然的就要找我這個冒牌神使商議如何解救她們精靈一族。

我對著精靈女孩道：「我是神使，當然能夠知道。」

精靈女孩吃驚而欽佩地告訴我，一大早她們三大長老一起命令她領我去祭祀聖廟。

我欣然而往，既然來了，就讓我為這個正遭受災難的美麗族類做些什麼，也不枉費我來此異時空一趟，雖然我知道她們，包括這個時期所有的一切總要消失的，但並不能阻止我心中的善念。

美麗而可愛的精靈女孩告訴了我她的一個小秘密，她並不是一個純正的精靈血統的女孩，她的母親是精靈族武士，而她的父親則是人族的騎士，兩人結合生下了她，她在人族中的名字是靈兒，而她在精靈族還有另一個名字——風！

我笑著摸摸她的腦袋，在我看來她不過是個可愛的小孩子，我道：「風靈這個名字也不錯。」

清晨的精靈族很活躍，不時從兩邊的樹屋中探出腦袋來偷偷地看我，眼神中則是敬仰，彷彿對她們崇拜的大神希洛一樣。

很快我們就經過了昨天的祭祀聖廟，風靈卻沒有停下來，而是繼續向前走著，我納悶的道：「你們的長老不在祭祀聖廟嗎？」

風靈毫不吝嗇地給了我一個明媚的笑臉，道：「三位長老都在清晨去了人族的領地。我們現在要轉過前面那片林子到人族的城堡。」

我重複道：「人族的領地？」心中在想，既然精靈族的長老讓風靈帶我去人族，很明顯他們是想將我這個突然出現的神使介紹給人族。

去見自己的族類，我當然很樂意，但是想到會不會是他們對我的神使身分有些懷疑呢？這令我有些忐忑不安。旋又想，大不了直說好了，我本就沒有說自己是神使，只是他們一廂情願把我認作神使罷了！

這麼一想，心中即沒有了負擔，有些想要看看這個時代的人類究竟會是什麼樣子。

我一邊有一搭沒一搭地和風靈聊著，一邊向人族的領地走去。風靈對能夠去人族領地很興奮，一路向我介紹著人族的情況。

從風靈的話語中，我瞭解了一些關於精靈族和人族的情況，事實上這塊大陸生長著四個種族，分別是精靈族、人族、矮人族和獸族，分佈在不同的地域，精靈族喜歡居住在茂密的森林中，而人族則在大塊的盆地和平原上紮根，矮人族通常是居住在山脈邊緣。

而獸族憑藉著其繁殖力充斥在各個地方，獸族是各族共同的敵人，因爲獸族多不會種植和開墾，他們喜歡大批地出去掠奪其他族類的食物，所以遭到各族的排斥。更有說獸族其實是魔鬼最卑賤的僕人，凡是被他們搶劫的村落房屋都會被焚燒，男人被殺死，女人遭到悲慘的侮辱，小孩統統被殺光。

因此獸人一度是所有族類的噩夢，直到人族發展起來，懂得用高大而堅實的城堡來抗拒獸人時，獸人的惡行才受到抑制。

自此，精靈族和矮人族通常在人族城堡附近建立自己的家園，三族緊密地結合在一起，抵抗邪惡獸人的襲擊。即便如此，每幾年總有一次大規模的獸人侵犯的情況發生，就算是獸人被打退，其他三族也都元氣大傷。

獸人皮糙肉厚，力氣又大，攻擊起來完全不顧自己的生命，再加上獸人極其快速的繁殖力，獸人總是四族中恢復最快的，時不時地威脅著其他三族。只要是成年獸人都可以上戰場充當主力。而一個獸人從出生到成年只需要十年時間，人類則需要十五年，矮人需要二十年，精靈族需要四十年。

我大訝，精靈族竟然需要四十年才能完成一個從孩子到戰士的訓練。我道：「風靈，你現在是一個戰士了嗎？」

風靈看起來很高興我問她這個問題，天真的雙眸望著我道：「我是三級戰士呢，我是族裏最早通過戰士訓練的，三十五歲的時候就已經是一級戰士了，四十歲的時候是二級戰士，我今年四十五歲，已經通過三級戰士兩年的時間了！」

我驚訝地望著她，沒想到她看起來像個孩子一樣，竟然都已經四十五歲了，比我大了二十年之久。望著她那天真無邪的笑容，我訕訕地收回摸著她腦袋的手。按年齡來說，她都算是我長輩了，我有些尷尬地贊了她兩句。她告訴我，她們族中歷來最高級的戰士不過是五級，以她現在的年齡就達到三級戰士的水準，是非常有戰士天賦的。

因爲精靈成長的年齡極爲緩慢，需要三十年的時間才算成年，而一個戰士的成長又需要十年的時間，所以在獸人族沒完沒了的襲擊中，越來越沒落，直到現在精靈族人口銳減，使這個善良的種族更加的沒落了。

精靈族的身體是幾族中最單薄的，任何一個獸族在赤膊中都可以幹掉五個精靈，不過風靈告訴我，精靈是幾族中射箭術最強的，幾乎任何一個精靈族戰士都是準確無比的箭手。

在戰爭中，這些受到保護的箭手是對獸人族的極大威脅。而且精靈族有很強的魔法修養，只不過因爲他們過於善良的緣故，以至於這些魔法在攻擊方面少有威力，不過這個情況在近幾年中逐漸改變。

人族毫無疑問是幾族中最強大的也是進化最快的，在每次對獸人的戰爭中都充當主力角色，人族經過百年千錘百煉而形成的武技，正在逐步改變戰場上獸人身強體壯的優勢。而且由於在精靈族學到的魔法並加以改變，人族魔法師的攻擊性魔力已經超過了精靈族普通的祭祀師們。

矮人族是唯一在力量上可以和獸人族一較高低的種族，矮人族喜歡大桶的麥酒，當然這並無益於他們在戰場上砸暈那些耐打的獸人，不過卻使他們和人族成功地結合到了一起，矮人族在兵器上的造詣是任何一族所無法媲美的。

經過矮人族打造的兵器堅韌而牢靠，再由精靈族或者人族的魔法師們經過魔法加持，將在戰場上發揮難以想像的威力。

一百年前，矮人還擁有自己的部落，而現在兩族的利益已經促使一部分矮人族脫離山脈來到了人族的城堡中。

不過他們有自己的首領，並不屬人類領導。戰場上，這些豪邁勇敢的矮人族總是衝在最前面，由他們阻擋住獸人猛烈的攻擊，在後面的精靈族射手和人族的魔法師們會有充分的時間對獸人進行強烈的還擊。

「然而這一次不同了！」說到這，風靈的大大的眼睛充滿了霧氣。

我有些納悶，按照她所說，各族都有進化，唯獨獸族還在憑藉自己的獸性和生育速度來對抗其他幾族，這樣的話，形勢對精靈族、人族和矮人族更有利才對啊！

風靈喃喃道：「邪惡的惡魔要從沉睡中甦醒了！」說到「惡魔」兩字，風靈紅潤的小臉蛋突然變得煞白，眼神中滿是擔心。

到底是什麼樣的惡魔會讓三個種族如此憂心忡忡呢？正想繼續追問的當口，耳邊傳來的嘈雜聲使我從思考中回到現實，眼前一座由結實的青條石壘成的高大城堡已經近在眼前了。不遠處就是城門，不斷可看到矮人和人類出入。

看著一張張憂心的、歡喜的、急匆匆的臉龐，我忽然有一種要保護他們的念頭充斥胸膺。

我所在的年代史書中從未記載過這段歷史，不知道是因爲年代久遠，所有記載都在戰火中消失了，還是因爲這是在我們之前的另一個文明。

不過我想可能是前者的可能性大點，因爲傲雲能夠修習魔法，這讓我確定我那個時代的文明一定與現在有某種不同的關係。

望著絡繹不絕繁忙的人們，我收拾心情，跟著風靈向城堡走去。

從樹林走出來到路上，很多人好像都認識風靈，對她表示了自己的尊敬之心，這讓我有一點小小的驚訝，看來風靈在人族中頗有知名度。

尚未來到城門前，幾個巡查來往通過之人的士兵就馬上迎了過來，口中嚷道：「靈兒小姐回來了。」其他守城的士兵都興奮地向我們迎來。

我在風靈耳邊低聲道：「你和他們很熟嗎？」

風靈一反剛才憂心的樣子，高興地道：「是啊，我父親就是這裏的城主。」

第八章　上古預言

我恍然大悟，原來風靈是人族首領的女兒。怪不得這些人都對她這麼親切和尊敬。因此我也就知道了，人族和精靈族是靠聯姻來維持彼此關係的。這些士兵在看我的時候，由於我陌生的臉孔而頗有一番敵意。風靈可能因為受到族內長老的囑託，沒有將我的身分公佈出來，只是簡單地介紹了我一下，就由一個士兵向城堡中報信，另一個士兵領著我們向內城走去。

風靈顯然對於回到人類的地方感到很高興，唧唧喳喳、樂此不疲地向我介紹著路上四周的商販、店鋪。繁榮的街區中，經常看到有長相粗糙的矮人開的鐵匠鋪。店鋪前掛著兵器，胄甲的樣品，只是這些東西在我眼中總令我感到手藝和他們的長相很相像。

難道風靈口中最心靈手巧的矮人族製作出來的就是這種東西嗎？

忽然，耳朵裏傳來兵器撞擊和訓斥的聲音。我立即來了興趣，如果我沒猜錯，這應該是人類的戰士訓練，我倒想看看這個時代的人類是怎麼將一個柔弱的普通人改造爲擁有較強殺傷力的士兵、武士的。

領路的士兵領著我們向前走去，經過訓練場所時，我停了下來，饒有興致地向裏面望去。

這一看才發覺，原來並不如我想像中的那樣是人類在訓練自己的士兵，而是人類在訓練精靈族的士兵。

我想可能是精靈族的長老們也意識到自己的士兵太弱不禁風，在戰場上，一旦被獸族靠近幾乎很難有逃生的，當然武技強橫的精靈族武士可以輕易宰掉幾個獸族的勇士而不費吹灰之力。

只是成長爲武士需要的時間實在太久了，而且也只有少量的精靈才能達到較高的武士級別，低級武士也只能勉強抵抗獸族的衝擊吧。

意識到這一點，精靈族可能會對人族的訓練方法感興趣，人族的訓練方法可讓一個普通人在短時間內成爲一個有一定殺傷力的士兵。而且人族的武技能夠增強精靈族柔弱單薄的身體。

一個人類的戰士穿著半身冑甲，手中拿著一柄寬大的長劍，可能對剛才的練習不大滿意，此時正指著面前的幾十個精靈在破口大罵。

精靈們一個個羞紅了臉，人族的戰士可能覺得已經罵得過癮了，將手中的寬劍扛到肩上，道：「外練筋骨皮，內練一口氣，你們這些該死的精靈，愛惜自己的相貌，不願意按照我的指示錘煉自己的肉體，難道不能安穩下來，調理自己的內息嗎？像你們這些笨蛋，如果沒有我們人類的保護，早被野蠻的獸人給滅了！」

突然一個羞紅了臉的精靈站了出來道：「你侮辱了我們精靈族的榮譽，我要向你挑戰！」

人族戰士哈哈大笑起來，半晌停下道：「是不是我的耳朵出了毛病，你竟然要向一個高貴的騎士挑戰，那麼你告訴我，你是精靈族幾級的武士？」

那個站出來的精靈聽了他的話，臉上更紅了，唯唯諾諾地道：「我，我還不是武士，不過有一天我一定會是高強的武士。」最後一句，好像費盡了那個精靈的所有力氣，雙手激動的有些顫抖，但目光卻異常堅定。我心中微笑，這個愛面子的小精靈真是可愛。

人族的騎士對此頗爲不屑，哼了一聲道：「哈哈，高強的武士嗎，那麼就讓我看看你這個未來的精靈族高強武士有什麼能耐。」

扛著寬劍的人族騎士挑釁似的望著他，漲紅了臉的精靈，惱怒地望著面前的騎士，心中卻知道自己萬萬不是他的對手，動手的下場也不過是被他羞辱一頓罷了。

風靈也陪著我站在訓練場外邊，那個帶路的士兵也只好停下來陪等著我們。精靈族的那個小傢伙雖然動作輕巧，可惜力量太小，根本敵不過人族騎士大開大闔中氣十足的拳法，轉眼間已經第三次被打翻在地了。我都有些不忍目睹了，精靈族的攻擊實在太弱了，恐怕他們的武士也不會強到哪去。

騎士得意洋洋地一腳把精靈給踢了出去，剛要訓話，卻看到我們三人站在外面，可能沒有看清我身邊是城主的女兒，毫不客氣地向我喝道：「什麼人敢在外面偷看，難道是你們的賤肉在皮癢嗎？」

在我們身邊引路的士兵馬上訓斥道：「靈兒小姐也是你可以辱罵的嗎？還不向高貴的靈兒小姐道歉，靈兒小姐或許還可以原諒你的無知。」

那個騎士發現是靈兒小姐時，已經知道不妙了，城主可是最疼這個半精靈的女兒了，此時馬上單膝跪下道：「黃銅騎士約翰向尊貴無比的靈兒小姐表達最真誠的歉意，希望靈兒小姐可以饒恕我的罪行。」

擁有一般精靈族血統的風靈顯然非常大度，道：「你起來吧，我不怪罪你，但是希望你以後不要再像剛才那樣辱罵精靈族。」

黃銅騎士約翰見靈兒小姐沒有怪罪他，心中吁了一口冷氣，聽到靈兒不准他羞辱精靈族，低垂的眼睛中閃過一絲不屑。

我心中感歎：「自大的人類。」自大是人類的通病，我想如果沒有強大的獸族在外面虎視眈眈，這三個族恐怕不可能如現在般互相依存吧。也許在未來的史書上找不到關於精靈族、矮人族、獸族的記載，可能是因爲最後獸族被消滅，而在人類的自大和貪婪中，其他幾個族類也相繼滅亡了吧，所以才沒有流下隻字片語的記載，而魔法這種神奇而強人的東西也漸漸勢微，被武道的光芒所掩蓋而逐漸消亡了。

我歎了口氣，雖然自己爲精靈族感到可惜，可是深知歷史的自己知道，未來的世界已經形成，歷史不可改變，我也無法幫助這種奇特、美麗的種族避免滅族之災啊，眼中透出一絲憐憫。

「喂，你是什麼人，竟可以站在高貴無比的靈兒小姐身邊！」

耳邊響起粗魯而飽含惡意的聲音，我回過神來，剛好看到黃銅騎士瞪著我的眼睛。一瞬間我掌握到了他的意思，靈兒雖然有高貴無比的身分，可是使他在那些他瞧不起的精靈眼中丟了臉，他頗有些不甘，但是卻不能發洩到風靈身上，那麼風靈身邊的我自然就成了替罪羊。

我搖了搖頭，這個桀驁不馴的傢伙是想把我打一頓，出出氣找回自己的面子。

我對他笑道：「你是想挑戰我嗎?好吧，我同意。」他沒想到在他提出挑戰之前，我就先說了出來，而且靈兒小姐絲毫不阻攔，不禁對我的身分有了一些懷疑。

風靈對我頗有信心，在她心中，我是大神希洛的化身，不可能失敗的，何況她今早親自看見了我那隻威勢駭人的小龍，因此對我充滿信心。而且作爲一個精靈，又如何敢干涉神使呢！

風靈想了想，還是向那個騎士介紹我道：「這位是大神希洛派來解救我們的神使大人。」風靈的本意可能是向他提醒我是個非常厲害的人，怕他不知我的身分吃了虧。

可惜那個自傲的傢伙顯然對我精靈神使的身分極爲不屑，眼神中充滿了戲謔，好像勝利已經掌握在他手中。與他不同的是另外那幾十個受訓的精靈們，歡呼著，膜拜著。

我站在他面前十米處，黃銅騎士望著我，爲了顯示自己是公平爭鬥，扔過來一柄長劍在我面前，扎在泥土中的劍身一陣抖動，我抓起身前的劍，劍一入手中，立刻感到質地粗糙，空隙太大，不夠堅韌。

他一腳將拄在地上的寬劍踢起，伸手抓住，擺了一個騎士的造型，望著我道：「可以開始了嗎？」

我淡淡地道：「來吧！」

他愕然地望著我又把劍插到地上，在他眼中，我可能是一個非常不知死活的人吧，他等了一會兒，看我沒有搶先進攻的意思，高喊一聲舉劍向我刺來，架勢十足，倒是有點騎士的樣子。

望著他向我眉間刺來的寬劍，我動也不動，只是微笑地等著他不斷靠近。其他的精靈們都發出驚訝的叫聲，就連風靈也有些緊張地攥緊了小手。望著他冷笑的面孔，我心中暗道，讓我來告訴你們，什麼才是真正的武技吧！

就在寬劍逼近我的一剎那，我忽然出其不意地伸出手來，屈指一彈，正中寬劍的劍尖，隱約可看到力量波浪形地向前傳播。

在眾人驚駭的目光下，寬大的長劍頓時變成十幾截廢鐵落在地面。

幾乎在同一時刻，我腳下的劍被我拔出，長劍在我手中有如靈蛇一般閃耀跳動，幾點金光不時閃爍出來。

在場所有人如果不知道我手中只是一把普通的劍，還以爲是經過魔法加持過的劍呢。風靈在早上看到了小龍後一直把我當作一個魔法師，現在卻看到我施展出強大而華麗的劍法，更加堅定了她心中我是神使的想法，否則會有誰能夠把魔法和武技都使得這麼出色。

精靈們看到一向在他們面前耀武揚威的黃銅騎士，在我手下像是一個沒有任何還手之力的娃娃，狼狽的左右閃避著，心中頓時出了一口平時被欺負的惡氣。因爲我的身分代表了精靈族。

驕傲的黃銅騎士眼前滿是劍光閃爍，冷氣撲面，自信就如不斷從即將倒塌的牆壁上剝落的黃土。無論怎麼竭力地躲閃，都躲不過眼前的劍光，忽然腳下不知踩到什麼，踉蹌的向後跌倒。

「鏘！」

我含笑站立，手中的長劍仍筆直地立在我腳下，不同的是，是筆直地插在我腳下的一塊青石上。人人目瞪口呆地望著我腳下的長劍。青石的硬度，他們想必比我還要清楚，想以沒有經過魔法加持過的普通長劍插入青石，不啻於用雞蛋擊石頭。

黃銅騎士惶恐地站起身來，四周靜悄悄的沒人說話。黃銅騎士急忙檢查自己有沒有受傷，卻意外地發現自己毫髮未傷。

我望著他微微一笑道：「你該去換一個甲冑了。」

本來還想說兩句大話的黃銅騎士低頭向身上的甲冑望去，甲冑突然間化爲一塊塊碎片從他上半身剝落。

我淡淡地道：「不要因爲幾個尙未成年的孩子就侮辱別人的種族很弱，你覺得自己很強嗎，你認爲如果再來一次，你可以在我手中走幾招呢？如果沒有精靈族，人族能夠單木撐舟活到現在嗎？想想吧，騎士大人。」我向風靈道：「咱們走吧。」

剛走沒幾步，忽然堡內傳來鐘聲，一聲接一聲地震盪著眾人的耳鼓，我疑惑地望向風靈，卻發現每個人的臉上都很凝重，風靈道：「神使大人，這是城堡的望台上發出的發現獸人的警報！」

話聲未畢，有更爲刺耳的鐘聲傳來，風靈臉色煞白道：「獸人開始攻城了！」不用她說，我已經捕捉到了隨著風而飛到城堡中的那些低沉如野獸一樣的吼聲。

每個人的臉色都不大好看，而剛才還喧鬧、繁華的街區馬上空無一人，所有普通人都收拾東西躲回家中，省得被戰爭誤傷。

我道：「我去看看。」在眾人驚異的目光下，我突然飛了起來。我向城堡的高處飛去，背後傳來風靈的感歎聲：「神使大人的能力真是深不可測，沒有加持任何飛行魔法就可以飛起來，真是令人讚歎！」

我在天上飛行著，在城堡上負責守衛的戰士們都全神貫注地對付在下面嚎叫著攻城的獸人們，獸人手持很簡單的武器，有鐵劍，重斧，石槌，一些體型龐大的獸人一撥撥的用自己的身體撞擊著高大的城門，隨著他們每次撞城門，我總忍不住眉毛抽搐，聞名不如見面，不論風靈怎麼說，也只是給我一點點印象而已，現在身臨其境來看，才知道獸人的身體是多麼……多麼的，實在是天生的兇器。

我繞著城堡飛行了一周，發現四周都有獸人進攻，進攻毫無章法，全憑本能在進攻、廝殺，我現在有點瞭解爲何人族、精靈族和矮人族在實力數目相差巨大的情況下仍能活到現在，多半是因爲獸人太笨，且沒有好的領導者，否則這個星球的天下早就是獸人的了。

忽然我看到風靈正在向我招手，我飛了下去。站在城堡上望著激烈的廝殺場面又是另一番感受，鮮血沸騰，頗有躍躍欲試的感覺。

在我身邊是那些剛才受訓的精靈們，每人手裏都拿著一把弓箭，箭矢如雨般從他們的手中滑落，幾乎每一箭都會命中一個獸人，而且都是獸人最脆弱的面部，肋下、腋窩、耳後、眼睛等地方。

說實話，剛才在看黃銅騎士教訓他們的時候，確實有些輕視他們，而現在我才知道，在戰場上與這些神射手相遇是一件多麼可怕的事情。我已經在心中爲那些可憐的獸人們祈禱了。

看得我心驚肉跳，每一次「嗖」的聲音傳出，總有一個倒楣的獸人被射中，然而身強皮厚的獸人們往往被射了五六箭才不情願地倒下來。

人族的投石機也發揮了很大作用，二十多架投石機，每次投出都有七八個獸人被砸成肉泥。

我注意到幾個人族的魔法師和精靈族的魔法師在念動魔法，風靈告訴我這是大範圍的驅逐，恐懼魔法，會令沒有大腦的獸人們也感到恐懼，時間的推移，勝利已經基本上定了下來。獸人們開始潰敗。

望著四下逃散的獸人們，城堡的大門忽然打開，數隊整齊劃一的百人騎士隊伍衝出城門，任意馳騁著，四下追殺著逃跑的獸人。

忽然一個衛兵模樣的人向我們奔跑過來，然後在風靈耳邊低聲說了一些話。風靈聽完後向我道：「神使大人，我父親和幾位精靈族長老正在城堡中等著我們呢。」

我瞥了一眼戰場，這場戰爭已經結束了，剩下的只是清理戰場而已，沒有什麼好留戀的了。我微微笑道：「那我們就走吧，讓別人久等可不是一件有禮貌的事呢。」

風靈欣然地在前面帶路，我心中回想著剛才獸人攻城的事情，很明顯的看出來，雖然獸人占了很大的人數優勢，可是想要攻下這座穩若磐石的城堡對幾個種族造成滅族的威脅，顯然是不可能的。

可是為什麼精靈族的那幾位長老會如此擔憂呢，有些想不通，我想該是另有其他的隱情吧。

一路想著，逐漸來到城堡內部，在一個議事廳中，我看到了幾個種族內的首腦，精靈族的有三位長老和一位美麗的女祭祀，人族的有兩人，一個應該是風靈的父親，另一個不知道是什麼人，不過他看我的目光倒是有些不屑。想來又是一個自以為是的高手。

我不理會他的目光，望向另一邊，是三個矮人，濃郁的酒氣從他們身上傳了過來，三個矮人都配備著一個大鐵錘，看起來像是煉造器具的器具，不過上面傳來的魔法波動告訴我，這沒有表面看起來那麼簡單。

幾個矮人懶洋洋地望著我，不時地抓起手邊的酒壺灌上一大口。

看來除了精靈族，其他的人都不把我當一回事。

精靈族的長老們見我進來，一起迎了上來，禮貌有加地向我問了聲好，然後將我介紹給在座的各位。

風靈一早投入到自己父親的懷中，風靈的父親威嚴而慈愛。

望向我的目光卻含有一些質疑。

四周靜得連落下一根針都可以聽到，幾個矮人大口地灌著麥酒，不時用醉醺醺的雙眼打量我。半晌風靈的父親、人族的首領首先開口道：「他是一個人類，你確定你們自然神希洛會派一個人類作精靈族的神使？」

風靈插嘴道：「父親，神使大人是確確實實的精靈族神使，他是個非常厲害的召喚魔法師，而且他的武技是我看過最厲害的！」

人族的首領先是慈祥地向風靈微微笑了一下道：「他真有你說的那麼厲害嗎？」對於自己那個在精靈族長大的女兒，他很清楚她和其他的精靈一樣都崇奉自然之神，他不會完全相信關於神使方面的話，但是他也很清楚，自己的女兒是很強的精靈族武士，她既然說我有很強的武技，作為人族的首領也是最強的騎士的他，倒有些想要驗證的意思了。

精靈族也很無奈，務必要使同盟的其他兩族也對我的身分認同，否則計畫就無法進行。

人族的首領道：「你說這個人就是你們精靈族的神使，可是你們有什麼證據來說明他確實是神使呢？如果沒有確切的證據，我可不會將我們族的未來交到他的手裏。」

幾個矮人一邊灌著酒，一邊以人族馬首是瞻地嘟囔著。那個美麗的女靈大祭祀鳳眸含威，走上兩步，淡淡地道：「尊敬的人族和矮人族朋友們，精靈神使是在我推算的那天從天而降，是風帶回到部落中的，而且神使大人長相與預言十分吻合。」

精靈族有預言，在惡魔從地獄中爬出來並毀滅一切的時候，大自然神希洛會派遣他的忠實僕人降臨，神使降臨之時，會浴火而重生，夾帶希洛大神的無窮威力殺死惡魔。

這是精靈族幾百年大預言的後面部分，而前面部分則描述，在某一年，惡魔漸漸在地獄甦醒，他的奴隸獸人會向精靈族和人族、矮人族發動猛烈的攻擊，把世界變成遍佈鮮血和腐肉的地獄，以迎接惡魔的誕生。現在已經逐漸接近大預言的那一年。

而獸人族果然開始騷動不安，零星地發起了對其他種族的侵犯，剛才的獸人襲擊不過是獸人大軍的極小一部分，僅是獸人前頭部隊，而後面的獸人大軍估計也在整裝待發了。

我暗暗咋舌，不過是先頭部隊，竟然都有這種規模，那要是正規獸人大軍，該會是什麼樣駭人的規模！

其中一位精靈長老歎息道：「真正對我們三族造成威脅的，還並不是這些只會繁殖的獸人，而是另外一些不死生物！」

我道：「什麼不死生物？生物還有會不死的嗎？」

另一爲長老道：「大預言中曾描寫，在惡魔醒來之前，他那些擁有強大力量的僕人會比他先甦醒，幫助獸人攻擊其他種族，迎接他們的主子降臨。這些不死生物才是真正可怕的。」

不死生物！在我的印象中，沒有任何生物是可以永存的。即便連第四行星上那個存活了數百年的以血爲食的科學狂人，最後不也死去了嗎？但是看著精靈族在向我訴說不死生物時，臉上流露出的恐慌，以及顫抖的語氣，好像都在告訴我，不死生物真的打不死的。

我皺眉道：「不死生物到底是什麼樣的東西，真的有那麼可怕嗎？」

那個美麗的女精靈大祭祀幽幽地開口道：「不死生物都是由其他種族的人死去後受到邪惡的魔鬼呼喚而墮落成不死生物，邪惡無比，一般的魔法對它們沒有作用，而且不會死去。」

我從她的明亮雙眸中感受到她內心的驚悸。究竟會是什麼樣的生物，可以讓精靈族的大祭祀內心如此震顫呢？我在心中不斷地描繪不死生物的模樣，不會死的生物？我始終不大相信。

我瞥了一眼屋中的其他人，連高傲的人類騎士也面有土色，而幾個醉酒的矮人似乎連酒也抓不穩了，眼神中充滿了憤怒和恐懼。

屋中氣氛肅穆、壓抑，我輕輕咳了一聲，道：「那不知，你們的計畫是什麼，而我的任務是不是幫助你們對付不死生物？」其實，我看他們的表情就知道，他們並不懼怕獸族，而是在為即將到來的不死生物擔心，我這個所謂的神使大人，就是為他們解決強悍的不死族吧！我也想看看，不死族是否真的可以不死！

我的聲音打破屋中沉悶的氣氛，所有人都從對不死生物的恐懼中恢復過來，矮人王咕噥著灌了一大口酒，精靈族的三位長老輕聲地在念叨著，好像在祈禱他們信奉的大自然神希洛的庇護。

在城主身邊的那個騎士又恢復了一貫的高傲，望著我道：「我們還沒有確定你是否真的是精靈族的神使，在確認之前，你沒有資格得到關於我們計畫的任何一部分。即便你是真正的精靈神使，如果沒有相符合的實力，我們也不會讓你參與我們的計畫！」

我內心苦笑一聲，想幫忙還要得到認可，如果傲雲在這，恐怕早就冷哼一聲轉身走人了吧！我要不是為了精靈族，才懶得理你們死活呢！

我道：「你是想在這裏看看我的實力，還是在別的地方看我的實力？」

高傲的騎士沒想到我不但沒有膽怯，反而向他邀戰，這在以前在任何族中是從來沒發生過的事，他的臉上一陣發白。

風靈從她父親身邊走過來，小聲告訴我道：「神使大人，你千萬要小心啊，他是人族中的黃金騎士呢，和父親的實力相差無幾，在幾個族中是最強的，在我們族內的五級武士才能勉強抵擋住他的攻擊。」

黃金騎士盯著我狠狠地道：「好！咱們就去騎射場，我倒要看看精靈族傳說中的神使大人的魔法有何厲害的地方。」

精靈族的幾位長老臉上頓時有些難看，他們非常清楚面前的黃金騎士有多厲害，而這位傳說中的神使大人，他們卻絲毫不知底細，雖然希洛大神是非常厲害的，可是他派出的神使會有什麼樣特殊的本領呢？沒有親眼目睹，他們很難相信我可以戰勝人族最強的黃金騎士。

我淡淡地道：「請帶路吧！」

在我心中已經決定讓他們見識一下我的實力。既然上天註定讓我來到這裏，就讓我好好地在這裏歷練一下吧，也許我會從中找到回家的路，權且讓我充當一次精靈族的神使，將他們從不死族的威脅中拯救出來吧，何況救世主的角色我也不止充當一次兩次了，駕輕就熟！

我回答得如此乾脆，讓所有人都爲之愕然，黃金騎士見我有恃無恐的模樣，也收起了傲慢的神情，仔細地打量了我幾眼，直到再次確認無法從我身上看到所有高級騎士應有的特徵時，才哼了一聲，搶先走出城堡。

我們幾人來到了騎射場，由於三個種族的首領人物都聚集在此，很快騎射場周圍聚滿了各族的人。騎射場很寬闊，平時是人族騎士的訓練場地，騎射場的邊緣紮著一些草人，有的草人紮著幾根羽箭。

我們倆都沒有說話，互相對望著。

這個時代的武道水準實在不怎麼樣，從那個黃銅騎士身上就可見一斑，只是會一些粗淺的功夫，比起我那個時代實在差太多了。

黃金騎士使用的是一柄雙手劍，寬大厚重，身上披著不輕的全身甲，頭上罩著一頂頭盔，全身上下只留一雙眼睛的空隙。

而我單手抓著一柄細長的劍，身上普通的衣裝，沒有任何甲冑。

比賽之前，風靈的父親將他叫往一旁，在耳邊低聲吩咐了幾句，黃金騎士望了一眼，隨即向人族的首領點了點頭。不用聽我也猜得到，一定是風靈的父親因爲我神使的身分，吩咐等會兒動手時，令他不要傷了我，畢竟精靈族的魔法和弓箭手在戰場上是十分重要的，沒必要因爲我與精靈族交惡，這樣對誰都不好。

我歎了口氣，看來誰都不那麼看好我啊！

黃金騎士站在我面前望著我道：「你不用穿盔甲嗎？」

我呵呵笑道：「那種笨重的東西，會讓你連路都走不動的。」

對於我的譏諷，黃金騎士顯然不大在意，他已經決定等會兒要好好地羞辱我一番。精靈族的一位長老走過來在我耳邊低聲道：「敬愛的神使大人，並非我看輕您，您所面對的黃金騎士是人族中最厲害的武士，他一個人可以單身殺死兩個小隊的獸人，我們高貴的精靈族精通的並非是野蠻的殺戮，如果您覺得有什麼不合適的話，我可以和人族的首領商量取消比賽。」

雖然精靈長老的話語很委婉，可是卻充分表達了他對我沒有任何信心，在單薄的精靈族看來，如果隻身面對面地幹掉兩個小隊的獸人，那幾乎是不可思議的，連最強的精靈族武士也做不到，因爲他們的體力實在是幾族中最弱的。

而在他們看來，我這個神使更應該是高強的魔法師，而非是一個會使用武力的野蠻人，雖然我也是一個人類。

我心中暗道：「你既然擔心我，爲何早先不說，等到了騎射場才說要取消比賽，眾目睽睽下，就算是我答應，恐怕其他的種族也不會答應，圍觀的上百個精靈也不會答應吧。」我大有深意地瞥了他一眼，經歷了諸多磨練後，我早非那個思想單純剛出村落的小傢伙了。

他之所以這麼做，大概也是想看看我這個精靈神使到底有何本領吧！但又擔心我會被黃金騎士失手打傷，這對於大自然之神希洛來說是非常不禮貌的事情。

虔誠的精靈族應該善待且尊敬神使大人，而不是有所懷疑。

騎射場擠滿了人，各族的人聚集在不同的地方，交頭接耳地望著我和黃金騎士，並且小聲地議論著。

俊美的精靈族都擔憂地望著我，沒有誰會覺得看起來沒有一點武裝的我，會打過人族最強的黃金騎士，而且與黃金騎士相比，我至少要比他矮上一個頭還多，他寬大粗重的雙手劍和我手上的細劍也相差很多。甚至他們在懷疑我的細劍能不能在黃金騎士身上堅固的鎧甲上留下一點痕跡。

眾所周知，人族的力氣雖然比精靈族強不了很多，可是到達黃金騎士的水準，人族的力氣可與矮人族最強的戰士相媲美，而黃金騎士也唯有與矮人族中的矮人王打個平手。

在精靈族長老宣佈比試正式開始後，四周就靜了下來，畢竟我的身分還是讓他們對我抱有一些信心的。

黃金騎士雙手握著寬劍等我進攻，卻見我並沒有進攻的意思。不屑地望著我，先我襲來。這個傢伙倒是有些蠻力，雙手握著粗大的寬劍，奔跑的速度仍然很快，幾乎一眨眼的工夫，他的寬劍就向我重重地劈了下來。

幾乎所有的精靈都不會懷疑從我頭上落下來的寬劍會將我砍成兩段，精靈們發出一聲驚呼，還有的閉上眼睛不忍看我了。

我淡淡地望著眼前的黃金騎士，心中把他與先前的黃銅騎士相比較，他的速度很快，動作也很靈敏，雙手握劍仍不失劍的靈活，這點很難，劍招簡捷、迅速，沒有花招，直來直往。

他能夠理解武道中以速度和力量來取勝，這已經比較難得了，不過我還是有點不解，如果光憑力量，他們是無法抵得過精靈族的，畢竟精靈族的魔法可不是說著玩的。魔法的強大我深有體會。

面對即將落在我頭頂上的寬劍，我倏地舉起手中的細劍，劍尖堪堪抵住他的劍尖。

黃金騎士臉色有些不自然，甚至是吃驚，擋得住他一招是在他意料中的，怎麼說我也是神使，不可能連一招都擋不住，但是可以在一瞬間隨手就點在他的劍尖上，令他的寬劍難以再進一步，讓他十分吃驚。

他感到手上的長劍彷彿被我吸住了一樣，想移也移不開。

我微笑地望著他，心中暗忖，在這個時代，可能他們還沒有發現「氣」的力量吧，所謂「氣」，也就是游離在空氣中的各種能量。

念頭未落，忽然黃金騎士身上散發出看起來極爲神聖的白光，白光沿著寬劍而來，大大增加了我的壓力，我頓時緊張起來，收起小視之心，沒想到這個時期的種族也已經掌握到了將四周的能量轉為己有的法門。

黃金騎士籠罩在一束白光中，顯得更加威猛，四周的人們頓時如開水一般沸騰起來，在戰場上看到這束白光，就彷彿看到了救星一樣，而獸人則是完全相反的感受，他們看到白光，就好像是看到了惡魔一般，倉皇躲避。

精靈長老們緊張地望著我，尤其是那個美麗的精靈女祭祀，大而明亮的眼睛一直擔憂地放在我身上，我有直覺，這個精靈女祭祀可能對我有好感。

手中劣質的細劍抵擋住白光的能力，紛紛化為碎末，長劍逐漸變為短劍，再由短劍變為劍柄，接著劍柄在我手中也完全消失了。

沒想到他竟掌握了劍氣的訣竅，我真的小看他了。不過我並不擔心，這種程度的劍氣顯然還無法傷害到我。在劍柄消失的一剎那，我的一根手指代替了細劍的位置，頂在他的劍尖上。

所有人都不可思議地望著這一幕，強大的黃金騎士發出的最強武技，竟然被人用一根小小的手指給擋住了，這簡直是個奇蹟。

沒錯，對精靈族來說，早把這當作一個奇蹟了，只有神才擁有這種神力，而我神使的身分在這一刻他們深信不疑。原本擔憂的精靈們都歡呼起來，矮人們目瞪口呆地望著這一幕，口中喃喃著：「又一個，又一個！」在他們面前又出現一個可以和他們矮人王匹敵的強者。

而人族們對我也並不排斥，畢竟我的相貌像人類而多過像精靈，我越強大，他們的安全也越有保障。在這種情況下，被我用手指給擋住的黃金騎士顯得非常尷尬，在三族裏除了幾個首領外，他就是最強的，而現在卻在大庭廣眾之下，被一個陌生人的手指擋住了最強的武技，這令他下不了台。

不甘心就這樣丟了面子，他猛的用盡全力，將自己十幾年修出來的鬥氣全部灌注到劍身上，好在他的劍是矮人族手藝最好的工匠打製出來的，又經過魔法加持，在灌注了大量超額鬥氣後，才勉強沒有折裂。

他全部修爲令我感到一些吃力，我聚集著一些內氣向手指的部位運去，隱然可見一團金色的光芒在我的指尖形成。

在我和他之間，他的白色劍氣與我的金色內氣在劍尖處撞擊在一起。

我凝望著他，而他已經沒有餘力再向我瞪眼了，兩團光芒越聚越大，彷彿隨時會爆炸開，見多識廣的幾族首領已經開始領著圍在周圍的人群向後退去。

突然我不可抑制地發出一聲長嘯，金芒瞬間大漲，蓋過了白色的光芒，幾乎所有的人都看到金芒中，有一隻可愛的白狼四蹄並用在空中縱飛，小巧的粉嫩鼻子正努力地皺著，現出幾條淺褶，厚實的腳掌上有幾點寒光閃出，向黃金騎士奔去。

這只不過是幻象，真正的小白狼還被我封印在體內，沒有我的召喚，牠是無論如何也出不來的。由此可見我還未能真正地掌握小白狼的力量，否則沒有我的操控，牠是不可能在我體內動用自己的力量！

空氣忽然迅速膨脹，熱度也在急劇增高，兩股能量的撞擊已經引發了爆炸，我立即揮手放出一道能量罩，將我和黃金騎士罩在裏面，當然在我們之間的爆炸也被籠罩在裏面，無法波及到外面的人。

陡然連環的炸響令大地也發出顫抖，腳下的土地被炸翻過來，一時間塵土飛揚，沒人能看到裏面的情況。沉悶的響聲，連珠地從地面傳出。這麼大的威力是誰也沒有想到的。

人人都屏住呼吸，望著被灰塵遮住的兩人的位置。漸漸的塵灰偃旗息鼓，眾人駭然地發現，在我和黃金騎士的腳下，炸出了一個直徑兩米的大坑，我正飄浮在空中。黃金騎士狼狽地從深土中向上爬出來。

我掃了一眼四周所有種族的人，每個人的眼中都寫滿了驚訝和欽佩，強者無論在哪個族中都是受歡迎的。

精靈族的三位長老驚喜地向我走過來，唯恐我在剛才的比試中受了傷，美麗的精靈女祭祀也跟著向我走來，那對充滿了神秘和誘惑的雙眸中充滿了關懷，走近我身邊，向我施加了「祝福」、「恢復」、「治療」三個治療魔法。

我消耗的一些體力幾乎瞬間就恢復了，一點也感覺不到戰後的疲勞，我不禁大贊魔法的神奇，我體內強大的能量是沒有辦法令我短時間內恢復消耗的體力的，而我也想不出還有什麼方法可令人消耗的體力在一瞬間恢復。這令我更加堅定了幫助精靈族渡過難關，把魔法這種神奇的東西儘量地傳給後世。

精靈女祭祀細心地查看著我身體是否受到傷害，小心地呵護我手尖受劍氣所致而留下的一個小疤痕。雖然沒有人懷疑一個精靈女祭祀對神使的呵護另有他意，我卻感覺到她特別的溫柔。

那個手尖上的疤痕在她的努力下也消失不見了。我奇怪精靈族對「完美」有著異乎尋常的執念！我的皮膚在上一次蛻化中已經白嫩地如同剛出生的孩童，這次的蛻化更讓我的皮膚瑩潤，彷彿透著濛濛的白光。

我奇怪地與精靈女祭祀對視了一下，我不覺得剛見了我兩次面的她會對我產生什麼「念頭」，可是她對我特別的神情，又讓我感到她確實是對我有一些念頭的，那種神情我在藍薇的臉上也看到過。

精靈族的每一個成員都俊美非凡，這是其他種族拍馬也不及的，而精靈女祭祀更是完美得像是天生的藝術品，單論美貌，藍薇也有所不及，而且精靈女祭祀和藍薇有一點非常相像，那就是在面對別人時冰冷的神情。

黃金騎士這時已經從炸出的深坑中爬了上來，未發一言的就氣沖沖地走開了，似乎勝利者周圍總是伴隨著鮮花、掌聲和微笑。我在精靈族武士的簇擁下，離開了騎射場。

精靈族一向缺乏強大的武者，而今天我的出現終於圓了他們的夢，終於有一個可以和其他族相媲美的強大武者了！這令所有的精靈都感到自豪，每個人都向我發出心底的微笑。

我想，看到這樣的結果，他們應該可以放心地將他們的計畫告訴我了吧！

很多人擠著圍在深坑之前，不斷發出嘖嘖的驚歎聲，在他們記憶中，除了幾個有限的高強魔法師，還沒有人能夠弄出這麼大的一個坑吧。人們對今天的戰果很滿意，彷彿看到了野蠻的獸族在幾族的聯合下被攆到西北極寒之地去的情景。

在城堡中，我安逸地喝著杯中難得的美酒，所有人都沒有了之前對我的怠慢。

黃金騎士鐵青著臉站在城主的身邊，目光卻看往另一邊，不敢與我對視，武道修煉到他這種程度，應該很清楚強弱的分別了，剛才他被炸得灰頭土臉，要不是有我的幫助，他也許就被自己的鬥氣給炸死了。我卻安然無恙，一點事兒也沒有。如果他沒被憤怒遮住了眼睛，他會知道自己與我差別有多大。

我並沒有和他們客氣，而是直接問了他們的計畫，這些佔據上位的首領們只注重實力，並不會因為你的禮貌而對你有所青睞。

沒想到他們的計畫很簡單，就是趕在惡魔甦醒之前，再次用魔法把他給封印，至於封印的方法，在大預言中已經說得很清楚了，不過這個魔法卻需要三個精靈族的高級魔法師合力才能完成。

不過惡魔的所在地在極北的寒冷之源，想去那裏需要通過無數個獸族的領地，而且在寒冷之源更有無數早已甦醒的不死生物守護著。

而現在獸族又不斷地開始派出部隊進攻幾族的領地，令三族無法分出足夠的人手去寒冷之源封印惡魔。

人去少了，只會被路上的獸族輕易給吞噬，人去多了，那麼自己幾族的領地又難以保全，所以雖然有了計畫，卻一直沒有付之行動。

精靈族的長老歎道：「想安全地通過獸族的領地已經是非常困難的事，再對付更加厲害的不死生物就更困難了，想要留有餘力封印惡魔幾乎就是不可能的。」

我道：「幾乎是不可能的事，為什麼還要派人去呢？」

「難道坐以待斃嗎？」人族的首領道，「畢竟這是一個希望，我要用全部的力量保護我的人民。」

會議散了，我和精靈族的幾位長老又回到了精靈族的領地中，天色暗了下來，我忽然想到一個問題，既然精靈大預言中提到了我是怎麼降臨到這裏的，那麼是不是也提起我是如何離開的呢？想到這我不禁有些亢奮，要是有的話，我就可以回去和藍薇相聚了。

我興沖沖地問三位長老道：「呃，大預言中有沒有說起我是如何離開這裏的？」

三位精靈長老互相看了一眼，道：「好像沒有說到。」說完就匆匆離開了，奇怪的是三位精靈長老臉上突然出現了一些坨紅。

第九章　月夜女

祭祀時間過得很快，我們在這裏已經待了十天，大部分時間是在精靈族中，這裏背山環水，鳥語花香，樹木蔥郁，實在令我喜歡。其間又隨幾位長老去了幾次人族的城堡中，商談關於封印惡魔的計畫。

獸人族也不甘寂寞地在十天裏發起了三次攻擊，雖然都沒占到什麼便宜，只是拋下近千具獸人屍體，但是卻在精神上給予了三族的首領們強烈的打擊。獸人如此積極的攻擊，顯然是因爲惡魔復活的日子越來越近了，白天幾族的工人們都在積極搶修被獸人破壞的城堡。到了晚上，也有適應夜晚的精靈們在城堡中警戒。

城中各族的人都很冷靜，他們相信他們的首領和神使大人會保護他們，打退兇狠的獸人。可是幾族的上位者卻沒有像他們的族人們那麼安心。獸人的緊密攻擊令他們迫切地要從各族中選出合適的人去封印即將降臨的惡魔，當然我是要去的，這已經是毋庸置疑的事，但是其他成員必須謹慎的選擇，既不能令城堡的實力大減，也不能使封印惡魔的隊伍實力太小。

經過幾天的商議，終於定下了封印惡魔小組的人員，精靈族出動四個強力的魔法師，六個三級以上的精靈武士；人族出動十二個白銀騎士；矮人族出的人比較少，只有五個矮人戰士，但是矮人王親自出馬。本來我有些看不起這些嗞酒如命的矮人，但是作為最高領導者的矮人王竟然能親自隨隊伍出發，這不禁讓我對矮人族大為改觀，至少是十分佩服矮人王。

身為上位者，有幾個能在非迫不得已的情況下自願冒險?!

隊伍總共二十八人，再加上我一共是二十九人。確定下名單後，隨即決定給這二十八人兩天的時間和自己的家人告別，第三天上路。

在很多人眼中，封印惡魔的二十九人很難能夠成功，此去路途遙遠，且危機四伏，動輒就是客死異鄉的悲慘下場。

本來只需要三個高級魔法師來封印惡魔，但是出於安全方面考慮，防止中途會有魔法師發生意外，於是多派了一個魔法師作為替補。這已經是精靈族能夠提供的魔法師的全部了。這個時期魔法師是極為珍貴的，尤其是高級魔法師，他們的發揮幾乎可以扭轉戰場的勝負。

十二個白銀騎士雖然沒有黃金騎士那麼厲害，但也是人族所能提供的全部了，現在人族中的騎士大部分是黃銅騎士，只有少數白銀騎士，他們掌握了一定的鬥氣秘訣，而黃金騎士就只有兩個。

每一種騎士都分爲初、中、高三種級別，而封魔隊伍的十二個白銀騎士中只有三個是高級的，四個是中級的，五個是初級的。

矮人王帶領的五個矮人戰士都是矮人族的厲害戰士，相當於人族中的高級白銀騎士，人數雖少，戰鬥力不可小覷。

精靈族的六個精靈武士雖然是三級和四級沒有最高的五級，但是戰鬥力卻比一般的同級精靈武士強大，他們身上裝備著精靈族最好的魔法武器和盔甲，身下騎著的是精靈族豢養的黑豹，這使他們的攻擊力得到極大的提高。

精靈族還豢養了一些其他的高級獸類，包括一條龍的遠親雙頭龍「奇美拉」，攻擊力高得駭人，這是對付獸族的空中飛行的「風騎士」殺手鐧。

這已是第二天的傍晚了，我坐在那天我墜落的那個湖前，傍晚的火燒霞將天邊都染得紅彤彤的。那個美麗的精靈女祭祀在這兩天中找了我好多次，美麗得近乎無瑕的精靈女祭祀，放下尊貴的身分屢次來找我，就是瞎子也看出她的心意了。

對於她的紆尊降貴，我都懷著逃避的態度，一個美得像天使一樣的精靈擺出任君採摘的模樣，我實在怕自己會受不了這種誘惑。

坐在樹樁上，我靜靜地望著微波蕩漾的湖面，心中出奇地寧靜，彷彿把一切煩惱都拋在腦後，甚至把如何破開時空隧道的苦惱都忘記了，只是安靜地享受著周圍的一切。

不知何時，風靈出現在湖邊，在我對面坐下，背靠著樹幹，蕩悠著潔白無瑕的雙腿，過了一會兒，風靈頗有些苦惱地道：「神使大人，明天你們就要走了。」

精靈女孩的語氣中透出依依不捨的意思。我長長地舒了一口氣，退出那種靜謐致極的情緒，瞥了她一眼，微微一笑道：「你要好好努力，就可以幫助你的父親和三位長老打退獸人，也可以讓我們安心地去封印那個邪惡的傢伙。」

我知道因爲她父親的原因，她沒能參加封印惡魔的隊伍，因此她一直都爲此鬧著情緒。其實她是個習武的天才，又是最年輕的三級武士，實在有資格加入封印惡魔的隊伍中的。只是她是人族首領的女兒，精靈族又怎麼會派她參加這次九死一生的隊伍呢！

所以我見她提起此事，順便鼓勵鼓勵她，讓她明白在家中幫助人們防禦獸人的進攻，也是對我們很有益的。

風靈聽我說完，仍是有些不滿，把手中撕碎的葉子扔到湖中。我啞然失笑地望著她小女兒態的可人樣子，雖然她還比我大二十來歲，可是在精神方面遠遠不及我成熟。

爲了岔開她的注意力，我漫不經心地道：「精靈族養的那些黑豹，真是強大的動物啊！」

在精靈族中如果能夠獲得允許擁有一隻黑豹，那是武士的極大榮耀。風靈的大眼睛頓時亮了起來，道：「那些黑豹可以活一百年呢，可惜產量太低，前一段時間又在戰場上戰死了好幾隻，現在族裏只剩下不到三十隻了，可惜我還沒有資格擁有一隻黑豹。」

精靈族對這次封印之旅真是下了大本錢，總共三十隻黑豹就提供了六隻。我問風靈道：「精靈族最強的豢養獸是什麼，那隻活了一百多年的『奇美拉』嗎？」

風靈搖頭道：「精靈族中記載，最強的豢養獸是白虎。」

我疑惑道：「白虎？我並沒有在精靈族裏看到有白虎。」

風靈嚮往地道：「精靈族最後一隻白虎已經在一百多年前死去了，一般一個精靈族只有一隻白虎，由族裏最強的精靈武士擁有，我的夢想就是擁有一隻白虎。記載裏說，有白虎配合的最強精靈武士幾乎是無敵的，就連人族的黃金騎士和矮人王都不是對手。」

我望著女孩那張滿懷想像的憧憬雙眸，總覺得自己應該爲她做點什麼，我和她之間有一種特殊的感情，在這個陌生的異時空中，我能第一個見到她，不能說不是一種緣分啊！

我望著風靈，柔聲道：「你想擁有一隻屬於自己的黑豹寵獸嗎？」

風靈眨了幾下大眼睛，並沒有注意到我說的「寵獸」二字，不過她曉得我是要送她一隻黑豹，她疑惑地望著我，遲疑了一下道：「神使大人，你是要送我一隻黑豹嗎？」

我微微笑道：「是啊，你想要嗎？」

風靈見我不是說笑，頓時來了精神，站起身，腳尖點在樹根上輕盈地躍到我身邊，欣喜地道：「神使大人你真的要送我一隻黑豹嗎，可是我怎麼沒看到黑豹在哪？」

我微微一笑沒有說話，探手入烏金戒指中取出一個寵獸卵，這是第四行星的豹王在我離開時贈予我的禮物，我手中並沒有虎系寵獸，否則一定送給她。寵獸卵帶著溫溫的熱量放到了風靈白皙的手中。

風靈露出古怪的模樣，望著手裏的蛋，實在不清楚爲什麼神使大人忽然拿出一個蛋給自己。我望著她迷惑的小臉蛋，徐徐地道：「這是我所在的世界每個厲害的傢伙所必須擁有的東西。這個叫作寵獸蛋，需要主人來孵化它，它會隨著主人一點點長大，等到它成熟後，會給主人無與倫比的強大力量，恐怕比你們族中的白虎還要強。」

風靈道：「這是神界的人都必須要擁有的東西嗎？真有那麼厲害嗎？」她將手中的寵獸蛋翻來覆去地看著。

我道：「將你的手指劃破，讓你的鮮血滴在蛋上，這是讓你的寵獸只認你作主人的儀式。」

風靈依照我的話，抽出一支羽箭戳破了指尖，鮮血順著指頭一滴滴的滴在寵獸蛋上，很快，寵獸蛋中的小傢伙就從沉睡中甦醒過來，開始騷動著在蛋中抓著蛋壁。

又過了一會兒，蛋殼終於在小豹子嫩嫩的小爪子下破裂，滑膩的小傢伙拚命地從蛋中間的豁口處向外爬著。

風靈瞠目結舌地望著手中的蛋突然鑽出一條小生命，小豹子不時地甩動腦袋，用不是很鋒利的牙齒擴大豁口的寬度，以便牠的身體能夠較容易地鑽出來。

小豹子終於在自己的努力下爬了出來，呼哧呼哧地趴在風靈的手掌上歇息著，小豹子竟然是黑色的，看來牠與精靈族真的很有緣。小黑豹全身濕漉漉的，胎毛在胎液的作用下緊緊貼著身體，小黑豹很小，細細的小尾巴，看起來倒像是一隻小老鼠。

微風吹拂下，小黑豹很享受地一動不動，不時舔一下舌頭，觸及風靈的手心，幾次令風靈癢得想笑出來。

我們兩人都小心翼翼的，生怕嚇到這個剛出世的小傢伙。毛髮乾了的小黑豹終於有那麼一點像豹子了。彷彿是歇夠了，小傢伙睜著黑而圓的眼睛，滴溜溜地看了我和風靈一眼。

不過我和風靈對牠的吸引力怎麼也不及風靈手上的蛋殼吸引力來得大。小傢伙站起身來，努力地吃著。當牠終於把全部蛋殼吃得一點不剩的時候，牠才抱著滾圓的肚子蜷在風靈的手中，頗有興趣地打量著風靈，黑黑的小眼珠不時閃現出好奇的光芒。

吃飽了的小傢伙變得沉甸甸的，像一隻小肉鼠。風靈注意力全被小傢伙給吸引了，也好奇地望著牠。我道：「風靈，這個小傢伙和你們世界的黑豹是有區別的，當牠成熟後，你就可以通過特殊的方式與牠結合爲一體，可以極大地增強實力，令你成爲第一個黑豹女武士，到那時候，不論是矮人族的矮人王，還是人族的黃金騎士，都不會是你的對手。」接著我把如何合體的功法傳授給她。

風靈的心神幾乎都被那個可愛的小傢伙給吸引過去了，漫不經心地記著我傳給她的合體功法。我又取出一把黑獸丸大約百粒的樣子，給了她。我看她不以爲意的樣子，提醒她道：「這個藥丸是我煉製的黑獸丸，可以幫助你的小傢伙快速長大，還能提高牠的力量。」

當風靈接過我遞出去的黑獸丸時，吃飽的小傢伙突然來了精神，搖晃著又站了起來，在風靈的手心向上縱跳著，希望可以抓住拿著黑獸丸的風靈的另一隻手。而且不時發出叫聲，叫聲小而細，彷彿是初生的貓咪。

我點了一下牠的腦袋，笑罵道：「貪吃的小傢伙。」

小黑豹彷彿很不樂意我隨手點牠腦袋，不滿地反手給了我一爪子，見被我躲過，站在風靈的手上，低著頭對我發出嗚咽的叫聲。

我和風靈樂哈哈大笑，我心中念著第四行星的豹王，能讓小傢伙找到如風靈這樣的女主人，想必是不會辱沒七級野寵的威名吧。

歡聲笑語中，時間過得最快。就好像是一眨眼的工夫，天邊已經暗了下來，暮色垂下，徐徐的涼風不斷地吹拂著，一顆顆星斗就像是精靈們明亮的眼睛，精靈族的聚集地也亮起了一盞盞樹油燈，朦朧地渲染著精靈族的神秘。

我帶著尚沒有盡興的風靈走回精靈族。晚飯是三位長老陪我用餐，我又問起了精靈族的預言，想知道會不會在一些旁支末節的地方提及到精靈族神使是如何離開這裏回到所謂的「神界」。

不過我再一次的失望了，精靈族三位德高望重的長老都異口同聲地稱，大預言中並沒有提到此點，雖然他們言之鑿鑿、神態誠懇，可我總覺得他們在隱瞞著我一些事情，卻想不出他們要隱瞞我的理由。

精靈女祭祀用完飯後向我們告辭首先離開了，離前人有深意地瞥了我一眼，令我倍感迷惑，不過回去的事情已然讓我頭疼不已，那飽含深意的一瞥也很快被我忘卻。三位長老也相繼吃完，向我說著目前的形勢，我能深刻感到三人心中的煎熬，我心中感歎，他們也不容易啊！

「唉！」我歎了一口氣，埋頭苦吃，暫時把所有的疑慮和焦灼都拋在了腦後。三位長老告訴我，獸族的攻擊更加猛烈了，並且出動了獸族不多的天空利器「風騎士」，如果讓

「風騎士」落在城內並且打開城門，憑三族的力量根本無法抵抗獸族的大軍。

前幾次失敗的獸族軍隊都聚合到了一塊，而且隨後的獸族大軍也在不斷靠近人族城堡，即便現在城堡外也已經聚集了五千的獸族大軍，而堡內三族的全部實力加在一起也不過是這個數。

人族雖然人很多，但有一部分都是老弱婦孺，根本無法上戰場，而獸族幾乎成年的人可以成爲兇悍的士兵，好在獸族頭腦簡單，並不懂得戰場上的策略，三族才能發展至今，形勢非常不容樂觀。

三位長老還告訴我，獸族最兇悍的「蝙蝠獸」尚未出動。「蝙蝠獸」是攻打人族城堡的最強利器。

「蝙蝠獸」是獸族的一種特異品種，繁殖相比獸族其他同類來說要慢得多，而且數量也是最少的，牠們能分泌出一種炸彈似的液體，具有極強的腐蝕功能，波及面相當廣，如果讓牠們將這種液體灑在城堡上，城堡很快就會出現豁口，獸族士兵會呼喊嚎叫著招呼著同伴從這裏衝到城堡內。

以前就曾出現過這種情況，好在有精靈族的神射手們，每每在「蝙蝠獸」靠近城堡之前就將牠們射了下來，不過只要漏了一個，都將面臨極大的威脅。

而且獸族並非都是那麼蠢的，會有聰明的獸人駕著「風騎士」掩護「蝙蝠獸」攻擊城堡。除此之外，還有獸族最強一族牛頭族，此族人口也較少，但仍高過三族的人口。牛頭族頭腦簡單卻強壯得可怕，手中的武器是由各種獸骨和堅硬的石塊拼湊而成，每一個都有百斤。

雖然武器很簡陋，對他們來說卻非常實用，牛頭族的人都是天生的大力士，手中揮舞著百多斤的東西只是輕而易舉的小事，他們可以生生地將一頭烈馬給撕裂。牛頭族也是獸人族裏最皮糙肉厚的，人類的刀劍對他們來說只是撓癢癢，精靈族的射手們如果不能將羽箭射中他們的眼睛，是完全無法傷害到他們的。

能夠對付他們的只有人族，中級以上的白銀騎士發出的劍氣才能對他們造成傷害。

牛頭怪一旦加入了戰鬥，戰爭就進入勝負的關鍵時候，牛頭怪如果被打敗，三族才能勉強抵抗獸族後面的進攻，如果讓牛頭怪闖進城中，那些並無多少力氣的老幼婦孺們只有待宰的份兒。

三位長老說完後，長歎一聲離開了。剩下我一個呆呆地坐在餐桌旁，食不下嚥，幻想著牛頭怪、風騎士、「蝙蝠獸」，含在口中的食物怎麼也吞不下。

半晌後，我深深地歎了一口氣，艱難地把口中的飯吞下去。看了前幾次三族輕鬆打退獸族的攻擊，原以爲形勢並不是特別惡劣，現在經過三位長老的說明，我才瞭解到，事實上情況已經惡劣到無以復加了。

如果獸族全族傾瀉而來，光獸族三族已經很難抵抗了，再加上那個大預言中即將復活的惡魔的僕人們，還有那些令幾族首領談「死」變色的不死族，這些強大的實力加在一起，三族實在搖搖欲墜啊！

可是我能做什麼呢？只能盡全力幫助幾個精靈族的法師們將惡魔再一次的封印起來。唉，可是三族能不能撐到我們將惡魔封印也還是個未知數呢！我漫步走出樹屋，望著漫天的星斗，心亂如麻呀！

「他媽的！」我突然心中發狠，脫口罵了出來，我把在路上凡是能看到獸族的傢伙全都給殺了，儘量減輕三族的負擔吧！

我從烏金戒指中取出「土之厚實」，心疼的撫摩著斷劍，這柄伴隨我多年的神劍和我親如夥伴，如今已經失去了往日的光澤，被死神的死神鐮刀砍成兩段。

還好大地之熊是以靈體的形式存在，雖然因爲宿體神劍斷了的緣故也受到了巨創，但被我及時地轉移到神鐵木劍中，才沒有煙消雲散。

如果這柄神劍沒有折斷的話，有它在手，用來對付獸族將是多麼好的利器啊，另一柄神器——「盤龍棍」卻不適合群戰啊。

在精靈族的這些天，我也想試著將「土之厚實」給重新鍛煉，令其恢復往日的神采，奈何神劍畢竟是神劍，凡火根本不能令其融合，何況融合後還要找到恰當時機將「大地之熊」給封在裏面令其與神劍合為一體，這都是非常困難的事。

「大地之熊」因為宿體被毀，現在只能苟延殘喘，根本無法發揮神獸的威力，在陸地上如果能夠借助大地的力量，該是一件多好的事啊！

我飛身下了樹屋，向自己的屋子飛去，想得再多也沒用，我只有用自己的實力來幫助精靈族、矮人族和人族度過這一難關了。

希望這次封印的惡魔不要如死神那麼強大，否則……我苦笑一聲，否則我們的結局都會很慘，我認真地向廣袤的天空祈禱了自己的願望，推門走進屋內。

既然我如精靈族的大預言說的那般降臨到這裏，那麼結局也應該如精靈族的大預言說的那樣，三族在精靈神使的帶領下，再次封印了復活的惡魔，將邪惡的不死族打入深淵，獸族也會退回到極北的寒冷之源，幾百年內無法再返回這裏。

上天早已定下了結局，甚至這一切都是他親手安排好的，而我從自己的時空被死神帶到上古文明也是上天的計畫！我第一次對上天產生了一種不滿的感覺。為何我要受他的操縱！

忽然想到父親慘死龍吻之下，想到母親的諄諄囑託，上天不可逆！猶如龍之逆鱗，觸之必死！

對上天不滿的念頭剛生出，即被我壓了下去。歎口氣，走進樹屋！

樹屋中依然飄著那股淡淡的草木香味，這讓我緊繃的精神得到了緩和。無論如何，想得再多也是無益的，剩下的事情就只有拚盡全力封印甦醒的惡魔了，這是我唯一可做的事。

水一樣的月光透過窗戶傾瀉在樹屋中，忽然我看到一個窈窕的身影橫在床上，正是月光所不及的地方。我驚訝地望著這個身影，玲瓏的體態告訴我，她一定是精靈族的一員。

我望著她躊躇不前，心中忖度這個身影究竟是屬於誰的，在精靈族和我認識的人很多，但真正很熟的卻沒有幾個，心頭浮現風靈那丫頭的嬌俏臉孔，難道是她？我搖搖頭，丟卻這個可笑的念頭，靈在精靈族中還只是一個小孩子而已，對我的感情大多停留在親人的階段吧。

那會是誰呢，除了她，和我相熟的也只有三位長老了，正想著，忽然一個磁性的聲音飄蕩在屋中，「回來了嗎？天都晚了，該上床休息了。」

溫柔的語調像是在等外出的丈夫回來的妻子，平淡的語調在這樣的夜裏有說不出的誘惑，女人好像和我熟悉的樣子，偏是我想不出精靈族中會有誰和我這麼熟悉，難道是三個長老搞的鬼，在我出發封印惡魔之前，令一個漂亮精靈來向我獻身。

這實在太可笑了，不管她是誰，我都會讓她馬上離開的。現在的我可不需要這樣的服務。

我大步走到床邊，在床頭坐下，剛要開口讓她離開，卻忽然怔住了，一張絕世容顏亦笑亦嗔地望著我，赫然是族內神聖不可侵犯的那個美麗的大祭祀，平時冰一般的表情此時卻如火一樣熱情，熊熊的火焰完全把我裹住，這樣熾烈的愛火令我無所適從。

接下來的話，卻更加令我震撼，「神使大人請在踏上充滿荊棘的道路之前，賜給我一個孩子吧。」

我怔怔地望著她嬌媚的雙眼，呆呆的不知該如何處理眼前的事，雙手笨拙的不知放在哪裏好。她充滿熾熱火焰的雙眸令我不敢與她對視，誰會想到平時一向冷若冰霜的她，突然出現在我的屋中，還如此熱情奔放地向我要一個孩子。

這般露骨的話，從她的嘴中說出，偏是如此的坦蕩，沉睡的夜，令所有的動物都安息了，精靈們想必也早進入夢鄉了，靜靜的沒有一點聲音，只有一顆心亂如麻的心臟在「怦怦」跳動著。

一貫冷靜沉著的我，面對眼前的美色赤裸裸的表白，也不禁口乾舌燥，我心中暗罵自己太沒出息，歷經過無數次生死，在狂濤駭浪中起伏，然而對著眼前的大祭祀，我失去了一顆冷靜的心！

我在心中對藍薇是無比執著的，可是這個美麗的大祭祀偏偏和藍薇有太多的相似之處，這令我難以平常心對待，寂寞的夜，孤獨的一個人，在另一個相隔數千年的時空中，沒有一個熟悉的人，沒有朋友，沒有親人，有的只是思念，那種思念令我倍感煎熬。

眼前的妙人兒或許可以用她溫柔的手，溫暖的身體，綿綿的話語，拭去我心中的苦痛，這一刻我真的就想這麼沉淪了。那貴不可攀的身分，本身就是一個令男人熱血沸騰的刺激。

一對細嫩潔白、仿若無骨的手臂輕輕地纏上我的腰，那微微的體溫卻令我打了個寒戰，身體靠了上來，沒有任何粉黛的臉卻出奇的清秀樸素，煥發出純潔的神聖之光，小巧的嘴巴輕輕地從我臉邊滑過，動作很溫柔，這個動作藍薇也曾經很溫柔的做過。

心中的火焰跳動得更厲害了，本就不是很堅定的心此時搖晃得更厲害了，我深深地吸了一口氣，卻無法抑制身上的熱血升溫。美麗的大祭祀自然而然地撫摩著我，那動作是多麼的像一個嬌妻愛撫自己的丈夫。迷糊中那張與眾不同卻散發著無與倫比的美麗臉頰已經變成了藍薇的模樣，我幾乎深深地陶醉在其中了。

心中旌旗搖動，我已經把持不住自己的意念。我想反手把她摟在懷裏，恣意的疼愛她，然而我僅存的理智告訴我，她並非是我的愛妻。藍薇的一顰一笑閃電般快速在我腦海中掠過，清晰的就好像發生在昨天。

我徹底清醒過來，意識到這不過是一個美麗的夢罷了，藍薇又怎麼會在我身邊呢。我輕輕地推開倚靠在我身上的大祭祀。

深深地歎了口氣，這種真實與虛幻之間的對比令我痛苦的差點呻吟出來，我責怪自己為什麼非要去太陽海旅行呢，如果沒有太陽海之行，邪魔也不會脫封而出，我也不會被帶到異時空來，或許現在我和藍薇在我們的小城堡中過著快樂而悠閒的生活吧！

沒有任何時候比現在更讓我痛恨上天，我真想大聲地詛咒他啊！

「劈，啪！」

一道閃電從天空落下，寂靜的夜，這是多麼的明顯啊，一瞬間大聲的雨滴從天而降，劈哩啪啦地砸在樹屋的頂上。不知道是老天憤怒了，還是在可憐我。冷冷的風吹進屋中。

我慣性地站起來，把門和窗戶給關嚴實，才想起還有一個「不速之客」睡在我的床上，我轉身望著她無語。

難以想像在這種大風雨的天氣將一個美麗高貴的精靈女祭祀趕出去的情景。冷風讓我冷靜了下來。

精靈女祭祀忽然坐起身，將放在床邊一角的被褥給攤開來，然後道：「天冷，到被子裏來吧。」聲音很輕很柔很自然，絲毫沒有因為我將她推開而產生一些負面情緒，溫柔可人而又貼心。

我沉吟了幾次，都沒有把讓她出去的話給說出口，最終我幽幽歎了口氣，讓她睡在我的床上，我就打坐一晚好了。望著外面漆黑的夜，聽著雨點落在樹上，再濺落下去的雜亂無章的聲音，心中忖度，也許這場雨會給三族帶來很多好處。

幾天前挖出來的，圍繞在城堡四周大約兩米多深的壕溝會因此灌滿了水，那些不會游泳的獸人想要攻破城堡就更困難了。

漆黑的屋中，我能感受到她那對明亮的眼睛正渴望地看著我，我靜了靜，確定自己已經平靜下來了，我走到床邊，剛要說話，卻不想她卻在我前面先開口了，美麗的女祭祀聲音低沉，顯得有些壓抑，我能感覺到那是情感上的壓抑，但是我很清楚這絕對不是對我，情感的壓抑必定是常年累積才能形成，而我不過來這裏幾天而已，就算我自大地認爲她對我一見鍾情，也只不過十幾天！

出乎我意料的，她在向我敘說她的一生，她是如何由一個小精靈被族裏前一任祭祀培養成爲現在的祭祀，身爲祭祀，是不允許和普通的精靈一樣尋求配偶的，她們只能孤獨一生，把自己悠久的生命都奉獻給大神希洛。

愛情對她們來說是一件奢侈品，高高在上受盡別人尊重的她們，其實內心孤寂無比，沒有任何人敢追求她們，而她們也只能一生伴著希洛。然而有一天，她忽然發覺自己愛上了希洛，可笑的是，希洛這個傳說中偉大的神從未降臨到人間過，而聖廟中也只有一個希洛的泥塑而已。從那天開始，美麗而又孤單的女祭祀就把自己心中的話告訴這個泥塑，心中的情感逐漸積累，沉澱在她的內心深處。

難道讓她找一個不一定存在的神談戀愛嗎？就算希洛是存在的，可是希洛又怎麼會輕易降臨到人間呢？

但是當她有能力閱讀以魔法封印的那個精靈族大預言時，在她心中就有了一個秘密，一個誰也不知道的秘密。

說到這，美麗的精靈女祭祀的雙眸中已經滾落出熱淚，滑落而下滴在我的手上，感受著其中的重量，我深刻地體會到她內心的渴望，她只是渴望成爲一個普通人一樣，擁有自己的愛情！

可是在精靈族嚴格的制度下，誰也沒有膽量違抗的。

我情不自禁地伸手輕輕地抹去她的淚水，她沒有說下去，只是抽噎著，哭泣得像一個小女孩兒，無助的表情令我覺得自己剛才推開她已經深深地傷害了她的心。

我輕輕地擁她入懷，一隻手在她綠色的長髮上撫動。

雖然她沒有說下去，但是我已經清楚了她內心那個沒人知道的秘密是什麼。

精靈族大預言，偉大的神希洛將於惡魔甦醒之前，派遣神使代替自己幫助精靈族重新封印惡魔，行使自己偉大的神力，引導高貴的精靈族走向繁榮。而神使儼然就是希洛自己的化身。

於此，美麗的女祭祀就把所有的希望寄託在大預言中，她並不在乎惡魔是否會甦醒，她只在乎希洛會否降臨，當她第一眼見到由風靈引著進入精靈族領地的我的時候，彷彿一道電流一樣通遍她的全身，她幾十年的宿願即將要實現了。

我成了她感情唯一可以傾訴的對象。我深深地可憐著這個看似堅強的精靈，對她的同情，令我感覺任何對她的傷害都是難以原諒的。她有一個好聽的名字——月夜！

不知何時，我和她的舌頭已經彼此糾纏在一起，月夜的舌頭散發著丁蘭般的淡香，笨拙地在我口中索求著，我緊緊地抱著她，在她的背部溫柔地撫摩著，原本主動熱情的精靈女祭祀在我的撫摩下，有些輕輕的顫抖著，光滑細嫩的皮膚滲出點點雞皮疙瘩。

唇分，她如一隻柔順的小貓躲在我的懷中，螓首深深地埋在我懷中，不敢與我對視，甚至不敢看任何東西。我捧起那張幾近完美的臉，細細地觀賞著。完美無瑕的嬌靨令我明白了什麼叫秀色可餐。

恍若星眸的雙眼緊緊地閉著，長長而微彎的睫毛不時的顫抖，高挺的鼻樑下有一張朱紅色濕潤的誘人紅唇，我情不自禁的低頭如蜻蜓點水般從她的雙唇擦過，這簡單的動作亦令懷中的佳人「瑟瑟發抖」。

不堪一握的腰肢貼在我的懷中，雙手緊緊地摟著我，生怕這只是一個美麗的夢，一鬆手就會從夢境中醒來。

可憐的女祭祀已經沒有膽量再孤獨地面對未來的生活了。事情發展得那麼自然，風大雨大，掩蓋了一切聲音，我們放肆地在樹屋中發洩自己的感情，她單薄的身體在我身下婉轉呻吟，「風雨」過後，她躺在我懷中細細地喘息著。

外面仍是風雨雷電，然而屋內卻是無比溫暖。我撫摩著她的頭髮，心中對她充滿了無比的憐愛，可憐的女孩把自己的前半生都奉獻給了精靈族，自己卻一直生活在孤獨和寂寞中。

也許是因爲我們都對愛情有無比熱烈的執著和追求，剛才的纏綿中，我們都非常默契地配合著對方，彷彿我們已經相識了很久的歲月。

精靈女祭祀什麼也沒說，只是安靜地伏在我的胸膛上，但是我卻知道，她從這一刻已經不可能離開我了，而我也不可能任由她一個人孤單地生活在這個時空裏，我想我又多了一份責任，我要用下半生來守護她，給她歡樂，讓她幸福，我心中歎息一聲，低下頭望著她，發現她竟已睡著了，面孔留著得償所願的喜悅。

我輕輕地笑了笑，誰會相信平時威儀、冰冷的精靈女祭祀，會露出一個單純如小女孩的笑臉呢，這個笑臉恐怕也只會爲我開放吧。

我安然睡去，並沒有因爲和精靈祭祀的關係而興起背叛藍薇的感覺。相反我比以往更加愛藍薇，精靈女祭祀使我知道了愛情的真諦，令我明白了珍惜，而藍薇，當她知道發生在精靈女祭祀身上的事，我想她會很樂意與她成爲好朋友的。

我要用我全部的生命來保護她們！我發誓任何妄圖想要傷害她們的人，我都讓他們受到最強烈的報復！

這是我進入這個時空以來睡得最香的一次。風雨漸漸停了下來，烏雲消散於無形，天空晴朗得像是一面鏡子，微風徐徐地吹著，樹葉上殘留的雨滴在微風中化爲水滴墜落下去，組成一首和諧的森林交響樂。月光又重現大地，照耀著寧靜的森林。

我感到懷裏動了一動，隨即醒了過來，下意識地往懷中的精靈女祭祀望去，她那雙透明的大眼睛正含情脈脈地注視著我，此時與我目光相對，兩朵紅雲立即升上她的臉頰，馬上垂下頭去。

一種奇異的氣氛在屋中蔓延著，我很享受這種氣氛，靜靜地享受著。半晌，始終未說話的月夜忽然開口了，聲音在雨後的森林顯得格外嬌嫩如出谷的黃鶯，竟使我非常迷戀。

「精靈族的大預言中，在中間一部分曾敘述了神使在幫助精靈族渡過難關，封印惡魔之後破開空間之門，回到了神界。」

聲音很輕，卻重如雷殛令我心頭一陣猛跳，簡單的一句話既讓我驚訝又讓我驚喜，不過卻又一次堅定了我的決心，我要把她帶回去。她沒有挽留我，反而告訴我大預言中神使是如何離開的事，這並不是說她不愛我，而是她太愛我，卻又知道我非常想離開這裏回到自己的家鄉，她對我的愛實在已經超越了自我，完全是無私的。

我沒有立即問她如何才能破開時空離開這裏，我問出了心中的疑惑：「三個大長老告訴我，精靈族大預言中並沒有描述神使是如何離開這裏的，他們爲什麼要騙我呢？」

月夜歎息了一聲，幽幽地道：「這個是精靈族的千年大預言，是由很久前的大祭祀在臨死前得到大神希洛的神喻而留下的。這次的惡魔是很罕見的強大惡魔，如果他要是從地獄爬上來，世間的一切將會被毀滅，守護他的僕人也都是非常強大的生物，神喻中曾詳細地描述了他們的本領，那是令人難以想像的強大，開始誰也不相信神喻中的事會真的發生，可是事情正按神喻中描述的那樣一點點地發生著，兇悍的獸族積聚了很強大的部隊攻擊我們，而且曾經有一次由一個不死巫師領隊，那次的攻擊令三族嘗盡了苦頭，雖然最終獸族被打退了，可是不死族的強大也令我們所有人震撼！」

月夜停下來望了我一眼，其實說到這，我已經大概知道爲什麼三位長老要欺騙我了，不過我還是靜靜地聽她接著說下去。

「毀滅的威脅使我們寢食難安，神喻成了我們唯一的希望，你的出現終於讓我們見到了一絲曙光。」

說到「曙光」兩字，精靈女祭祀的臉上露出甜美的笑容，眼神中充溢著恬淡祥和。是什麼力量讓一向冰清玉潔的女祭祀做出這麼大膽的事，冒著褻瀆神靈冒犯族規的危險讓她可以追求自己的希望，愛情的力量實在偉大啊！我忍不住在她額頭輕輕一啄。

「啊！」激情過後的精靈女祭祀非常害羞，也恢復了往日的矜持，臉上迅速燒起來，有驚喜也有羞澀。意想不到的情況下被我偷吻，令她害羞的驚叫了出來，神情是那麼嫵媚。

我很開心的看著她手足無措的樣子，過了一會兒，精靈女祭祀強自鎮定，勉強地繼續道：「你所展現出來的強大，令我們所有人都願意承認你就是那個希洛派來拯救我們的人，可是你不斷追問關於神喻中如何離開的事情，這令三位長老惶恐不安。」

這正與我想的一樣，爲了防止得到離開的方法我會不顧他們死活的立即離開這裏，他們選擇了隱瞞。雖然這是對神靈不敬和褻瀆，但是爲了三族人民，他們願意這麼做！

事實上，我答應了他們是一定不會背叛他們的，只不過他們並不知道我心中的想法，所以他們欺騙我的事也情有可原。

我不是個小氣的人，並不會因爲他們迫不得已的謊言而責怪他們，何況我要是想帶走懷中美麗的精靈女祭祀，沒有他們的應允，我除了使用武力強行帶走就沒有其他方法了。

過了半天，精靈女祭祀道：「大預言中關於神使離開這裏的字語只有一句話，『尊貴的神使在他忠誠的獸類朋友的幫助下，突破了時間與空間的限制回到了神界』。」雖然只有短短的一句話，精靈女祭祀卻說得非常艱難，好像使出了全部力氣，說完後虛脫般癱在我懷中輕輕地顫抖著。

在我不帶她一起離開的情況下，她非常清楚，我一旦離開就會成爲永久，再也不會和她相見了，這種刻骨銘心的思念令她作出最大的勇氣說出了離開的秘密。

我深深地歎了口氣，知道了秘密，我不但沒有解脫感，反而有種負罪感，心中彌漫著酸澀和苦楚，因爲我深深的體會到和自己相愛的人分開是件多麼令人悲痛欲絕的事，而她肯說出來，令我非常感動。如果她不想說，我根本無法勉強她，甚至她可以銷毀神喻，那樣我只有留在這裏。

我又一次緊緊地將她擁在懷中，悲哀的女祭祀無聲地哭泣著。

我擁著她，腦中轉動著如何帶她一塊離開這裏的念頭，如果我可以成功幫助三族度過這次難關，我一個小小的要求他們應該不會拒絕吧，何況我代表大神希洛，對我不滿就是褻瀆希洛的神威。

當然我如果失敗了，一切皆不用談了。

精靈女祭祀在精靈族中一向是作爲和希洛溝通的高貴身分而存在，她們都是偉大的預言家，臨死前的力量會讓她們看破遙遠的迷霧，望見未來發生的事，所以她們的地位是僅次於精靈族的長老們！

她們有神奇的法力，她們可以在一瞬間治癒一個傷痛者，可惜她們的身體都非常薄弱，所以，以她纖弱的身體狀況根本無法在時空隧道中那種惡劣的環境下撐多久。換而言之，如果她的身體狀況沒有改善，我是無法帶她一塊離開的。

在精靈族的這些天裏，我已經把我在另一個時空裏的武學功法傳授給了他們，這可以令他們強壯起來，令他們看得更遠，射得更準，更快地恢復體力。

我想自己應該再找一些適合她身體狀況的修行方法讓她也跟著修煉，當然這個不可能有速效的效果，得一步步的慢慢積累。

不過我倒是有另外一個主意，可以讓她在時空隧道中有足夠的力量支撐我帶著她進入我的時空。

第十章 愛情之弓

面臨即將的分離，精靈女祭祀已經停止了哭泣，蜷縮在我懷中，希望在分離之前多享受這得之不易的感情，靜靜的，靜靜的。

我望著可憐兮兮的精靈女祭祀，我渾厚的聲音在屋中響起，「你必須讓你孱弱的身體強壯起來，否則你是無法承受時空隧道中的強大壓力和惡劣的環境。」

「啊！」她幾乎不敢相信地望著我，那對秀美的眸子在告訴我她是多麼的驚喜，她能感受到我話中的意思，微張的小嘴急促地喘息著，那種出乎意料的喜悅足以令她開心得身體也震顫起來。

我微笑地望著她，對著她那雙不敢相信的眼睛深深地點了點頭，下一刻，我看到兩顆滾燙的熱淚瞬間從她的面龐滑落，這是喜極而泣的聲音，而我卻產生了另外一種感情。

我突然感到很荒謬，好像我在騙別人的老婆一樣，端莊、美麗、婉約的精靈女祭祀實際上愛的是大神希洛，而我則僅僅是一個替代者。不過這並不是重點，我相信在以後的日子裏，她會愛上我的，她會知道我對她有多好，她的愛戀一定會從那個虛無縹緲的大神身上轉嫁給我。

光精神的愛憐並不足以令兩個人白頭偕老、天長地久，只有活生生地面對，生活，靈魂與肉體彼此結合，才能令兩個人水乳交融，愛到天荒地老，海枯石爛。

我望著她那嫩得如同天鵝絨一樣的脖頸，我忽然產生一個念頭，從烏金戒指中取出一個鵝卵石一樣大的珍珠，這個從超級箭魚王體內尋到的珍珠絕非普通的珍珠可比，在我經歷過那個古老而強大的魔法陣親眼所見那些純淨的寶石貯存大量的魔力後，我想，與魔力相似，同樣是能量一種的內息，是不是也可以貯存到裏面呢？

只要我將體內純陰的內息輸入一些到珍珠裏，然後再由月夜每天修煉功法，並同時從中吸收我的純陰內息，只要很少的一部分，就已經足以改進她單薄的身體了吧！

如果由我直接傳給她，恐怕控制不好，她的體格一下無法承受我強大的力量而造成反效果，所以還是由她自己來吸收比較好。

與她一樣純淨無瑕的珍珠在夜色的屋中發出濛濛的毫光，好像在和月光爭輝，我將珍珠放在她的眼前，雖然是高貴無比的精靈女祭祀，同樣對這種發光的東西有著無比的興趣，伸出白玉一樣的手指輕輕在上面摩挲著。

愛憐無比地看了她一眼，我即把注意力放在珍珠上，感受著珍珠的分子結構，身體內的純陰真氣被我從陰陽一體的循環中剝離出來，順著捏著珍珠的手臂向珍珠傳了過去。

心情有些緊張，我無比專著地控制著純陰能量緩慢地在手臂上流動，忽然手臂發出白色亮光，一下將珍珠的光芒給掩蓋了，懷中的月夜輕微顫動了一下，奇怪地注視著我發光的手臂。

我沒有說話，給了她一個讓她放心的眼神。可能是因爲能量太過集中的關係，手臂越來越亮，已經代替了屋中的月光，綻放著白光。

手臂被白光包圍，已經完全看不見了，只有令人驚詫的白光彷彿流水一樣在手臂上流動著。我默默地指控著一些能量試探地進入珍珠的內部，彷彿是泉水流經堆砌在一起的岩石，絲毫不受阻礙地緩緩流入，而岩石也依舊是岩石，並沒有因流水的進入而改變。

我心中大喜，聚集在手臂上的純陰能量逐漸全部進入了珍珠的內部，手臂上的光芒逐漸褪去，又露出了血肉之軀。取而代之的是珍珠彷彿是盞明燈在屋中大放光芒。

我又驚又喜地望著手中的珍珠，獲得了大量能量的珍珠好像要脫手而出，我鬆開手來，珍珠從我手中飄浮在屋子的上方，彷彿小太陽照亮著整間樹屋。忽然懷裏的佳人發出嬌羞的「嚶嚀」一聲。

我這才意識到，懷中的佳人是光溜溜的，未著一件衣服，我頓時不捨地注視著造物主的完美之作，受到自己愛人的注視，精靈女祭祀既感到羞怯，心中卻又有一種甜蜜，沒有讓我移開視線，反是努力地向我懷中鑽，燒紅的雙頰順著滑溜的皮膚一直向下延伸到背部和臀部。

我真怕她粉嫩的皮膚會被燒壞了，輕輕扯過一邊的被褥掩在她迷人的身體上，我向屋中的小太陽招了招手，充滿能量的珍珠順從地飄下來，被我抓在手中，我把珍珠珍重地放在她的手中。

望著她開心而又狐疑的眼神，我微笑著道：「按照我剛才傳給你的修煉功法，每天修煉三到五個小時，用你的精神引導體內的內息架起一座通向珍珠的橋樑，然後將其中的能量引入到自己的體內，並且饒著身體循環四周以上，直到沒有異樣的感覺才可停止。」

我停了一下，望著她無比慎重的眼神，我頗感欣慰，捏了捏她的臉蛋，然後接著道：「這裏的能量會幫助你更快地改善自己單薄的身體。」

在所有族中，只有精靈族的大法師和祭祀是身體最薄弱的，這在人族也是同樣的情況，但是要比精靈族要稍好點。

一旦成為法師，雖然會發出強大而神奇的魔法，但是相對的就是很難修煉人族的功法增強自己的體能。

這可能就是有所失必有所得的緣故吧，所以要是指望她自己修煉功法而有所得，那實在太不切實際了。只有給她一條捷徑，才有可能令她短時間內改善身體的體質。我輸出的能量已經完全可以做到了，而我只要一天的打坐，就可以恢復這些輸出的能量。

但這也只能讓她比普通人強一點，還是無法在時空中飛行，即便在我的保護下也是不可能的，我再將手探入烏金戒指取出了一個寵獸蛋。

其實讓她迅速改變體質的方法，莫過於讓她能夠擁有一隻強大的寵獸，合體後會極強地增加她的實力。

從第四行星回來，我得了好幾隻寵獸蛋，猴王贈送的猴寵蛋，蛇王贈送的變色龍寵蛋，豹王贈送的黑豹寵，獅王贈送的獅寵蛋，還有就是熊王贈送的熊寵蛋，而現在只剩下猴寵蛋、獅寵蛋和熊寵蛋。

我取出的是獅寵蛋，爲什麼我會取出這隻寵獸蛋而不是熊寵或者猴寵。實在是因爲風靈給我描述的精靈族傳說中最強大的白虎女戰士的颯爽英姿在我腦中揮之不去。

我實在想看看美麗大方的精靈女祭祀穩穩地坐在一頭極爲威武充滿霸氣的白獅身上縱橫在山谷、草原和森林中，那又是怎樣的一種風情，會不會造就另一個精靈神話呢？

聖潔不可方物的精靈女祭祀周身環繞著神聖不可侵犯的白光，五指優雅地在空中揮過，強大的魔法恍如雨下。強大的白獅，一聲長吼震懾草原，獸人遠遠望之，便只有望風而逃的份兒！

「你在想什麼?」精靈女祭祀好奇地打量著我不經意在嘴角露出的笑容，出語發問。

我於是將我的幻想說了出來，美麗的精靈女祭祀饒有興趣地聽我敘述著，不時露出迷人的笑容，尤其雙眸如星辰般燦爛，誘人神往。

精靈女祭祀望著窗外的夜色，神情有些恍惚，彷彿也沉浸在我的幻想中了，我想我應該給她煉製一柄適合她的兵器，可是鑒於她柔弱的身軀，實在想不到哪種兵器才是適合她的。

突然一道靈光閃過，不是說精靈族都是神射手嗎?從小就接受訓練的女祭祀應該也是神射手吧。精靈族每個人都是神射手，不但是因爲射箭是他們必修的課程，也是他們的天生才能!

我輕撫著她的長髮，道:「月夜，你也是個神射手嗎?」

我是第一次叫她的名字，突然說出口，忽然有點不習慣，她驚異地望了我一眼，然後送上一個甜美的笑容道:「精靈族每個人都是天生的神射手，我雖然沒有經過修習，但是也還可以。」

我笑道:「讓我送你一把弓箭吧，我保證你一定會喜歡的。」

月夜笑吟吟地望著我道:「好啊。」一對黑白分明的眸子含笑望著我。

我望了望窗外的天色，離天亮還有很長一段時間，足以夠我煉製一把弓箭了，煉製武器可是我的拿手本事，熟得很，只要有足夠的原料，很快就會煉製一把可以讓獸人哭爹喊娘的厲害傢伙出來。

我將手中的獅寵蛋交給她，告訴她如何將獅寵蛋孵化，同時將封印的真言也仔細地說了三遍讓她記住。

同時把黑獸丸和血參丸各取五十粒，讓她分開餵給孵化後的小獅子，可令牠快速成長。

時間有限，獅寵蛋的事只能讓她在我走後自己孵化了，現在我要用剩下的時間替她煉製一柄足以用來防身的弓箭。

做弓箭以鐵木爲骨最合適不過了，鐵木堅韌而又非常輕，再加上稍許精鐵會有更好的效果，只是用什麼東西來做弦，可就讓我傷腦筋了。

做弦的東西必須彈性十足而又足夠韌性，耐磨損，我忽然想到了那隻超級箭魚王，當時我要是把那隻箭魚王的筋給剝下來，現在就不用這麼愁了。

我想了想，將手臂上僅剩的一支蛇皮護臂拿了下來，按在她那纖毫畢現的細嫩手臂上。這支蛇皮護臂現在對我來說已經沒有多大作用了，我的修爲已經不再需要這種級別的武器了，而對月夜來說，她纖弱的身體用這個還是有些勉強，不過卻是一種令人意想不到而殺傷力不小的暗器。

我小心地給她佩帶上，心中再一次對三叔的煉造技術佩服得五體投地，現在的我也無法打造出這種武器吧！這個蛇皮護臂力量不是很強，不過卻勝在製作精美而巧妙，從我粗壯的手臂上拿下，再戴在精靈女祭祀細嫩的手臂，仍然粗細合適，彷彿是量身定作。

心中突然湧起一股甜蜜，那是保護自己愛人的自豪感！我從精靈女祭祀喜滋滋的眼神中也看出她心中同樣充滿了甜蜜。

我拿起她的小手，溫柔地用嘴唇輕輕摩擦了一下，望著她那雙明亮的眼睛道：「你現在要做的就是使自己柔弱的身體結實起來，每天早晚兩次打坐吸收那枚珍珠的純陰內息，有一天，等你的身體足夠強的時候，我會帶你離開這裏，回到我的世界中！」

穿上衣服，我摟著精靈女祭祀從樹上飛出。身爲大祭祀的月夜，飛對她來說是輕而易舉的事，然而此時卻安詳地待在我懷中抱著我的腰，貼在我懷中，任我擁著她在空中飛翔。

雨後的森林，空氣清新得讓人禁不住想把呼吸加快，森林並不是很寧靜，至少我可以感覺到很多生物都在吸收水分努力地生長著，我彷彿可以感覺到牠們的生長，這真是一件很奇妙的事情。

飛了一會兒，我找到了一個不錯的地方。緩緩落下，地面的青草在雨水的滋潤下是那麼柔軟，我讓她在一邊乖乖的待著，我開始在烏金戒指中尋找適合的材料爲她製作一柄弓箭。

我先是在幾根鐵木中尋找出適合做弓的一根長約半米多的鐵木，掂了掂，和我想的一樣，非常輕，有了弓，我還需要一些金屬來加固弓的堅固性，我的烏金戒指中還有不少這些東西，很容易的挑選了一些，剩下的就是適合製作弦的材料。

這讓我頗費思量，畢竟我以前沒有做過類似的東西，手中也沒有合適的材料，找了半天才在超級箭魚王的幾塊骨頭上讓我發現了幾根黏在上面的魚筋，這個發現頓時令我欣喜若狂。我記得當初我並沒有收集魚筋，這幾根可能是當初沒留心和魚骨一塊被我收起來的吧。

試了試，彈性頗好！還記得當初我被牠吞到肚子裏，是用神劍而且費了很大力氣才劃破牠身體最柔嫩的腹部得以逃脫出來。因此這魚筋的柔韌性是絕對不用考慮的。

我取出一堆材料擺放在面前，看看已經把所需的東西都選好了。我微轉頭向月夜看去，月夜送上一個甜甜的微笑，脫去威嚴和冰冷的面具，其實身體中藏著的是一顆熾熱的心，對自己的愛人是無盡的溫柔、體貼。

我報之一笑，抓起一些金屬，這裏有當初剩下的地鐵礦，不過只占很少一部分，因爲地鐵礦的熱量太過霸道，不適合她，大部分是在給月師姐煉製「天使劍」留下的礦石，這種礦石呈白色，性溫和。

我將這些礦石用氣囊包裹住放在手中，凝望著礦石，手心冉冉地飄出兩朵三昧真火，藍幽幽的火焰煞是可愛，跳躍著、閃爍著像是火中的精靈，氣囊中的礦石在霸道的三昧真火的燒烤下，很快就熔化成柔軟的金屬團，再漸漸的化爲金屬水。

精靈女祭祀驚訝的望著我手中的兩團藍色火焰，她怎麼也想不到兩朵很小的火焰竟然有這麼大的威力。

我小心翼翼地將從金屬液中的雜質給分離出來，用另一隻手拿著，發出純陰的內息將其冷凍，再扔在地面。如此幾番，金屬液中的雜質基本上已經全部清除，剩下的呈現銀白色的液體，在月光下，閃閃發亮。

召喚出靈龜鼎，靈龜鼎每次出現都能讓萬物褪色。天地之間彷彿只有它才是最令人心曠神怡的東西，閃耀著條條霞光，瑞氣道道，燦爛奪目，再沒有什麼寶物能比它更出色了。

每次召喚它，我都能感覺到小龜的進步，靈龜鼎和小龜互惠互利，都在迅速的成長著，也許有一天，小龜會成爲比龍更強的寵獸吧！

精靈女祭祀吃驚得連嘴都合不攏，在她眼中，一定會把靈龜鼎當作是神賜給我的寶物吧。

靈龜鼎彷彿知曉我的意思，鼎壁瞬間化爲透明，我含笑撫摩著靈龜鼎，就像是在和一個朋友聊天。我注視著安然躺在裏面的那顆冒著紅色火焰的卵，那個偷嘴的小傢伙自從吃了倒楣的超級箭魚王的精魄後，就一直以卵的形式存在，真不知道要何時牠才能自我孵化。

想想就頭疼，鳳凰是僅低於龍的超級神獸，連義父四位長輩都無法得知用什麼方法才能令鳳凰在人力的情況下孵化醒來，我當然更沒有辦法令鳳凰提前甦醒，想想就頭疼，沒有了這個小傢伙我還真是有些不適應，至少來到這個異界如果有牠陪在我身邊，我想我的心情會好很多。我歎了一口氣，不再管牠。

將金屬液體和鐵木放進鼎中，另外將鳳凰卵隔離在一邊，催化三昧真火，靈龜鼎靈活地運轉起來，在我的吩咐下，它那奪目的光彩也暫時收斂起來，我將神識探入到鼎內觀察金屬液和鐵木融合程度。

金屬液慢慢的將鐵木給包裹起來，並且逐漸向內部滲入，這可以保護它避免受到三昧真火的作用燃燒起來。

我控制著三昧真火，鐵木很快就被金屬液給鍍上一層銀膜，當金屬液完全溶入到鐵木中的時候，鐵木就像本來就是金屬，安靜地躺在鼎底，散發出銀色的誘惑光芒。

我將銀鐵木取出拿在手中，對它的重量和質地頗感滿意，純陽真氣令它再次變得柔軟起來，我詢問月夜想要一柄什麼樣的弓，然後按照她的敘述將弓箭給固定了下來。

當它冷卻下來後，一柄半成品已經完成了，我再把魚筋給按在弓箭之間，試拉一下，弓身顫動，魚筋弦發出「砰」的低沉聲音。

我想試試這柄弓究竟能發出多大的威力，雙手持弓，一支無形的氣箭逐漸在弓上形成，我向著天空鬆開了手，氣箭陡然射了出去，發出尖銳的響聲，接著響起破空的呼嘯聲，筆直地插向天空。

我隨手用樹枝做成一隻簡陋的箭搭在弓上，遞給精靈女祭祀，可惜在我感覺上並不如何費勁的弓箭到了她手中，好像費盡了力氣，憋紅了臉蛋也只是把魚筋弦拉開一小段而已，雖然如此飛出去的箭也飛出了兩百米遠的位置，看她有些氣喘的樣子，我知道她沒有力氣再發下一箭了，這讓我大傷腦筋，如果她僅能夠發出一箭，這根本沒達到我製作兵器防身的本意啊！

突然我又想到一個好注意，從烏金戒指中取出十來個大小相若的珍珠，將其順著弓的一邊一一鑲在鐵木上。月夜瞪大了眼睛，既吃驚我有這麼多罕見的大珍珠，更奇怪我爲什麼要把這些東西華而不實鑲在弓上。

這個當然有我自己的主意。剛才我已經注意到魚筋有很好的導氣功能，這可能因爲魚筋就像人類身體中的經脈吧。我只要把這些珍珠中灌入我的內息，當月夜使用弓箭的時候，自然就可以利用我傳她的功法將珍珠中的內息化爲己用，這樣就可輕鬆的拉開弓箭。而且將能量傳到箭上射出去的威力將會倍增。

十幾顆珍珠分別被我輸進不同的能量，少量幾顆是純陽內息，更多的是至陰能量。

當我做完這一切的時候，竟然發覺身體空空的，有八成多的內息都灌入到珍珠中，這簡直無法想像，我八成的內息可以發出多麼可怕的力量，我是非常清楚的，卻沒想到就這麼簡單地被幾個小小的珍珠給輕易吸收了。

銀色的弓在靈龜鼎中吸收了不少的靈氣，散發出普通兵器所有的神秘銀光，爲了美觀作用，我又在弓上刻上一些圖騰，腦海中想的是那個倒楣的超級箭魚王，落在弓上的也是想像中那隻箭魚王在海中縱橫稱王的景象。

然後在上面又裝飾了一些小東西，令這柄弓看起來更像一件藝術品，而不是一個簡單粗陋的兵器，當然用來裝飾的東西也只是倒楣的箭魚王身上的一些魚鱗、魚骨之類的東西。

經過我輸入了大量能量後的「箭魚弓」被一層濛濛的毫光所籠罩，那是珍珠吸收了我的能量釋放出的光芒，弓身也變得特別輕，可能也是因爲珍珠的作用吧，十幾個吸收了大量能量的珍珠，幾乎可以憑空將整個弓給托在空中。

月夜拿著弓，彷彿非常吃驚，一點也感受不到弓的重量，好像弓本來就是沒有重量的，我將手放在她身上，一股細細的能量輸入到她體內，引導著她體內一丁點的能量運轉著。

月夜兩手持弓，我帶動著她的能量將珍珠的能量吸引出來。陡然弓箭毫光大湛，一道膠質般的能量如水一樣繞著弓在流動。

第十一章 矮人王

我調整呼吸，冥想著在弓與手之間形成一支羽箭來，陡然珍珠中的能量搶先於我體內的能量，先一步組成一支能量羽箭搭在弓上。

能量彷彿星光從十幾顆珍珠中飄離出來，滙集在手與弓之間，眨眼間，一支威力無比的羽箭就形成了，螺旋的箭頭釋放著寒光，高速旋轉的氣旋令我明白，如果將這支純能量箭放出去，將會造成多大的破壞。

我深吸一口氣，將能量從羽箭中剝離出來，羽箭再次化爲一簇星光回到珍珠中。

因爲這把弓用了太多箭魚身上的東西，所以我在心中已經把這把弓命名爲「箭魚弓」，當然是爲了紀念那隻倒楣的超級箭魚王，那個龐大無比的傢伙被我取走了生命菁華凝聚起來的精魄，又受了大傷，可能要躲到哪個深海底再修煉個數百年才敢出來吧。

我在心中爲牠默哀了一下，然後將「箭魚弓」放在精靈女祭祀的手中，有了這些東西，我相信她應該更安全了。

不知不覺中，天邊已經開始放亮了，夜晚的大雨令大地上的一切在光線中都顯得那麼乾淨、純潔。四處蒼松翠柏，嫩綠的青草在晨曦中肆意的舒展著身體，空氣中飄蕩著青草與泥土的氣味。

突然一陣雄勁蒼涼的號角聲，令我和月夜回到現實中，這是招呼封魔勇士們出發的號角聲，我擁著精靈女祭祀向族地飛過去。當三位精靈族長老望著我和她如此親熱的神情，微微一愣，卻並沒有說什麼。

我從他們默許的態度中讀到了一樣東西，爲了精靈族的利益，他們甘心放棄任何東西，雖然大祭祀是精靈族神聖不可侵犯的，卻並非不可取代的。只要有另外的一個精靈來頂替她的位置。那麼隨便我和她是什麼關係，那也無所謂了。

四個強力的精靈魔法師，六個三級以上的精靈武士已經整裝待發，每個人都顯得英姿勃發，不過眉宇中卻仍透漏出一絲解不開的憂愁。單單封印惡魔已經近乎是不可能的事，而且路途上還要對付遇到的強悍獸族，和守護惡魔的不死生物們。

即便我們耗盡力氣封印了惡魔，然而我們回來的路途上仍有那麼多的險惡在等著我們，誰又敢誇下海口能夠在心身皆疲的情況下安全的回到三族的領地呢？封魔之路無異於死亡之路。

三位長老一起望著我，神態肅穆地道：「神使大人，這十位大神希洛的忠誠信徒就交在神使大人手中了，願大神希洛保佑你們能夠安全回來。」

望著三人肅穆的神情，我點了點頭，心中卻知道，自己的心軟又一次讓三個老精靈把我給套牢了，他們把十個精靈勇士交到我手中，就是讓我負責她們的安全，以後無論是出現什麼情況，送死都得我先上。

一位長老帶著感激的語氣道：「這一次封魔的計畫就好像與死神搏鬥，神使大人保重，在人族的領地，人族的勇士和矮人族的矮人王還在等著你們。請記住，四位法師是這次封魔的關鍵！」

精靈長老最後又一次點醒我四位法師的重要作用，也在暗示我，在危險的環境下，如果發生意外，第一個要注意的就是四位法師的安全。

我望了望十位精靈族中的女勇士，我很想說自己一定把這十個女精靈安全的帶回來，可是，這幾乎是不可能的事啊！只有盡力了。

我飄身飛到空中，領頭向人族的領地飛去，走之前我不忘望一眼月夜，紅紅的眼眶，讓我對她充滿了愛憐，深深的注視一眼，毅然帶著十個精靈勇士出發了。

四位法師和我一樣都飛在空中，而六位勇士則騎著黑豹，身後背著奇特的武器，散發著陣陣獨特的力量波動，使我猜到這是經過魔法加持的強大武器，精靈族為這次的封魔確實下足了本錢。

當我們抵達人族的城堡時，十二個白銀騎士，六個矮人勇士包括矮人王也已經準備好了一切，另外還有五匹上好的馬停在一邊，是為我和四個精靈法師準備的，雖然法師們會飛行，但是長距離的路途用飛行實在太耗費體力和魔力。

我們在城堡內三族居民的夾道歡送中走出了城堡，我們攜帶的食物儘量簡單易於攜帶，只有固執而嗜酒的矮人王帶了一些大麥酒。

矮人王在封魔勇士中地位最高，是默認的此次封魔的領導者，而我也樂得退在精靈族中照顧精靈族十位勇士的安全，人族十二白銀騎士也有一個隊長，看他對矮人王的尊敬，想必他也覺得矮人王很適合作這次的領導者。

我拒絕了人族的那匹馬，而召喚出自己的寵獸七小中的老大，兇猛的外形，強大的氣勢，顧盼自豪的威嚴，令所有人對我這個神使大人再一次刮目相看，他們還未曾見過如此強大特殊的動物。

我騎在小狼的背上，小狼步履平穩的跑在精靈族的最前面。

我想牠一定非常興奮吧，很久沒有見到過如此寬闊的草原了，城堡的後面是高山，而前方則是一望無際的丘陵和平原。

小狼的強大力量令所有的動物為之恐懼，不只是精靈族的黑豹嚇得顫顫發抖不敢與我靠近，人族的馬匹更是遠遠的與我保持距離。

今天的七級小狼任何方面都已經絲毫不遜色牠們的父親——大黑！這次封魔的路上我會大大的借用牠們的力量。

矮人族矮小的身軀騎在馬背上，頭臉幾乎都被馬給擋住，情形惹人發噱，矮人王大大地喝了一口麥酒，氣勢高昂地喊了一聲，帶著五個矮人向前奔去，接著我也領著精靈們出發，最後是十二個白銀騎士。

這種隊形是為了保護精靈族的勇士們在突發的情況下最容易受到保護，可見除了精靈族，其他兩族也非常小心精靈族四位法師的安全。

從早上一直奔到中午，我們在一個山坡下暫時停了下來，歇息一下，順便吃點食物喝點清水補充體力，兩個白銀騎士被派出去偵察周圍的情況，防止不小心被獸族的大軍發現。

矮人們首先取出大麥酒痛快的喝了一番，然後拿出黑麥麵包在一個大樹下吃起來，比起精靈族，矮人們的吃相實在難看至極，不時發出嘖嘖的咀嚼聲，精靈族和人族的勇士們也抓緊機會享受食物。

來之前，幾位長老就已經跟我詳細的說了我們所要經過的地方，如果正常情況下到達寒冷之源需要幾個月的時間，而走另外一條路，則會大大縮短路途的時間，只需要一個月的時間就能抵達。

不過這條路並不好走，中間得經過幾個獸人部落，想要安全通過幾乎是不可能的，但是最終三族的首領還是選擇了這條較為危險的路，畢竟獸族大軍的糾集給他們很大的壓力，只希望能夠儘快封印惡魔，令獸族們停止騷動。

我正在思考著問題，人族的兩個白銀騎士已經回來了。通過兩個白銀騎士的報告，我們知道前方有一個矮人族的村莊受到了一小撮獸族軍隊的攻擊，村中矮人全部死了，此時獸族正在村中休息，享用從矮人們屍體上掠奪來的食物。

矮人王一聽說自己的子民全部被獸人殺害了，高聲招呼了其他五個矮人勇士，拎著自己經過魔法加持的錘子騎上戰馬，向白銀騎士描述的那個方向飛奔出去，我們甚至還來不及阻攔。

我現在則在想他這麼暴躁的脾氣是否適合作此次的首領，在騎士隊長的追問下，兩個騎士告訴我們在村莊中的獸人部隊並不是很多，只有不到三百人，大部分是普通的獸人士兵，不過有二十來個獸族中最兇悍的牛頭人也在隊伍中。

只憑六個矮人根本無法戰勝，甚至他們連牛頭人的邊還沒碰著，就被兇狠的獸人們亂刀分屍了。白銀騎士隊長恨恨地說著，看來他對矮人王的莽撞行事也十分不滿。

我歎了口氣，真不知道這個脾氣急噪的傢伙是怎麼坐上矮人王的寶座，不過看那幾個矮人族的勇士，恐怕他們的脾氣和他們的族長也不會相差太多。雖然他們很莽撞，但是我們仍要救他，任何一點力量對我們遙遠的封魔之路來說都是非常寶貴的。

好在獸人的人數並不是很多，而我們這裏又都是各族的士兵，我想我們應該可以解決掉這小撮的獸人部隊。

與白銀騎士隊長對望了一眼，彼此都發現了對方心中的意思。我們召喚著自己族人向著矮人王的方向飛快奔去。

鐵騎飛奔，塵土飛揚，一蓬蓬的泥土被濺到空中，一溜黃煙出現在我們的身後，當我們趕到矮人族的村莊的時候，矮人族的勇士們已經和獸人族廝殺在一起了。

矮人王矮小的身軀在高大強壯的獸人面前顯得更加矮小，然而矮人王的強悍也出乎我的意料，揮舞著冒著火焰的魔法錘子在獸族人群中拚殺，錘子在與其他兵器的碰撞中總會濺出點點的火星，燒得獸人齜牙咧嘴。

我第一次見識了矮人族的力氣，五個矮人族勇士聚在一起，緊緊跟在矮人王身後，所有的獸人都被他們震懾，矮人王憑藉著高強的武藝、強大的力量和厲害的魔法武器，在獸人群中縱橫無敵。

又一個獸人在矮人王的錘下喪命，矮人王發出「哦哦」的吼聲，一時間氣勢無兩，獸人們散在周圍，躊躇的圍著他們沒人敢上前。矮人王將大錘放在腳邊，取出腰邊的酒囊，痛快的大灌兩口。

在離戰場不遠的另一邊，幾堆篝火正在熊熊燃燒，上面正烤著油亮的牛腿、豬腿，油滴下落在篝火上，濺出幾點火花，發出「滋滋」的響聲，十幾二十個牛頭人正專心致志的盯著篝火上的美味，彷彿戰場上的獸人被殺一點也不關他們的事。

牛頭族不愧是最強的獸人，近兩米的身高，強壯的四肢，手臂簡直超過我的大腿，高高隆起的肌肉塊令人觸目驚心，如銅色的皮膚在火光的掩映下愈發出金屬一樣的光澤。他們身邊像樹樁一樣的武器大概有一米多長，兩人環抱才能繞一圈，看不出是什麼質地。

十二白銀騎士的隊長，舉起腰間的配劍，鼓舞士氣的高喊一聲，一夾身下的駿馬，飛也似的掠了下去。我身下的小狼也不甘示弱的仰頭發出震人心魄的嚎叫聲，閃電般掠了下去。

四個法師迅速升上半空，念著咒語發出各種「恐懼」、「驅散」、「傷病」、「緩慢」魔法，來降低獸人們的抵抗力，使他們野獸般的心中充滿了恐懼，並且令他們的力量減弱，判斷力和行動力也跟著降低。

其他的精靈武士們，雖然身下駕著黑豹，卻並沒有跟著我衝下去，而是取出弓箭向著下面的獸人發出攻擊。

有各族的勇士們糾纏著獸人，她們可以放心的全力使出自己的射箭本領，一支支羽箭彷彿是長了眼睛，瞬間就有幾個獸人被射中柔軟的部位而暫時失去了攻擊力。

獸人們發現又有敵人出現，「嗷嗷」叫著，一批獸人向我們迎了過來。獸人雖然單兵作戰非常厲害，可惜用在戰爭中卻如一窩螞蟻，沒頭沒腦的混亂的向我們衝過來，十一白銀騎士就像是一支鋒利的劍瞬間將雜亂的獸族人群給衝散分成兩部分，同時有四五個倒楣的獸人成了第一批犧牲者。

很顯然十二白銀騎士受過嚴格的軍事訓練，奔跑中的十二白銀騎士很自然的帶動著身下的駿馬劃過一個弧度，又衝入獸族人群中。

在十二白銀騎士強大的衝擊力面前，獸人們根本不知道怎麼反抗，只是瞬間的工夫，十幾個獸人就掉了腦袋。

一群獸人見我只一個人迅速提著大斧頭呼喊著衝過來，受到十二白銀騎士的感染，也激發了我的鬥志。

幾個即將靠近我的獸人突然中了羽箭倒了下去，因為羽箭正插在他們的手與腿的關節處，殺向我的一群獸人發現了我身後的精靈武士們，罵罵咧咧的又分出一部分人向我精靈武士們衝去。

獸人們長著如野獸一樣的頭部，不過卻有如人類一樣的四肢，這讓他們看來格外醜陋，但是強大的肉體是其他幾族所無法比擬的。

四個大法師面對醜陋的獸人們念動咒語，發出了幾個火球，呼嘯著追趕著獸人而去，獸人強大的肉體雖然不怕物理打擊，卻對火球有種令人意外的恐懼，獸人們一看見飛過來的火球，立即拖著斧頭向另一個方向逃去。我哈哈一聲大笑，召喚出七小。

七小聚齊，難脫稚氣的歡跳著在我身邊蹭我，我知道很久沒有將牠們放出來，牠們一定非常想念我，我身下的老大突然發出一聲嚎叫，七小也跟著相繼發出令人心底發怵的嚎叫。

嚎叫聲迴盪在村莊中，經久不息，尚未完全脫去野獸特徵的獸人們，直覺地感到面前七隻威猛的白狼是不好惹的。

我雙手撮指成刀，無形的刀罡在手指上跳躍著，掙脫著。身下的老大猛的向前一縱，撲入獸人群中，其他六隻小傢伙也跟著如狼似虎地撲上去。一個獸人高舉著斧頭猛的向七小中的老六砸去，小狼倏地張開嘴巴露出白森森的牙齒，口涎連接在上下牙齒之間。

獸人一愣，手中的斧頭已經被小狼給咬在口中，小狼瞪著獸人的眼中發出幽幽的寒光，彷彿在盯著一隻沒有反抗能力的兔子。獸人突然鬆開手中的斧頭，轉身撒腿就跑。

可惜他面對的是強大的七級寵獸，他剛走沒幾步，就感到脖子一陣涼颼颼的，鮮血狂飆，很快失血而亡。

我伸出兩手，左右抵擋著向我砍來的斧頭，在無堅不摧的刀罡下，這些斧頭就如爛泥一樣不堪一擊。壓力大減的矮人們在矮人王的帶領下大展神威，在所剩不多的獸人群中廝殺著，尤其是力量很大的矮人王幾乎一錘就能把獸人給砸出幾步遠。

幾百獸人瞬間被我們解決了一百多人，而我們至今為止還沒有一個人受傷。本來坐在一邊的牛頭怪們再也坐不穩了，提著自己樹樁的兵器，向離他們最近的矮人族勇士們走去。

地面彷彿發出震顫的聲音，牛頭怪身體一定很重，每踏出一步，地面就一聲顫動。牛頭怪身上全是虬結的肌肉，沒有一丁點贅肉。

獸人族士兵們無論再怎麼兇狠，在被我們殺了一百多人後仍連我們衣角也沒碰著，也早心寒了，獸人士兵們不再主動的進攻，而只是簡單的圍在我們周圍，我餘光瞥見蠢蠢欲動的牛頭獸人們正向殺得正酣的矮人族勇士們走去，一拍身下小狼的腦袋。

小狼知機的轉身向牛頭獸人們奔去，留下六隻小狼仍如閃電一樣縱橫在獸人群中，六小縱橫如電，來去無蹤，笨手笨腳的獸人們根本拿它們沒有一點辦法。十二白銀騎士也越殺越勇猛，十二道閃亮的劍光像是死神的標誌，凡是他們出現的地方就會有幾個獸人倒楣。

矮人王也看到了向他們走來的牛頭獸人們，沒有多少抵抗力的獸人士兵們早令他失去了興趣，見狀，哈哈笑著停下灌了一口大麥酒，提著大錘迎了上去。

「轟！」

大錘和牛頭獸人的武器狠狠的撞在一塊，牛頭獸人被震得倒退了幾步，看來在力量方面還是矮人王佔先。矮人王嘿嘿笑著，舉起錘子接著向那個牛頭獸人掄去。

牛頭獸人再一次被震退了幾步，這時又有幾個牛頭獸人們趕了上來，在牛頭獸人的圍攻下，本來還得意洋洋的矮人王頓時相形見絀，還好矮人王較牛頭獸人要靈活得多，還能勉強抵擋四個獸人輪番攻擊。

當第五個牛頭獸人也加入戰鬥時，矮人王不得不暫退而避其鋒芒。

我見他處境危險，趕緊加快向他那邊趕去，在趕到之前異變突生，矮人王靈活地邁動著自己的小短腿向後跑去。

當矮人王和牛頭獸人們拉開一段距離的時候，矮人王突然停了下來，雙手舉起魔法大錘，雙目圓瞪如銅鈴，口中驀地怒吼一聲，手中的大捶倏地發生變化，幾道電蛇圍繞著大錘，熒熒的青色光芒籠罩著大錘。這一刻矮小的矮人王顯得威武無比，大錘突然發出強大的電擊，五個牛頭獸人一瞬間讓電擊變成飛灰。

我驚歎不已，好強大的武器，竟然可以在突然間發出強大的閃電攻擊敵人。怪不得他一個人敢面對這麼多牛頭獸人。

一下子死了五個牛頭獸人，令所有的獸人吃驚不小，剩下的十來個牛頭獸人呼啦一下全湧了過來，看他們赤紅的眼睛，我知道這些獸人們要拚命了，我本來還指望矮人王的神奇武器再次發威，卻想不到，矮人王扛著自己的錘子一路向後逃跑，想必，這只威力巨大的魔法武器並非如我想像中那麼強大。否則矮人王也不用逃得這麼狼狽了。

我一拍小狼的臀部，小狼吼了一聲就躥了下去，紅了眼的牛頭獸人們見我不怕死的向他們衝過去，放棄了飛快逃跑的矮人王，向我迎了過來。十來個牛頭獸人彷彿要把同伴被殺的氣都發洩到我身上，怒吼著抱著手裏的「樹樁」向我砸來。

我成心要試試威名遠撥的牛頭獸人是不是真的像傳說中那樣，力量巨大，不怕一般的打擊。

望著左右兩個打來的巨大樹樁，我將內息運到雙手，躲過左邊的攻擊，迎著右邊的樹樁單手化拳硬碰硬的撞擊在一起。手腕一陣震顫，我暗歎牛頭獸人果然力量很大，我用五成力量也只勉強擋住，直到把力量提升到六成才好過一些。

十來個牛頭獸人在我和其中一個硬碰硬的時候已經將我給圍了起來，想不到這群笨頭笨腦的傢伙也有聰明的時候。

我一瞬間取出我的神鐵木劍，純陽內息灌注在劍身，令劍身發出火一樣熾熱的熱量，劍氣橫掃，牛頭獸人們的「樹樁」紛紛只剩下一小截留在手中，沒等他們反應過來，我驟然躍到空中，劍氣縱橫交織，形成一個劍氣網將所有的牛頭獸人都籠罩在裏面。

第十二章 墮落精靈女祭祀

無限的湖面平靜無波，大雪如鮮花般灑落，飄飄揚揚。方圓幾百里之內都是雪的世界，湖面嶙峋的立著一些突起物，如巨石如尖刺，一個高幾米的錐狀物立在湖中心。

錐狀物的頂尖有個散發著白光的圓形物件，吸收著周圍的寒氣，四周寂靜無聲，只有呼嘯的風聲吹蕩著大地，遠處有山，不高，有序地排列在大湖的四周。

在這死一般寂寞的地方，一個聲音打破了這裏的死寂，遠遠的一個黑點出現在這惡劣的環境中，待到走近，才發現在一個高大威猛的白虎上坐著一個極爲美麗的精靈，在這般寒冷的情況下，精靈仍露出令人驚心動魄的大腿和半截胸部，紅色的頭髮披在肩上，在大風中飛揚，白虎四蹄縱躍如飛，輕鬆的在厚厚的積雪裏奔馳。

精靈裸露的白嫩無瑕的背部背著一隻巨大的弓，弓造型精美、古樸，雕刻著美麗而神秘的圖騰，其中一副圖案頗耐人尋味，在寒冷的月色下，一群精靈跪在地面祈禱著什麼，一個隱身在黑暗中的人遮住了大部分的月光，在他的背後伸出一雙翅膀，紫黑如血。

精靈極爲俊俏的臉孔是一片漠然，雙手抓著白虎的鬃毛只管向前飛奔，白虎陡然在一座山下停住腳步，坐在上面的精靈好像在思考著什麼，沒有如往常一樣從虎背上下來。

白虎忽然發出一聲咆哮，將思考中的精靈驚醒，精靈微微愣了一下，隨即從虎背上跳下，往山洞中走去，白虎老實的跟在身後。

這裏就是傳說中的寒冷之源，封印惡魔的地方，湖中的尖塔就是最後一道封印，它不斷的從四周吸收寒冷的氣息，冰凍住沉睡中的惡魔。

精靈走進一個廳中，四周佈滿了壁火，廳內溫暖如春，搖曳的火光中，精靈走到長長的餐桌前，一口氣喝乾了一杯鮮紅的酒。

「心裏很慌亂吧，身爲大祭祀，你曾經侍侯了精靈族信仰的大神希洛幾十年，因爲對希洛失去了信心才墮落爲黑暗精靈，然而現在主人即將甦醒的時候，希洛突然派出了神使下來拯救精靈族，你這個曾經的大祭祀現在究竟在想什麼呢，哈哈，真是好奇呢！」

在燈光不及的一處黑暗中，傳來嘎嘎的笑聲。

精靈驀地轉頭望著黑暗中的人，雙手陡然發出一道電光射向那個幸災樂禍的人，然而電光彷彿被黑暗吞噬了一樣，沒有發揮出任何作用。

那人嘿嘿笑道：「墮落神光對我產生不了任何作用！你還是花心思想想該怎麼對付那

個神使吧！精靈族的傳說好像神使就是希洛的化身，哈哈，我美麗的墮落精靈啊，聽說每一個祭祀都把自己的愛情獻給了大神希洛，墮落的你會不會仍愛著他呢？」

本來面無表情的精靈陡然有些惱怒，眼前的傢伙毫無顧忌的挑動自己內心深處最忌諱的東西，實在太可惡了。不見有任何動作，身後的那張大弓已經落在纖白的雙手上，一道閃亮的箭光化作雷霆之怒，直奔黑影而去，四周的溫度頓時急劇下降。

這是精靈最拿手的本領「寒冷之箭」，在寒冷之源中佔有地利之便的「寒冷之箭」幾乎是不可抗拒的，在數十年中，墮落的精靈女祭祀已經學會了將可怖的尖塔寒冷之氣吸收轉化爲自己的能量，她的強大現在幾乎無人可敵了！

果然「寒冷之箭」一出，黑暗中人的口氣瞬間低了下來，帶著一絲哀求的意味，「我們都是爲主人服務的，你殺了我將沒有人幫助你。」

「寒冷之箭」撕破了黑暗，驚鴻一瞥中，可以短暫的瞥見黑暗中的人是個白頭髮的傢伙，額頭的皺紋告訴我們他是個歷經滄桑的人。

不知何時，墮落精靈手中神奇的大弓已經回到了她的背部，精靈坐了下來，品了一口酒杯的美酒，道：「主人需要更多的鮮血才能復活，讓你手下的那些笨蛋獸人不要只顧攻打人類的城堡，讓他們四處去掠奪更多的人族、精靈族和矮人族的人來，只要擁有足夠的血，主人才能從冰凍中甦醒過來，快去辦！」

黑暗中的人被墮落精靈的「寒冷之箭」嚇得冷汗直流，當精靈轉身坐下的時候，他才敢稍稍的喘一口氣，他深刻知道眼前的墮落精靈全力發出的「寒冷之箭」有多可怕，那是連骨龍這麼強橫的生物也無法抗衡的呀！

可是讓她如此對自己呼三喝四，心中又頗爲不甘，想當初，自己的實力在她之上，自己才是主人的頭號僕人，然而現在擁有「寒冷之箭」的墮落精靈儼然成了自己的主人，對自己發號施令。

當墮落精靈發下命令以後，黑暗中的傢伙想反抗卻沒有膽量，可是就這樣聽她的話，實在太傷自尊，於是不甘心的低聲問道：「那個神使，你準備怎麼處置他！」

這可是她的死穴啊，只看她那恍惚的神情，就知道她的心中出現了猶豫，這令他很得意，然而當墮落精靈那足夠殺死他的目光落在他身上，他馬上知道自己惹怒她是多麼的不智。

不敢多說一句，立即灰溜溜的向外逃去，好像外面的冰天雪地也要比洞內溫暖得多。

在另一邊的戰場上，十來個牛頭獸人一轉眼把我的劍氣給斬成了碎塊，殺死了牛頭獸人，我立即轉身衝入獸人士兵中，揮動神鐵木劍繼續屠殺獸人。在戰場上不能有婦人之仁，我不殺他們，他們就會殺死更多沒有抵抗力的精靈、矮人和人類。

而且他們一旦逃脫，只要有一個獸人逃了，我們的位置就被暴露，會有更多的獸人來攔截我們，原本就險惡的環境會因此變得寸步難進。雖然我們必然會暴露的，但是我不希望在我們剛出發的第一天就被獸人發現，而成爲追殺的目標。

我強大的實力足以保護我自己，卻並不足以保護二十多個精靈、矮人和人類，我可以無限制的飛行，他們卻不能！

爲了安全起見，只有狠下心腸殺死這些兇狠的獸人們。

獸人們被我的手段怔住了，見到族內最強的牛頭獸人都被我輕易殺死，頓時沒有了戰鬥的勇氣，口中呼喊著紛紛的向四周逃走。

很顯然，人族的十二白銀騎士也和我一樣，知道如果放走這些獸人會出現什麼樣的後果，給我們帶來怎樣的厄運，更加賣力的追殺著逃跑的獸人，幾百獸人在一盞茶的時間被我們殺光。

幾百獸人的屍體和矮人村莊中受害的那些無辜的矮人們和矮人村莊一同消失在茫茫的大火中，焚燒村莊是獸人們行兇後最愛做的事情，所以沒人會懷疑這個村莊的熊熊大火其實是我們將那些兇狠的獸人葬送到火海裏。

簡單的休息了一下，我們三族人馬迅速的離開了這裏，這個不足千人的獸人軍隊只不過是小小的先頭部隊罷了，但是這個小部隊中竟然擁有牛頭獸人，可見後面還有更多更強的軍隊在集合。

一般在小規模的戰鬥中很少會出現牛頭獸人，大多是大的戰鬥才會有牛頭獸人參加。

按照事先計畫的路線，我們趕在天黑之前穿過一座山在一片森林中駐紮歇息。現在剛到秋季，夜晚的風有些涼，但還不是特別冷，爲了防止生火被獸人軍隊發現，我們只好忍耐一時的寒冷。

喝著清水，吃著粗糙的麵包，回憶著白天的事，矮人王實在太莽撞了，雖然是自己的子民被殺害，心情可以理解，但是我們還有更大的任務，我們要封印惡魔，只有封印了惡魔才能一勞永逸。

如果今天駐紮在矮人村莊的並非是一小批軍隊，而是獸人大軍，那又該如何？我想不到除了我還有誰能有本領脫生，也許我還可以救一個兩個，但那有什麼用？我不反對在路上打擊遇到的獸人軍隊，但是也要經過仔細的探察，確定對方的人數，比較雙方實力差別。

我們是否有能力幹掉對方而又不至於犧牲己方的實力，我們的人數實在太少了，力量有限，任何一個人對我們來說都是寶貴的。

矮人族的幾個勇士在白天的戰鬥中受了傷，矮人王因爲過度使用自己的力量而暫時失去了一半的作戰能力。還好精靈族的幾位法師可以幫他們復原，否則我們就要受到拖累。

我在心中深深的歎了一口氣，實在有必要遏止矮人王的暴躁脾氣，否則有一天他還會這麼做的。

他死了，不要緊。不過卻會暴露我們的目標，使我們陷入獸族大軍的包圍，我相信作爲惡魔忠實的僕人，他們非常願意將我們抓住，送給那個快要甦醒了的惡魔。

我向人族的帳篷處走去，我希望先和十二白銀騎士的隊長商量一下，究竟如何才能使那個暴躁的小老頭變得溫順一點，而不至於使我們受到他的牽連。

我起身走了過去，不遠處的人族騎士們見到我走來，立即筆直地站立著向我敬禮，我白天在戰鬥中的表現令他們對我欽佩有加。

我掀開帳篷探身進入裏面，騎士隊長見到我進來，立即起身迎我，恭敬的一禮道：「尊敬的神使大人，來找我有什麼事嗎？」

「聖琪，你對我們這次的封魔計畫有什麼看法？」我緩緩地道，同時示意他坐下，帳篷內燃燒著篝火，氣溫非常溫暖。

我和黃金騎士的一戰令我在人族中享有很高的聲望，再加上我在戰鬥中展現出的非凡實力，因此這位高貴的白銀騎士隊長聖琪對我亦是非常尊敬，聖琪望著我道：「神使大人是在頭疼那位脾氣暴烈的矮人王吧。」

本來我想先和他談談無關緊要的事，再岔入這個話題，但是沒想到聖琪直接進入主題，令我臉上一紅，有些尷尬。我點了點頭。

聖琪歎了口氣道：「矮人王的脾氣非常急躁，他們的族人也是同樣的脾氣，這在各族中是眾所周知的事，想要他們老實的聽話是件非常困難的事。」

我追問道：「既然是眾所周知，爲什麼幾族的首領還允許他帶隊，難道他們不知道這次封魔的意義有多重大嗎？」

聖琪搖了搖頭道：「這個我也不清楚，好像是矮人王自己要求的吧。」

我歎了口氣，看來這的確是件令人非常頭疼的事，想了想我又道：「不是矮人族已經住進人族的城堡裏了嗎，爲什麼這裏還會有矮人的村莊？是不是還會有其他的矮人村莊。」

聖琪道：「住在城堡中的只是矮人族中很少的一部分，在其他的山脈森林中還散落著很多的矮人部落，他們有自己的領導者，有自己的勇士，當戰爭打起的時候，他們會聽從矮人王的吩咐。人族也同樣如此，能夠住在城堡中的大多是貴族，還有很多很多的平民奴隸建立的村莊，分佈在各個地方，平常出現獸人騷擾村莊，首領會派出軍隊保護他們，同時也在豐收的季節向他們收稅。那些村莊也同樣擁有武裝力量，不過比起軍隊，他們差得很遠，只能抵擋小撮的獸人，遇到大批的獸人就沒有辦法了。」

聽他解釋後我明白了，這些天我總在想，爲什麼精靈族和人族、矮人族只不過幾千的軍隊武裝而已，怎麼可能抵擋數萬人甚至十幾萬人的獸人大軍，原來城堡中的實力並非是他們的全部。

在發生大規模的戰鬥時，他們會從週邊調動更多的武裝力量加入戰鬥，所以才能夠屢次打敗獸族。

聖琪接著道：「一些比較有實力的大貴族，他們同樣擁有自己的城堡和領地，他們建立自己的軍隊，抵擋獸人的攻擊，這樣一來就分散了很多獸人的實力，令我們不是那麼吃力。」

我望著聖琪半晌道：「有什麼方法可以令矮人王屈服？我們走的是一條和死亡平行的路，而矮人王就是一個巨大的隱患，如果他不能安分守己的待著，我們隨時有可能被他引入死亡。」

帳篷中出現了短暫的沉默，只有篝火的聲音「劈哩啪啦」的響著，聖琪忽然道：「矮人族喜愛喝酒，無論什麼時候身邊總有一袋大麥酒，如果還能有什麼令他們屈服的方法的話，就只有酒了！」

「酒！」我皺了皺眉頭，我怎麼用酒來令他們屈服呢？難道把他們帶來的酒全部搶過來，然後勒令他們要聽我的命令，不聽話就不給他們酒喝？我要是這麼做，他不馬上和我拚命才怪。

聖琪道：「好像這次他們帶來的酒並不是很多，以他們的喝法可能過不了幾天就會喝完了，如果我們手中有酒的話，我想那倒可以令他們安分一些，可惜我們在這種鬼地方到哪弄酒去！」

我心中有了一些朦朧的想法，向聖琪告辭走出了人族的帳篷，回到精靈族的帳篷中，在森林中找了一些柴火，也在帳篷中升起了篝火，帳篷中的溫度迅速上升。

想了想，我又向矮人族的帳篷中走去，剛一走到帳篷前就聞到一股濃重的酒味，掀開帳篷的一角，幾個矮人喝得酩酊大醉，我苦笑著搖了搖頭，感歎矮人族真是奇怪的種族。

冷冷的風吹著地上的樹葉打著旋兒，我邁步走向人族的帳篷，和聖琪商量了守夜的事，人族負責上半夜，精靈族負責下半夜。想要矮人族守夜恐怕那是癡心妄想了。

本來三族的帳篷應該設在一塊，可惜矮人族的氣味和愛打呼嚕的問題令精靈族很難願意和他們睡在臨近的帳篷中。

三族的帳篷呈三角形擺放，我走進帳篷，十位精靈族的勇士們見到，馬上都恭敬地站起身來。

今天我所展現的實力更加令她們確認我就是精靈族的救星，大神希洛派下來的神使。所以在我未休息之前，她們是不會先休息的，幾個疲憊的法師，強睜著眼睛等著我。

我望了她們一眼，這些勇士們都是美麗的女性，她們看起來那麼的柔軟，然而性格卻如此剛強，我在心中對她們十分欽佩。我微微笑著向她們道：「如果大家都吃飽了，那就休息吧，明天還有更多的挑戰等著我們。」

圍在篝火周圍，我們幾人都躺下來休息，白天的廝殺，令所有人筋疲力盡，很快這些可愛的精靈們發出微微的酣睡聲音。

我沒有睡著，還在腦子裏思考如何令那個急躁的矮人王變老實一點的方法，聖琪說的沒錯，酒是他們唯一致命的缺點，只從白天戰鬥中，矮人王在與獸人廝殺中還有空拿酒出來喝，就可以看出矮人族是非常嗜酒的，如果不能解決酒這個問題，恐怕在酒被他們喝完的一天，他們就會因爲沒有酒喝而發瘋吧。

我很自然的就想到了我體內的那隻小酒蟲，自從小酒蟲在第四行星中最後一次進化而被猴王強行拿走了牠蛻化的外皮，沒有讓牠成功吞食，牠就只能算是進化了一半，而沒有完全進化到最後階段。

因此牠還沒有本領把清水變成可口的美酒。即便我想讓牠再進化一次，可又豈是那麼容易的？

很快就到了下半夜，我躡手躡腳的走出帳篷，換兩個人族的騎士回去休息。

清冷的風刮過臉龐，令我打了個寒戰，深夜中的風冷了許多，我運行體內的陰陽二氣，繞著體內行走起來，身體頓時暖和許多，再不感覺到寒冷，本來我是很快就能脫離第五曲的境界進入第六曲，將陰陽二氣融為一體，可是由於煉製「箭魚弓」耗費了我八成的內息，體內僅剩的內息在白天的一戰中又耗費了很多。

恐怕我又要花更多的時間來積累內息，才能突破現在的境界。等我進入第六曲的境界，就不需要像現在這樣需要哪種屬性的真氣還要花力氣從陰陽二氣中剝離出來。

進入第六曲境界後，我需要哪種屬性的內息，體內的內息就是什麼屬性，根本不需要轉化，在同敵人的搏鬥中，對方將很難把握我的真氣，因為我隨時可以輕鬆轉化為相反屬性的內息。

我盤腿坐了下來，將小白狼、小龍和看起來呆頭呆腦的木頭小人給放出來，讓牠們幫我觀察周圍的情況，以牠們靈敏的觸覺，守夜比我管用多了。

我旁若無人的盤膝坐下，深深地吸了一口氣，入定。

感受著體內真氣的運轉情況，由於三個小傢伙從我體內強行脫離出來，成為獨立的生命體意外地拓展了我的經脈，令我的經脈比以前更加寬闊，得以容納更多的真氣。

真氣在我的駕馭下循環往復地在體內行走，游離在空氣中的能量被吸入體內，轉化為我自己的真氣。

真氣在漸漸的恢復中，九九八十一圈後，已經恢復到往日的一半。突然我心中一顫，彷彿有種被窺視的感覺，我頓時醒來，倏地站起身，放鬆身心，全力展開六識，在四周搜索著，卻沒發現任何可疑的動靜，當我還是疑惑不解的時候，那種不舒服的感覺霍然消失了。

我絕對沒有感覺錯，剛才一定有人在用一種我所不知道的奇特功法在窺視我，卻引起了我的警覺。

可能我的警覺令偷窺的人知難而退吧。但是我知道絕對不是這個原因，如果對方是因為我的警覺才停止窺視，那麼為什麼在我警覺之後半天，那種感覺才會消失，而不是在我警覺之後，立即停止窺視。一定有其他的原因令對方放棄繼續窺視吧。

天濛濛的發亮，又該是起程的時刻了。我將三個小傢伙再收回到自己的體內，轉身走回精靈族的帳篷中，帳篷中的勇士們也都醒來，在各自收拾著東西。

人族和矮人族的勇士們也都從帳篷中出來，收拾東西，或者吃著早餐，附近有水源，勇士們在水邊略微清理了一下臉上的油垢，吃了一些東西，喝些清水，將帳篷收拾好，再次開始了封魔之路。

然而此時我心中卻在想著，究竟是誰在暗中偷窺我們，此人是友是敵？能夠悄無聲息地偷窺我們而又不被我發現，可見此人肯定有過人之處！

第十三章　酒蟲蛻化

矮人遠遠地走在前面，人族的騎士們走在最後，三族的勇士們繼續向著遙遠的寒冷之源前進，去封印傳說中的惡魔。其實一直以來我們都忽略了一個問題，即便惡魔沒有甦醒，如果獸族全力進攻三族的領地，再加上那些恐怖的不死生物，和邪惡的守護惡魔的僕人，我想三族也不一定能夠敵得過啊！

只是現在加入到進攻中的種族只有獸族而已，三族已經守得這麼吃力。一旦我們封印了即將出世的惡魔激起了他們的怒火，反而不再顧忌什麼，把全部的實力都拿來進攻三族，那又該怎麼辦呢？

我在心中歎了口氣，也許現在不該想這個問題，我們能否安然抵達寒冷之源還是個未知數，現在就思考這個問題是不是早了點。

可是一幅幅可能發生的景象不斷在我腦海中浮現，三族完全被打敗，四處是斷壁殘垣，到處冒著焦煙，人人都在逃命，獸族在人群中肆意地砍殺著，大地被流淌的鮮血染成紅色，疾病與瘟疫在流行，往日的美麗家園彷彿成了人間地獄。

我情不自禁的痛苦呻吟出來，身邊的精靈法師奇怪地望了我一眼，我勉強地向她笑了笑，表示自己沒事。

我閉上眼深深的吸了口氣，調整自己的情緒。我決不允許出現那種情況，我心中有些發狠地道，我來這裏絕不是爲了親眼目睹人類三族是如何變成人間地獄的，我要拯救他們！

如果我能夠在這些惡魔忠實的僕人面前殺死惡魔，那將會出現意想不到的效果，由於他們對惡魔的盲目崇拜，惡魔一旦死了，失去精神寄託的他們將是不堪一擊的，三族的大反攻的機會也就來了。

據精靈族大預言中記載，惡魔是非常強大且不可消滅！如果是真的話，我又怎麼能夠幹掉惡魔？而且現在我已經失去龍之力、狼之力和植物之力，牠們已經是獨立的個體，是否還能夠給我提供力量，還是一個未知數啊！

想得我的頭都疼起來了，這實在是個高難度問題，想要兩全其美真的很困難。「神使大人，你沒事吧？」

身邊的精靈法師看出了我的不正常，開口詢問道，其他幾個精靈勇士也都望向我，我尷尬地一笑，擺了擺手。其中一個精靈勇士忽然道：「一定是神使大人昨晚沒有休息好的原因吧，守夜的事以後就交給我們好了，神使大人尊貴的身分，實在不宜守夜的！」

時間好像非常漫長，枯燥乏味的路途還好有這麼多美麗善良的精靈們陪伴著我，才不至於太乏味。

我們沒有遇到任何危險的一連走了三天，除了第一天在矮人村莊遇到的那小撮獸人軍隊後，就再也沒遇到過任何獸人軍隊。直到剛不久才發現了一隊幾千人的軍隊，還好法師們發現得早，才不至於和他們碰上，他們幾千人的軍隊足以讓我們這不到三十人的隊伍完蛋的。

自從幾族的戰爭開始起那天，三族就一直處在劣勢，從來沒有主動進攻過，所以獸族也從來沒有探路的習慣，才讓我們逃過一劫。

我們趴在山坡後面，目送著獸族軍隊從我們面前經過，馬的嘴巴上都套著東西令牠們不會突然發出叫聲，引起獸族的注意。

我則緊緊地看著矮人王的動靜，我可不希望他突然衝動地大吼一聲，拎著他那把錘子就這麼衝下去。

還好矮人王雖然衝動，但還不是太笨，邊嘟囔著邊灌著大麥酒，獸人軍隊總算越走越遠，我們也深深地吁出一口氣，剛剛太危險了，只要我們發出一點動靜，就別想活著離開這裏了。

獸人軍隊總體數目雖然龐大，可惜無法統一到一塊，每次都分成好幾批去攻打，減弱了很多實力，才讓三族有機會打退他們的攻擊後，有時間來休整迎接下一波攻擊。

到了傍晚時分，我們找到了一個可供休息的山洞，於是就停止了今天的路程，按照地圖指示，前面不久就會有獸人村莊，今晚在此過夜，明天正好抖擻精神小心避過獸人村莊繼續前進。

夜幕降臨，山洞裏燃起了篝火，暖意盎然。用完晚飯，所有人都抓緊時間休息，每個人都知道白天將會有更大的挑戰等著他們。

我走出洞口負責守上半夜，幾個精靈勇士本來是要求替代我來守夜的，但是我怎麼能讓這些看起來那麼柔弱的精靈女孩們來代替我呢。

今晚的天空很冷，也冷亮，空氣很乾燥，這告訴我，可能不久就會有天氣的變化，也許明天會下雪也不一定。

僅僅四天的時間，矮人們已經把帶來的酒喝得差不多了，可我仍沒想到好的辦法造出更多的酒來。我費盡心思的想讓「酒蟲」蛻化，只要「酒蟲」能夠完成第三次蛻化，那麼就可以讓任何一碗清水變成最甘美的好酒。

換在以前，我會想辦法就自己體內的龍之力釋放出來讓牠吸收，可是現在小龍以及功能從我的體內脫離出去成爲獨立的個體了，我已經沒有龍之力能夠供「酒蟲」吸收了，這著實令我頭疼不已。

我召喚出胖胖、白嫩嫩的酒蟲，酒蟲在我手背上蠕動，抬起上半身，綠豆似的小眼睛盯著我，這是在向我要酒喝的信號。

我取出從矮人那裏拿來的大麥酒，大方的矮人偏偏在酒這方面吝嗇無比，我很難才從他們那裏弄來一瓶。

很久沒有酒喝的小傢伙興奮地跳到酒中，歡快地遊起來。可牠馬上又掙扎著從酒中跳了出來，我吃驚地望著牠，這個酒蟲何時改性了，難道牠戒酒了?

酒蟲跳到我手心中，擺著腦袋打了幾個噴嚏，極小的鼻孔中還誇張的冒出了幾個泡泡，最後吐出一大口酒。酒蟲努力地瞪大牠那很小的眼睛向我抗議著，原來牠在嫌大麥酒難喝，令牠難以忍受。

如果不是夜深人靜，我真想哈哈地大笑出來，這個小傢伙還在挑三揀四，難道牠不知道，即便是這樣的劣質酒，那些可憐的矮人們也快沒得喝了嗎?不過這種大麥酒真的很難喝，我也嘗過一次，僅僅是一小口而已。我懷疑矮人們一年四季都紅紅的鼻頭就是因爲喝多了這種大麥酒的緣故。

見小傢伙誇張地在我手心裏又蹦又跳地向我抗議，我強忍住笑，將牠給封回體內，自打「似鳳」那個小傢伙化爲鳳卵以來，我都沒有笑得這麼開心了。

我如往常一樣將小龍、小白狼、木頭小人給召喚出來，牠們成長得很快，可能是因爲牠們吸收能量速度也很快的原因吧。每到晚上我都會把牠們給放出來，讓牠們吸收天地、日月的能量。

牠們是我的秘密武器，是我最後制勝的法寶。我真希望牠們再快點成長，早一天能夠與我合體，當然我現在還不是很清楚，這些與眾不同的小傢伙是否真的能與我合體。

三個小傢伙一般都會吸收月能，因爲這幾天月能比較充足，遠比吸收其他能量來得容易，木頭小人與另外兩個小傢伙吸收的方式不同，小傢伙會找一處靠近水源的地方，身體延伸出很多細嫩的根出來，深深地紮進水裏，身上長滿了嫩綠的樹葉在月光下彷彿透明。

這時的牠與普通的樹沒有什麼區別，只是在臨近的冬天的季節，周圍樹木全是光禿禿的枝椏，唯獨牠生機澎湃，綠意盎然，就顯得有些不大一樣了。月光照射在嫩綠的枝葉上，好像牠全身都在發光一樣。

高傲得像是公主一樣的小白狼，總會揀一處乾淨的地方，對著明亮的月光吐出自己的精魄吸收著月能。

我仰頭望著在月亮下盤旋的小龍，這個傢伙喜歡驚世駭俗，飛到半空中，沐浴在月光中，盤旋飛舞著吸收純淨的月能。

與牠們相比，我雖然也可以吸收月能，卻遠遠不如牠們吸收得那麼自在。小白狼一吞一吐地將精魄吞進吐出吸收月能，牠周圍的光線在精魄一進一出間一明一暗。

小龍也吐出自己的精魄，不過小白狼卻有所不同，如果說小白狼是拿精魄來吸收能量，那麼小龍更像把自己的精魄當作一個好玩的玩具，追逐玩耍著，就像小貓玩自己的尾巴。

我突發奇想，如果我弄幾滴小龍的龍血給「酒蟲」喝，牠會不會因爲龍血中包含的龍之力而刺激蛻化呢？

我興奮地將小龍叫了下來，看著牠無辜的大眼睛，我真有點說不出口向牠要幾滴龍血，不過爲了長遠考慮，我還是開口了。

小龍倒也大方，願意捐獻幾滴龍血出來。奈何龍鱗實在太出乎我意料地堅硬，我費了半天的勁才弄出幾滴龍血來。

不過這已經足夠了，酒蟲的身體那麼小，包含龍之力的龍血對牠來說可是大補品啊，太多，我怕把牠補壞了……

貢獻完血的小龍搖頭晃腦地又飛到半空中繼續玩牠的小珠子。看來幾滴龍血對牠來說根本沒有什麼影響。

我小心翼翼地用真氣包裹著幾滴龍血，召喚出了酒蟲。

酒蟲好像已經嗅到了龍血的味道，湊著白胖的小腦袋向龍血靠過去，因為碰不著在半空中的龍血，急得牠直叫，發出極低的「嗡嗡」聲。

看牠那饞樣，我將手中的龍血滴到牠的嘴中，龍血彷彿水一樣滴進牠白胖圓鼓的肚子裏。

然而酒蟲除了搖頭晃腦貪婪地舔了舔嘴巴，就不見有任何動靜，難道被我寄予很大希望的龍血並沒有發揮作用嗎？我疑惑的望著牠，小酒蟲很興奮地在我手上爬來爬去，好像非常急的樣子，難道是要大便嗎？還是想要蛻皮？酒蟲除了在我手上爬來爬去，就再也沒有其他的反應了。

看著牠圓滾滾的身體著急地在我手中爬著，我忽然腦中靈光一現，牠上次蛻皮是在酒中蛻的，莫非只有在酒裏牠才會蛻皮嗎？我趕緊將剩下的那些大麥酒給拿了出來。

酒蟲一聞到酒味，便迫不及待的蠕動著身軀跳了進去，我心中祈禱希望牠可以忍受大麥酒的味道，順利蛻皮。

果然這個挑剔的傢伙只有在酒中才會蛻皮，酒蟲一接觸到大麥酒，身體陡然射出一道刺眼的亮光，片刻後轉化為柔和的濛濛白光，白光中隱約可見一點紅色在牠的身體中流動。

我望著那點紅色，心中猜測那應該是小龍的血吧，紅色漸漸融合在白光中，紅色越來越淡，白光卻越來越強。逐漸的白光完全把酒蟲給籠罩在裏面，什麼也看不見。忽然酒中冒出一個氣泡，接著又是幾個氣泡從下面升上來。突然我看到小酒蟲晃晃悠悠地從下面浮上來，從酒中冒出白光光的小腦袋。

一對小眼睛很有神，金光閃閃地望著我，下半截在水中的身軀興奮地搖來擺去，忽然打了兩個酒嗝又鑽回酒中。

酒蟲蛻下的那層皮，還被那層白光籠罩著，沉在酒中，酒蟲晃悠著游了過去，張開嘴巴把自己的蛻皮一口口地吞到肚子裏。

我瞪大了眼睛望著牠，想知道完全進化後的牠會有什麼不同，酒蟲吞完自己的蛻皮，又打了個嗝好像吃得很飽，不過卻沒什麼變化，仍是一副賊頭賊腦的樣子，只是，忽然一股濃厚的酒香撲鼻而來。

小酒蟲看起來非常得意，在酒中游來游去，我笑罵道：「你在洗澡嗎?快出來。」看牠成功進化，我的心情頓時好起來，有了牠以後，只要能夠找到水源，就不缺酒，矮人王能夠喝到比大麥酒好上百倍的酒，應該沒什麼話好說了吧。只要他能按捺住他的脾氣，我們這次的路途就已經成功了一部分。

我盤腿坐下，吸收月能來恢復自己的內息，三天的工夫，我的內息已經恢復到了往日的境界，不過卻仍然填不滿丹田和經脈，我的經脈由於擴張的緣故，內息至少比以前增加了三成左右。

我將三個小傢伙封印回體內，和一個人族騎士交換，回去休息了。回到精靈族的帳篷中，裏面篝火旺盛，幽香和熱氣四溢，望著一張張甜美的臉龐，我不禁想到了對我情深款款的精靈女祭祀。按照精靈族年齡的演算法，這些英姿颯爽的精靈們正處在女孩最美妙的年齡。

我在一邊躺下拉過毯子蓋上，心中暗下決定，我一定要盡最大的努力將這些可愛的女孩們安全地帶回精靈族。

一覺醒來時，已是拂曉，眾人也早都醒來，只有我還在安然大睡，我不好意思地笑了笑。看著我略微尷尬的神態，這幾天已經和我相熟了的精靈們偷笑著掩著嘴巴。我這個神使大人更像是一個友好的人族朋友。見她們都收拾得差不多了，我也衝出去到水源邊洗漱。

山洞中剛好有一條地底湧出的泉水汩汩地流著，清澈透明，乾淨無瑕，我將臉埋到水中，喝了幾大口甘甜的泉水才抬出頭來。

看著泉水中的倒影，我比往日要精神得多，可能是解決了多日纏在心頭的一個問題，所以心情很不錯。朝著水中的自己露出了一個笑臉。忽然耳邊響了幾聲矮人們咒罵的聲音。

我皺眉向矮人那邊望了一眼，向在我身邊洗漱的白銀騎士隊長聖琪問道：「怎麼回事？」

聖琪向那邊看了一眼，搖了搖頭道：「好像矮人們帶來的酒快要喝完了，這些矮人好像沒了酒就活不成了一樣。真不知道他們是否把封魔的事情當作一個遊戲。」

「哦。」我應了一聲，心中卻喜上心頭，沒想到這麼快就派上了用場，我仔細地撫摩了一下我的手背，暗道：「小酒蟲啊，你總算可以派上用場了，沒讓我白養你。」

回來後，我吩咐精靈們多帶一些洞中的甘泉，精靈們雖然很奇怪我們帶的清水已經足夠了，爲什麼神使還讓她們再多帶一些。好在她們一向對我言聽計從的，只要我吩咐的話，都會很仔細地去做。

可能是因爲酒快沒了的緣故，幾個矮人一反往常的情況，在路上落在了最後面，情緒有些低落，我和精靈族的姑娘們走在最前面，一個精靈族法師飛到空中，不時的飛到空中施展「神之眼」觀察前面的情況。因爲地圖指示前面可能會有一個獸人村落，所以我們不得不小心從事。

當我們翻過一座，穿過兩片森林後，法師告訴我前面發現了一個獸人部落，而且好像是三個村落連在一起的，是迄今爲止發現最大的獸人部落，裏面大概可以居住一萬到一萬三千個獸人。

我倒抽了一口氣，這麼多獸人可以輕而易舉地將我們不到三十人的隊伍給吞併。我詢問法師有沒有另外的路可以繞過去，當初出發的時候並沒有預料到會碰到這麼大的獸人部落。

如果強行從獸人部落中穿過去，那幾乎是不可能的事，即便是想趁他們晚上熟睡的時候在夜色的掩護下悄悄穿過部落，也是不可能的，獸人是最接近野獸的部落，他們靈敏的嗅覺和聽覺可以和野獸相媲美。想不驚動他們幾乎不可能啊！

法師給了我另外一條路，不過這條路並不好走，要想繞過去，得經過兩座相連的山脈，再繞回到原來的路線，得比正常情況下多花費兩天的時間。而且這座山脈中有最著名的兇惡紅身蟻。

紅身蟻體形非常大，有平常一隻小豬大小，而且數量非常龐大，身體也很堅硬，有鋒利的大牙，幾千隻紅身蟻一起出動時，就連兇悍的獸人也不得不退避三舍。

我頓時沒了主意，將聖琪和矮人王叫到一塊，跟他們說了這件棘手的事，可惜他們兩人和我一樣也拿不定主意，無論是從獸人部落經過，還是從山脈中繞行，都是一件令人提心吊膽的事。

最後決定派出兩個騎士到前方的獸人部落實地偵察一下，畢竟魔法雖然神奇，卻只能模糊的看到一個大概而已。聖琪挑出兩個比較能幹的騎士，騎士們用布將馬蹄包裹起來，使牠們在奔跑中儘量不發出聲音。

我們則在原地暫時駐紮下來，等他們回來報告消息。

如坐針氈地等待了很長時間，兩個騎士終於回來了。看見兩人喜形於色，我知道他們一定帶回來了好消息，一顆懸著的心終於有些安穩了。

兩人向我、聖琪和矮人王行了個騎士禮後，詳細地告訴了他們的所見！如此龐大的一個獸人部落令我們意料不到的是，部落很少有成年獸人，只看見一些小獸人和一些老獸人在村落中活動。

聯想幾天前我們遇到那批獸人大軍，心中頓時明白過來。

這個獸人部落的成年獸人都已經隨著大軍向人族的城堡方向挺進了，所以村落中只留下了一些老弱病殘。

這下就好辦了，不用擔心從他們部落穿過會有什麼危險了。

我們立即決定馬上向獸人部落方向前進，不過為了以防萬一，所有的馬匹和黑豹還都是裹住了腳掌。

「我們真是被上天眷顧的寵兒。」望著橫在不遠處的獸人部落，聖琪發出了感歎。

我也感慨地道：「是啊，我們不用再擔心會在山脈中遇到恐怖的紅身蟻了，到了晚上，趁這些人睡熟，我們就悄悄地從這裏經過，這些都是獸人中老弱病殘，他們的警覺性很低，只要我們經過的時候小心一點，一定不會讓他們發現的。」

聖琪奇怪的望了我一眼，道：「我們要悄悄地通過？這可是千載難逢的好機會，這裏至少還有兩千多獸人，而且大部分都是小獸人，根本沒有任何抵抗力，我們只要衝下去，將他們全部殺死就可以通過了，為什麼要偷偷摸摸地經過。」

我瞠目結舌地望著他，好像是第一天認識他一樣，半晌，我道：「你也說這些都是沒有抵抗力的小獸人，你能忍心對這些小獸人下手嗎？他們有的才剛出生而已，你竟然殘忍地屠殺只是一些老弱病殘的村落嗎？」

聖琪肅容道：「我親愛的神使大人，你要明白這些小獸人就是明天攻打我們族人的主力軍，他們很快就會成長為和他們的父親一樣的兇暴成年獸人，如果非要等他們長大花費更大的力氣來殺死他們，何不在他們沒有抵抗力的時候就殺死他們！」

望著聖琪嚴肅的表情，我半天說不出話來，我找不出什麼理由來反駁他。他說得沒錯，今天這些看起來很幼小很天真的獸人，等到了明天就會成爲進攻三族的主力，站在聖琪的角度來說，他的做法一點都沒錯。可是我卻做不來這麼硬心腸的事。

我無法想像把劍插入一個沒有反抗能力的小獸人的心臟中，想像著小獸人以無辜的眼神凝望著我，我的身體情不自禁地抖了抖。

聖琪歎了一口氣，放鬆了語氣道：「神使大人，婦人之仁只會讓我們的後代陷入更深的險境啊！當獸人屠殺我們的村落時，他們可曾因爲面對的是老弱婦孺就放她們一條生路，他們不但殺光了她們，而且還放火將村落一併燒掉。對自己人應該仁慈，但是對敵人卻不能有一點心慈手軟啊。」

凝望著前方的獸人部落，隱約可見有好些小獸人在跑來跑去地玩耍著，不管他們以後會變怎樣，但現在卻還只是天真的孩子，僅此而已，心中作著激烈的鬥爭，不管怎樣，我知道我最終是下不了手的。

也許我就是一個擁有婦人之仁的人吧！

聖琪望著我，緩緩地道：「神使大人，你是大神希洛的使者，不要讓這些骯髒的獸人血玷污了神使大人的潔白雙手，這件事就讓我們爲神使大人代勞吧。」

面對兇狠殘暴的成年獸人，殺多少我都不在乎，但是看著這些天真可愛的小獸人們，即便只是傷害他們我也會感到心中有種深深的愧疚，萬物平等，我有何權力取走這些幼小的寶貴生命。

我什麼話也說不出，只是呆呆地看著十二位白銀騎士閃亮的鎧甲發射著耀眼的光芒，如同一把出鞘的利劍衝向獸人部落，矮人們也緊隨其後，一邊高聲呼喊著，一邊向獸人部落奔去。

只有精靈族的勇士們靜靜地待在我身後，也許因為她們都是正處在花季的姑娘，雖然她們同樣對獸人十分仇恨，可是卻和我一樣無法對那些小獸人們下手，畢竟她們崇尚的是和諧、自然、和平。

我恍惚的看著十二白銀騎士和矮人們眨眼就衝進了獸人部落，獸人們被不速之客嚇了一跳，隨即喊叫著四處逃跑，悲傷的濃雲籠罩在獸人部落的上空，到處彌漫著鮮血的腥味。

小獸人們稚嫩的慘叫聲充斥在空氣中，我幾乎不忍目睹這一慘劇，一個個小獸人倒在騎士們的利劍下，我深深地將頭低下，難道這就是人族供奉神靈的神聖騎士們？他們幹的和屠夫有什麼兩樣？

可是我卻沒有力氣出來阻止他們，我知道除非我把他們全殺死，否則他們不會停止手中屠殺的劍。

當我抬起頭來時，屠殺的慘劇還在繼續上演著，一千多的獸人，不斷地倒在血泊中，我無法形容這是怎樣的悲慘，只是覺得心中有什麼東西堵在胸口，想發音卻發不出來。胸中憋得難受，就像是被拋到岸上的魚，耗盡了氧氣，無法喘息。

精靈姑娘們也在此刻顯出了心中軟弱的模樣，都別轉過頭不敢面對這場大屠殺，背後傳來細微的啜泣聲，我心中感歎，善良的精靈啊！

小獸人們慘叫聲不絕於耳地傳過來，我的心神承受著一波波的衝擊，我驀地沖天大聲長吼出來，我需要發洩，不然我會憋出病來！

然而當我吼聲停下的時候，前方卻依然吼聲不斷，我這才分別出，這個吼叫聲不是我發出的。

「比蒙巨獸！」不知道是誰喊出了這麼一句話。戰場倏地平靜下來。

比蒙巨獸是獸族飼養的一種凶獸，就好像是精靈族養的那些獸類，比蒙巨獸是強大的屠殺工具，牠們比牛頭獸人還要強壯，皮堅肉厚，尋常刀劍無法傷到牠們分毫，牠們的個頭有三四個牛頭獸人高大，力氣也有十數個牛頭獸人那麼大。

十二白銀騎士也被突然出現的比蒙巨獸給震住了，停止了屠殺，排成一字形謹慎地望著眼前逐漸走近的比蒙巨獸，鮮血順著雪白的長劍不斷地滴落。戰馬也彷彿感覺到了什麼不安分地踏動著。

我望著笨重的比蒙巨獸，腦海中卻浮現了洪海最後與那個超級寵獸融合後現出的醜陋樣貌，眼前的比蒙巨獸與洪海有很多相似之處，不過可以肯定的是，比蒙巨獸一定沒有洪海的威力。

瞬間的平靜後，所剩無幾的獸人們跑得更快了，叫喊哭泣著。

我奇怪地望著幸運地從十二白銀騎士和矮人的屠殺下活下來的獸人，爲什麼騎士和矮人已經停止了對他們的屠殺，他們卻哭喊得更厲害了呢？念頭未畢，眼前突然閃現殘忍的一幕。

一個不小心靠近比蒙巨獸的小獸人，突然被高大無比的比蒙巨獸給抓在手中，接著就扔到嘴中，短暫急促的尖銳叫聲從瀕死的小獸人口中發出，黃而鋒利的比蒙巨獸的牙齒一眨眼就把小獸人咬得粉身碎骨，骨頭的碎裂聲音隨著比蒙巨獸的咀嚼聲不斷地傳出。

一種噁心感從心底傳來，我立即乾嘔了出來。

而在我身後的十個精靈勇士們在目睹這殘忍的一幕後，每個人都嘔吐出聲。這實在太殘忍了，沒想到獸人飼養的比蒙巨獸原來並不能分清敵我，或者有專門馴獸的獸人來控制牠們，現在沒有了控制，所有在眼前的生物對牠們來說，都只是食物而已。

難怪那些殘存的獸人叫聲反而更加淒慘。矮人王彷彿也被窮兇極惡的比蒙巨獸給嚇住了，狠狠地灌了一口酒，一帶馬韁，向前縱去，五個矮人勇士也高喊著跟在他的身後向著最前面的兩個比蒙巨獸奔馳而去。十二白銀騎士配合著矮人們也分成兩隊正面衝去。

「鐺！」

一聲金屬般的脆響，震得矮人王手臂發麻，矮人王經過魔法加持過的大鐵錘如願以償的敲擊在比蒙巨獸的身上，大錘在命中比蒙巨獸的一瞬間，無數火花像是煙花一樣綻放開來。

比蒙巨獸卻僅僅是晃了一晃，怒吼著雙手向矮人王拍了過來，矮人王狼狽的從馬身躥了下去，一直滾出去幾米遠。可憐的那匹矮人王的馬兒做了他的替死鬼，像一隻蒼蠅一樣被比蒙巨獸給拍得粉碎。

鮮血、骨肉四濺，比蒙巨獸像是受到了很大的刺激，停止前進的步伐，兩手敲打著自己的胸，瘋狂地吼叫起來。其他幾隻比蒙巨獸也跟著吼叫著，聲勢震撼，令人心底生寒，生出想逃跑的念頭。

那隻比蒙巨獸一手抓起摻雜著骨頭的肉醬貪婪地吃起來，粗糙的舌頭不斷地舔食著手中的鮮血。

我身後的精靈勇士饒是她們見多識廣，見慣了戰場上的血腥，此刻仍忍不住花容失色，身體輕微地顫抖著。

矮人王迅速爬起來，矮小的身軀拎著大大的錘子，快速地向另一邊跑去。那五個矮人和十二個白銀騎士也對比蒙巨獸展開了攻擊。

矮人們的攻擊幾乎沒有用，打在比蒙巨獸身上像是在搔癢一樣，卻更激起了比蒙巨獸的凶性。相比較而言，十二白銀騎士的攻擊倒是起了一些效果，從利劍前迸發出來的劍氣令這些比蒙巨獸爲之膽顫。

十二白銀騎士帶動著戰馬靈活地在比蒙巨獸四周來回圍繞著攻擊，劍氣擊在比蒙巨獸身上，頓時在它堅硬的身體上留下一道血痕。

這些白銀騎士的劍氣實在太弱了，否則那些大個卻行動緩慢的比蒙巨獸早就被幹掉了。不過積少成多，終於一隻比蒙巨獸因爲不堪大腿部位的傷痕，而「轟隆」倒下，砸起大片的灰塵。

精靈勇士們沒等我的吩咐，早就拿起了身後精靈族的特製大弓，箭矢紛紛射向比蒙巨獸們，然而即便她們的弓和箭都是經過魔法加持，帶有一定的魔法攻擊，卻無法對比蒙巨獸造成任何一點傷害。

比蒙巨獸最薄弱的地方就是那對兇狠渾濁的雙眼，一隻比蒙巨獸被箭矢射中了眼睛，瞎了一隻眼的比蒙巨獸暴跳如雷，暴怒地跳動著，揮舞著雙手擊打著眼前所見到的任何生物。

獨眼比蒙巨獸雖然瞎了一隻眼，動作卻更靈活、迅速，圍繞在牠身邊的幾個白銀騎士紛紛退後。現在這隻憤怒的比蒙巨獸根本不在乎白銀騎士帶給牠的那些小傷，只知道瘋狂地進攻。

我此刻也加入了戰鬥，召喚出「盤龍棍」，黃色的神芒在手邊吞吐不定，一圈金芒圍繞在「盤龍棍」四周。

就在我趕向那隻獨眼比蒙巨獸的中途，比蒙巨獸忽然發了瘋地攻擊牠身邊的一個同類，受到攻擊的比蒙巨獸也毫不猶豫地還擊。

兩隻小山似的比蒙巨獸互相爭鬥起來，我正詫異地望著兩隻打架的比蒙巨獸，突然矮人那邊發出一聲慘嚎聲。

我急忙轉過頭飛去，先前受到白銀騎士攻擊而倒下來的比蒙巨獸，一隻巨大的爪子正拍向一個矮人。

牠身邊的白銀騎士解救不及，只能眼睜睜地看著比蒙巨獸的巨爪拍在矮人的頭上，矮人正努力地用手中的雙斧迎向比蒙巨獸的巨爪。

矮人的雙斧忽然發出白色的亮光，幾道閃電順著比蒙巨獸的爪子傳遍全身，然而比蒙巨獸的巨爪卻沒有絲毫停頓地拍了下來，矮人在比蒙巨獸的爪下丟了生命。

矮人王憤怒的咒罵著，順著比蒙巨獸倒下的身軀一直來到牠的腦袋上，比蒙巨獸雖然努力地搖晃身體，卻無法將憤怒的矮人王給搖下來，矮人王高高舉起手中的大錘一次次地重重落下，比蒙巨獸哀嚎著腦漿迸裂，鮮血飛濺。

這是從人族領地出發到現在第一次喪失自己的隊員，雖然自打出發的那一天起，所有人心中已經預料到可能發生的事情，然而當事實擺在眼前的時候，還是令人難以接受。

矮人王瘋狂地擊打著已經死去的比蒙巨獸，直到比蒙巨獸的整個頭顱都一片血肉模糊，矮人王才停住手，帶著一身的血漿從比蒙巨獸身上跳下。

十幾個比蒙巨獸越靠越近，除去已經死的這個，和兩隻打架的比蒙巨獸，還有十隻生龍活虎的比蒙巨獸走過來。

「盤龍棍」在我的意念下又長粗了兩圈，我拿著金光燦燦的「盤龍棍」衝到兩隻比蒙巨獸的面前，在比蒙巨獸面前我好像是一個小不點。與比蒙巨獸的正面對抗，我才曉得比蒙巨獸究竟是有多大力氣，兩隻粗大的上肢，我簡直懷疑是不是血肉所造，竟可以對抗我的「盤龍棍」，這實在太叫人驚駭了。

難怪擁有強大肉體的比蒙巨獸被稱作是移動的屠殺工具。一時間其他幾隻比蒙巨獸也向我走過來。

比蒙巨獸行動緩慢，我如果想要退走，比蒙巨獸是難以追到我的。可是爲了其他人考慮，我還是任由七八隻比蒙巨獸把我給圍在當中。

聖琪望著我，略一思考，高喊了一聲，招呼所有的白銀騎士再次集合。一調馬頭，接著對剩下的獸人們展開了新一輪的屠殺。

而矮人王也彷彿找到了發洩的最佳途徑，帶領著剩下的四個矮人到處尋找殘存的獸人。

雖然我被七八個比蒙巨獸給圍住，但是牠們遲鈍的動作，令我在牠們的攻擊下仍顯得遊刃有餘，「盤龍棍」不時敲打在一隻比蒙巨獸的身上，痛得牠齜牙怒嚎。

我耳朵中聽著小獸人們淒厲的慘叫聲，心中很清楚，聖琪為了不暴露我們的行蹤，所以堅持要殺光所有的獸人，不讓任何一個獸人可以逃出。我無法阻止他們的殘忍行為，理智告訴我，他們的做法是對的。

我心中感慨著戰爭的殘酷！生命在戰爭中比草芥還要卑微。只有勝利才是最重要的！耳朵中小獸人們的慘叫刺激著我，心中的痛楚灼燒著我的神經，沒法表達出來的憤怒只好發洩在眼前的比蒙巨獸身上。

「盤龍棍」好像也感染了我的憤怒，金光萬道，力量暴漲。我躲過一隻比蒙巨獸的攻擊，倏地向牠懷中飛去，「盤龍棍」重重地抵在牠的下頷上，牙齒頓時碎落。

我轉過身，「盤龍棍」橫掃，兩隻比蒙巨獸的粗壯手臂頓時斷裂。三隻比蒙巨獸的痛苦地嚎叫聲驚天動地。受我全力催動的「盤龍棍」所向披靡，比蒙巨獸紛紛在「盤龍棍」下授首。

當我氣喘吁吁地落在地面上時，十二白銀騎士和矮人們也殺死了最後一個獸人。寒風凜冽，空氣中飄蕩著腥味，到處是小獸人的屍體和鮮血，龐大的比蒙巨獸流出大量的血幾乎浸透了地面。

由剛才激烈的廝殺聲，轉變爲刹那間的靜寂，只不過是短短的幾刻鐘時間，一千多個小生命就這樣消失在短暫的時間內。

心中充斥著難以言說的感情，好像是在爲死去的生命悲哀。我現在只想躲在一個沒有人的地方好好地休息一下，可是我的使命卻不允許我放棄，三族的族人們正等著我們帶好消息回去。

我眼睛模糊地望著面前一具具身體尙溫的屍體，脆弱地由精靈勇士們攙著離開了這裏。

接下來的戰場打掃由十二白銀騎士完成，耗費了幾個小時的時間，將所有的屍體堆放到一塊，一個燃燒的火把將三個村落連著屍體化爲灰燼，我麻木地由精靈勇士們護著，跟在隊伍的後面繼續向前行進。

第一次感受了戰爭的殘酷，我深深地爲戰爭中的不擇手段所震撼。

時間又過去了幾天，我的心情也從痛苦中漸漸恢復過來，圍繞在我身邊的精靈勇士們見我終於獲得了解脫，惆悵的臉上也有了笑容。

因爲我的緣故，這些天美麗的精靈戰士們也都多日沒有過一點笑臉了，今天總算露出往日的笑容。感受著她們的關切，我心中深深地歉疚，戰爭就是如此，生命永遠是戰爭的代價，我何必爲了這些必然的、不可改變的事情而苦惱，讓關心自己的人爲此而擔憂呢。

想通了這點，我才真正徹底地從小獸人被屠殺一事中恢復我本來的性情。這一切都是因爲獸人背後的惡魔，只有將惡魔真正地除去，人族、精靈族、矮人族和獸族才有可能和平共處。

傍晚我們在一條河流邊的林子中紮營休息了，爲了防止有獸人大軍發現那個被屠殺的獸人部落而追趕我們，我們日夜不停地趕了幾天的路，所有的人都又困又乏，途中我們又經過兩個小型的獸人部落，所幸，並沒有被發現。

越接近「寒冷之源」空氣也越乾燥，溫度也越低，生物也更加少了，幸好我們帶著足夠的乾糧，並不用爲食物擔心。

秋風蕭瑟，樹葉凋零，不時的烏鴉聲使人感到分外荒涼。

精靈並不喜歡吃肉食，而粗糙的麵包和冷冷的麵餅味道實在太差，這麼多天，每天吃著同樣單調的東西，早已使人感到厭煩了。

帳篷中，幾個精靈正在往篝火裏塡枯木，上面架著的一口鍋中燒著一些水，精靈們在做菜羹湯，這種湯的味道並不是很好，不過因爲需要的材料少，而且最容易弄，所以才會燒這種湯。

我站起身，朝幾個訝異地望著我的精靈戰士們微微笑著道：「我出去走走，看看人族和矮人族。」

一個精靈不放心地跟著我一起走了出來。人族和矮人族的帳篷都在不遠處。剛出了帳篷沒走幾步，就聽到矮人族的帳篷中傳來高聲喊叫，我納悶地走了過去。

本來我是想到林子中轉轉，看看是否可以找到一些大自然給生靈的恩賜。利用二叔教我的本領，雖然是這種寒冷的季節，應該也可以找到一些藥果之類的野生果子。

聽著矮人的咒罵聲，冥冥中我猜測是否矮人們的大麥酒已經喝完了。自從上次矮人勇士中有一個被比蒙巨獸給殺死後，這些矮人們喝酒喝得更多了，想必這時候酒已經被他們喝完了。

我向矮人們的帳篷走去，剛走到帳篷前，卻看到聖琪正掀開帳篷走出來，見到我精神奕奕的神情愣了一下，隨即向我問了聲好。

我道：「聖琪，矮人們爲什麼在裏面叫喊？」

聖琪苦笑了一下道：「這十幾天，他們已經把帶來的所有大麥酒給喝完了，所以他們正在裏面發脾氣，我懷疑這些嗜酒如命的矮人們在沒有酒的情況下會不會幹出什麼蠢事來。」

我追問道：「幹出什麼蠢事？」

聖琪無奈地歎了口氣道：「他們想要去獸族部落搶酒。」

如果這些矮人勇士們真的去獸族搶酒，一定會給我帶來滅頂之災。我還清楚地記得我和「似鳳」偷了猴子的酒，成百上千的猴子們不依不饒地追趕著我們。我可不想再被幾千甚至幾萬的獸人們追趕在身後。

望著聖琪搖頭歎氣地離開矮人的帳篷，我輕輕地道：「該是用酒蟲的時候了。」

一直待在我身邊的精靈不明白地道：「神使大人，您在說什麼？」

我神秘地向一臉疑問的精靈笑了笑，輕鬆地道：「跟我來吧。」

我們向著樹林邊的溪流走去，沒走多久，「嘩嘩」的水流聲就傳過來，我緊走幾步，來到河邊，溪水在河道中流淌著，擊在矗立於河道中的光滑石頭上激起幾道水花。

水流很清澈，可以清楚地看見沉在河底的石塊，我很想把酒蟲放到這條溪流中，讓整條溪流都變成酒溪。不過我不知道白白嫩嫩的小酒蟲有沒有那個本事令整條溪流都變成美酒，而且我也不想牠被溪水給沖走，這麼長一條溪流，我可不敢確定能把牠再找回來。

我身上唯一能盛放東西的就只有靈龜鼎，沒辦法，這點小事也只有麻煩我的老夥伴小黑了。召喚出靈龜鼎，雖然在我刻意的掩飾下，靈龜鼎只在身邊放出一些濛濛的毫光，卻仍然讓我身後的精靈吃了一驚。

靈龜鼎的靈氣環繞在四周，四周的寒風繞過靈龜鼎繼續向前流動。在我的意念下，靈龜鼎冉冉升起降落到溪流中，再出來時，裏面已經裝滿了清水。

望著晃蕩的清水，我心中道：這些粗魯的矮人們這次有口福了，酒蟲的本領再加上靈龜鼎中的靈氣，這一鼎清水將變成獨一無二的美酒，便宜了那些傢伙。

第十四章　半人馬

「撲通！」一聲脆響，小酒蟲一下從我手上躍到了靈龜鼎中，在清水中歡快地游弋著，清水「咕嘟」著不斷向上冒著氣泡，好像沸騰了一樣，靈龜鼎上積聚了一層水霧氣，浮在鼎的上空卻並不散去。

氤氳繚繞，自有一股香氣，香味漸濃，就連不愛酒的精靈也忍不住深吸了一口氣，氤氳逐漸把我和身邊的精靈也包圍起來，我們完全籠罩在酒香中，差點陶醉在其中而不肯醒來。

過了一會兒，在身邊繚繞的水霧忽然漸漸地縮回到靈龜鼎中，當我們再看清楚四周的景物時，剛才那濃香醉人的香氣竟然憑空消失了，連一點痕跡也沒留下，我大為訝異，懷著疑問的心情探首向靈龜鼎中望去，清水仍是一樣的清澈，與剛才並沒有什麼不同。

小酒蟲在鼎中不知疲倦地游來游去，胖胖的身軀，在水中一縱一縱地游著，讓人看了忍俊不禁。小酒蟲見我探首看牠，遂游了上來，露出一個白胖胖光禿禿的腦袋，兩隻小眼賊溜溜地望著我。

忽然小傢伙一張口，向我吐來一道水流，我沒想到這個傢伙這麼大膽，竟然敢捉弄我，我的寵獸中除了「似鳳」外，就再也沒有誰敢這麼戲弄我了，我躲避不及，被牠吐中，水流順著我的臉頰滑下來。

小傢伙看著我，搖頭晃腦地嘿嘿得意地笑起來。及至看見我不懷好意望著它，倏地鑽回水中。

我決定要好好地懲罰牠一下，否則牠將成爲繼「似鳳」後第二個不把我當作主人的寵獸。突然嘴角處一股說不上來的動人香味直鑽進我嘴中，順著喉嚨一直滑落到腹中。

我愣了一下，隨即大喜，這麼濃郁的酒香，看來是成功了。小酒蟲躲在酒中納悶地望著我，搞不清楚爲什麼剛才我還一臉憤怒，瞬間又變成驚喜的表情。

我探手伸到鼎中，小酒蟲嚇得直往鼎底游去，我捧出一些酒，送到嘴邊，深深地吸了一口，頓時滿口酒香，令我陶醉不已。唯一可惜的是酒太冷，如果要是熱酒那就好多了。我望著躲在酒中不斷用一雙賊眼瞄我的小酒蟲，頓時心生一念。

我腦海中浮現小龜嬌小可愛的身軀，鼎驀地一顫，兩隻小龜一白一黑從鼎底冒出來，酒溫迅速上升，爲了防止傷到小酒蟲，兩隻小龜始終都在鼎底緩慢的游動著，隨著酒溫的上升，小酒蟲無可奈何地向上游來，我哈哈笑著仔細端詳牠跳水的姿勢！熾熱的溫度，逼得牠不得不從酒中跳出來，可惜沒有我的召喚，牠是無法回到我身體中的，每次牠跳出又落回到酒中，我都可以聽到牠被燙得尖叫出來，原本賊眼溜秋的眼睛，此刻已經是可憐兮兮的。

看牠被教訓得也差不多了，我再次將牠封印到自己的體內，暫且饒了牠這一次。

在我的意念下，靈龜鼎漸漸縮小，直到我可以一手輕易拿起來的時候，我將靈龜鼎抓在手中，向矮人族的帳篷走去，走到一半，我覺得還是將這些酒交給聖琪，然後由他轉給矮人們比較好。

對於粗魯的矮人們，我並沒有和他們打交道的興趣，何況我的任務只是幫助他們封印惡魔，我不想把自己推到首領的位置上去。就讓聖琪爲矮人們頭疼去吧。

來到人族的營地，人族的騎士們正在用著晚餐，帳篷中彌漫著食物的香味和水蒸氣。

聖琪站起身向我問好，視線落在我手中的靈龜鼎中，頓時表情變得驚訝起來。

以他的修爲，應該可以感覺到靈龜鼎內蘊涵的充沛靈氣吧。

我沒說什麼，只讓他找來一些容器，我倒了一些酒在杯中，示意他品嘗一下。聖琪奇怪地望了我一眼，不明白我的用意，可是當他少量啜了一小口，幾乎是馬上將杯中的酒一飲而盡。

看著他意猶未盡的眼神，我將靈龜鼎中的酒全部倒進他找來的容器中，酒嘩嘩流出，淡淡的酒香被激蕩到空中，若有若無在每個人的鼻尖前飄過，所有人都不敢置信聳動著鼻子，盡力多吸一點這種迷人的酒香。

我淡淡地道：「聖琪，這是我珍藏的好酒，你可以幫我把這些酒送給矮人們，這應該可以暫時為他們解饞了，但是我要告訴你，你面前的這些美酒已經是我的全部了，再喝完就只能讓他們去獸族中搶了。你可以用一些清水和這些美酒對一下，酒味要差一點，不過……」

聖琪激動地道：「尊敬的神使大人，你身上的神蹟總是讓我們感到吃驚。我敢保證，這些美酒是我們從來沒有喝過的，就算是城主大人也從未喝過如此美妙的好酒，有了這些酒，那些矮人們應該會老實了。」

我向他微微一笑道：「那就好，這些酒就由你處理了，我希望你能用這些酒約束那些矮人們，令他們老實一點。」

聖琪尊敬地道：「神使大人，你放心吧，有了這些美酒，矮人酒鬼們一定會對神使大人俯首貼耳。」

我微微笑道：「是對聖琪隊長俯首貼耳。」

聖琪望著我微微一愣，但隨即眼中射出狂喜的神情，他如能夠做這次封魔隊伍的領導者，這將對他以後在人族的地位有極大的幫助，當然前提是他能夠安全的回到三族的領地。

寒冷的季節，天黑得很快，只不過很短的時間，天已經黑透了，月亮在空中釋放著清冷的月光，照耀著寂靜的林子，寒風蕭索，溫度很低，這裏的溫差很大，到了晚上如果沒有篝火，所有人都會被凍死。

我感覺到我身後的精靈在瑟瑟發抖，白皙的臉蛋被凍得紅紅的，像是蘋果。我憐惜地看了她一眼，她不好意思地低下頭來，跟在我身邊。我運轉著體內的陰陽兩氣，將熱量環繞在我身體四周，然後徐徐地向身邊延伸開去，直到將美麗的精靈也給包裹在熱氣中。

精靈感覺到四周氣溫的變化，驚訝地望著我，發現我正含笑地望著她，隨即明白，這又是神使大人展現的神蹟。感激地望了我一眼，含羞地囁嚅著向我說了聲謝謝。

此時，寒冷的月光也不像剛才那樣冷冰冰的，從身體穿過，穿來陣陣涼爽，我慢悠悠地在林中走著，觀察著周圍的環境和植物。

利用二叔教我的本領，我很快就在林中找到了不少新鮮的植物，有許多都是剛從泥土深處挖出來的，散發著泥土的芬芳。

我和精靈小姑娘滿載而歸，回到河邊洗乾淨了帶回到精靈族的帳篷裏。所有的精靈姑娘們都目瞪口呆地望著我們帶回來的食物，以她們的經驗來說，在這種寒冷的季節是很難找到這些新鮮食物的。

挑了幾種食物，放到已經煮開了的湯水中，蓋上蓋子，只等煮熟就可以大快朵頤了。

我剝開一個果子，大口吃起來，汁液四溢。我將每種食物的吃法都給她們作了一個示範，然後示意她們挑選自己喜歡的食物。我望著她們開心的面容，我知道這是她們吃得最開心的一次！

一夜過去，大清晨，篝火已經熄滅，只剩少許灰燼，冉冉地冒著白煙。我掀開帳篷走出去。略微向人族和矮人族那邊掃了一眼，他們已經開始打包行李，並且檢查戰馬的情況，餵馬兒吃食物。

好像每個人都很開心，就連脾氣暴躁的矮人們也出奇地很溫順，一絲平和的笑容顯在臉上。我心中呵呵一笑，想必這些矮人對聖琪送給他們的酒很滿意呢。不過我可以肯定聖琪留了很多酒自己享用，而矮人們得到的只不過是對了很多清水的酒吧。

過了一會兒，幾聲戰馬嘶鳴，我們又已開始了今天的路程，穿過這片林子，再前面是個平原，走過平原我們就離開了獸人部落的勢力範圍，初步進入「寒冷之源」的範圍，那邊的土地被不死族佔領，這將是對我們的極大考驗。

我們抖擻精神，跨上戰馬，向前方馳去，我騎在小狼的身上，在林中穿梭著，若比速度，小狼的速度比戰馬要快多了，何況小狼還可以在天空飛行，要是我可以封印惡魔早就一個人飛去「寒冷之源」，也不用如此勞師動眾。

正想著，突然一個精靈法師喊了一聲，所有戰馬一陣嘶鳴，停在原地。

原來精靈法師發現前面是火蟻的巢穴，火蟻很大，高及人的大腿，全身火紅，身上有堅硬的殼，一對齧齒大而鋒利，唾液有毒，最爲可怕的是數量很多。

我們實在沒有必要招惹這種惡毒的生物，恰好我們還有另外一條路可供選擇，這條路只要繞過林子就可，只是多走半天的路而已。

聖琪當機立斷，馬上改變路線，沿著另一條路繼續向前進。矮人們很聽話，並沒有提出其他意見，按照聖琪的意見，帶頭向另一條路走去，只是他們的一隻手始終放在肋間的酒袋上不肯放鬆。

我望向聖琪，他也正向我看來，我倆相視而笑，看來美酒已經對矮人們起了作用，以後再不用爲桀驁不馴的矮人們擔心了。

精彩內容請續看《馭獸齋傳說》卷七　龍獸魔宮

【同場加映】

出場寵獸特色簡介

酒蟲：一隻小肉蟲，黑豆似的眼睛看起來很狡猾，白胖胖的身軀，拇指粗，寄生在依天體內，愛喝美酒，喝數斤而不醉，對劣質酒不屑一顧，天生為酒而生，一種非常奇怪的生物，蛻化後可以將普通的水變成最為醉人的美酒。

大地之熊：幼年的大地之熊，力量很弱，只有簡單的使用大地力量的本領。熊系寵獸中最強大的一種熊寵，赭黃色的皮毛，形象憨態可掬，平常像是個可愛的孩子，但是發起怒來，足以使大地震顫，為了脫離神劍的控制，動用龐大的力量使自己恢復到幼年時代。五大神劍之一土之厚實的劍靈，具有汲取大地力量的本領，號稱只要踩著大地就永遠不敗的上古神獸，後為依天收復。

七小：七隻幼年狼寵，是飛狗與母狼王的孩子，聰明而強悍，擁有無窮的潛力，更從父親那裏繼承了龍丹的力量，是狼原中無數小狼的王，七個小傢伙調皮可愛，最喜歡吃魚，粉嫩的腳掌卻快速有力，連似鳳也深受七個小東西的虐待，粉嘟嘟的鼻子靈敏無比。最後隨依天離開了第四行星。逐漸成長為無可匹敵的天狼！

似鳳：最接近鳳凰的種族，是鳳凰的旁支，體型嬌小，形似鳳凰而得名，身披鳳衣，在頭腹胸尾背分別有五種顏色鐫刻著「仁義禮智信」五字，善百音，可以將音樂轉化為克敵的強大武器，智慧無比，可懂人言，可惜貪玩、貪吃，是個狡猾的小東西。速度極快，任何一種寵獸都無法比擬。

就因為有牠的存在，依天的英雄之旅才顯得不那麼孤單。與主人合體後，會在背後形成兩隻嬌小的翅膀，只是這對翅膀裝飾的作用更大些，是讓依天又喜歡又頭疼的小傢伙，是依天極為重要的寵獸之一。

小龜：可愛的小東西，聰明乖巧，剛出生時，幼嫩的身體，通體烏色，靈動的小眼睛顯得十分機靈，合體後可寄予主人很強的抗擊打力。依天第一隻寵獸，得自一隻野生龜寵的卵，孵化後隨著依天一塊成長，為依天立下汗馬功勞，成就依天「鎧甲王」的尊號。乃是水中的霸者，後被依天煉為鼎靈，從奴隸獸進化至七級護體獸鼎級行列。在成長過程中屢次幫助依天度過劫難。是依天不可缺少的寵獸。

箭魚王：生長在太陽海的一種兇狠生物，長數米，體型若箭，因而得名箭魚，食肉魚類，成群結隊的覓食，具有很強的報復心。箭魚王是一隻在深海中生活了千年的箭魚，太陽海的霸主。龐大的體型達到數十米之巨，在箭魚群被依天等人重創時，出來報復依天，在搏鬥中將依天吞到肚中，結果卻被依天劈開腹部，奪走蘊藏著生命精華的精魄而亡。

九尾冰狐：背有九尾，白如冰雪，模樣可愛，李家五大傳世神劍之一霜之哀傷中的劍靈，乃是上古神獸，擁有強大無匹的力量，依持劍人的修為而發揮出威力不同。具有控制冰的力量，連當世五大強者都難以抗衡。

黃金蟒龍：生長在太陽海某一島嶼的獨特生物，懷疑是由魔法衍生出來的種類，一身金黃色的蛇皮，體長數米，爬行速度很快，死後化作一條黃金雕刻成的蛇雕。

水晶螃蟹：鎮魔洞中的一種奇怪生物，全身透明如水，攻擊敵人時，可將自己的大鉗子投擲出去，受到致命打擊死亡後，會化作水晶質地的螃蟹雕刻。

精靈黑豹：精靈族飼養的一種攻擊力很強的動物，可以作為精靈族戰士們的坐騎，帶著他們在林間穿越，速度快若閃電。

豹寵：依天從第四行星的六大聖地之一的豹子林獲得的一枚寵獸蛋，在來到這個陌生的星球時送給了精靈族的一個可愛的小精靈——風靈。

獅寵：依天從第四行星白獅王那裏獲得的一枚獅寵蛋，贈送給精靈族的精靈女祭祀，希望有一天這位偉大而善良的女祭祀可以坐在一頭極為威武充滿霸氣的白獅身上縱橫在山谷、草原和森林中，守護自己的種族。

白虎：墮落精靈女祭祀的坐騎，擁有強大的攻擊力，一身雪白，是傳說中精靈族最強大的戰士的坐騎。

【同場加映】出場人物簡介

依天：依天以龍丹之力硬闖五大傳世神劍，在第四行星，歷經數次生死，在眾多朋友和寵獸的幫助下，斬殺魔鬼，蕩平邪惡城堡。在后羿星除掉為害甚大的魔羅，又幫助梅魁登上家主之位，除去為禍后羿人民數十年的飛船聯盟組織。歷經各種磨難，終於獲得藍薇的青睞，暢遊方舟星太陽海，卻意外的驚醒了一個絕世兇惡的人物……

傲雲：四大聖者之一虎王的兒子，擁有很好的武道資質，卻天性不愛修習武道，意外的從父親藏書中找到一本記載魔法類的書，一生投入其中。經營「煉器坊」，家產無數，後來與依天、白月結盟，促成四大星球的穩定。

風笑兒：擁有具變形能力的異形獸，是四大星球中最有名的超級歌星，美若天仙，與李藍薇是閨中好友，曾在依天剛到后羿星時有過誤會。具有非凡的武道修為，並把對音樂的造詣轉化為奇特的武道，以樂符作為攻擊的武器。

李藍薇：容貌氣質具佳，美麗可人，後與依天喜結良緣。具有很高的武學天分，得到李家五大傳世神劍「霜之哀傷」的認主，並在依天的說明下喚出劍中沉睡了幾百年的上古神獸「九尾冰狐」。與依天感情深厚。

白月：依天的師姐，四大聖者之一力王的女兒，父親隱世後，繼承了父親的「崑崙武道」，是個性格剛強的女人，與依天的關係很好。武道修為雖不若依天，亦極為精深。

李大師：在武道一途有很深的造詣，一生跟隨虎王，是煉器坊的首席精煉大師，脾氣固執，性格直爽。

雷姓大漢：方舟山的修道之士，是依天的鄰居，對依天有偏見，在兩人的對戰中敗給依天，遂心服口服，成為依天的朋友。

惡魔：依天所見過最強的人，是傳說中死神的化身，擁有無窮的生命力，事實上是另一個星球的強大種族，被兩個傑出的人類封印在太陽海中的一個島嶼，歷經數百年，意外的被依天等人給釋放出來。在時空隧道中與依天同時陷入渦流。

風靈：精靈族與人類的混血兒，善良而好奇的小精靈，第一個發現來自異界的依天，在短暫的相處中，和依天結下深厚的友誼。

城主：人族的首領，風靈的父親，也是人族中最強大的黃金騎士。

精靈女祭祀：一個可憐、善良、美麗的精靈族大祭祀，數十年如一日的守護著精靈族，伺候精靈族的大神，當依天以精靈族使者的身分出現時，她將對精靈族神的愛轉移到依天身上，不可自拔地愛上了依天。

精靈族長老：精靈族的長者，也是精靈族的首領，信奉自然之神，將精靈族的希望全部繫在依天身上。

墮落精靈女祭祀：是上一屆的精靈族大祭祀，在幾十年的守護中，因為看不到希望，轉而墮落，成為行走於黑暗中的精靈，與自己的敵人為舞，為了讓惡魔復活，不惜一切代價的發動了侵略人類、矮人、精靈三族的戰爭。不過卻也同樣不可自拔的愛上了來自異界的使者依天，在正義與邪惡較量的最後階段終於醒悟，卻也為此付出了生命的代價。

「洩漏天機者，不得好死！」

這是「真實幻境」及現實世界都流傳著的一句格言。

只是，何謂天機？為何不得洩漏天機？

芸芸眾生之上，又是誰在主宰著我們的世界？

❖ 一部想像力出神入化的小說！

❖ 華文世界石破天驚的高峰創作！

❖ 全球網遊Online奇幻小說開山之作！

我們今天的世界，會不會就是我們自己創造的虛擬世界？

而我們沉溺其中而不自知？

我們已知的歷史其實就是遊戲的過程？

我們在遊戲中又創造著遊戲，並努力讓遊戲越來越真實，

最後發展成又一個逼真的虛擬世界……

幻獸志異 ⑥龍之逆鱗（原名：馭獸齋傳說）

作　　者：雨　魔
發 行 人：陳曉林
出 版 所：風雲時代出版股份有限公司
地　　址：105台北市民生東路五段178號7樓之3
風雲書網：http://www.eastbooks.com.tw
官方部落格：http://eastbooks.pixnet.net/blog
信　　箱：h7560949@ms15.hinet.net
郵撥帳號：12043291
服務專線：(02)27560949
傳眞專線：(02)27653799
執行主編：劉宇青
美術編輯：吳宗潔

法律顧問：永然法律事務所　李永然律師
　　　　　北辰著作權事務所　蕭雄淋律師
版權授權：蔡雷平
初版換封：2015年10月

ISBN：978-986-352-220-1

總 經 銷：成信文化事業股份有限公司
地　　址：新北市新店區中正路四維巷二弄2號4樓
電　　話：(02)2219-2080

行政院新聞局局版台業字第3595號
營利事業統一編號22759935

定 價：280元　特價：199元

◎ 如有缺頁或裝訂錯誤，請退回本社更換

國家圖書館出版品預行編目資料

幻獸志異 / 雨魔 著. — 初版. —
臺北市 : 風雲時代, 2015.07-
冊 ;　公分
ISBN 978-986-352-220-1(第6冊 : 平裝). —

857.7　104009473